天使岩

ANGEL ROCK

[澳]达伦·威廉姆斯 著
毛伟 译

時代文藝出版社

图书在版编目（CIP）数据

天使岩 /（澳）威廉姆斯 著；毛伟 译．—长春：时代文艺出版社，2014.8
书名原文：Angel Rock

ISBN 978-7-5387-4640-2

Ⅰ．①天… Ⅱ．①威… ②毛… Ⅲ．①长篇小说－澳大利亚－现代 Ⅳ．①I611.45

中国版本图书馆CIP数据核字（2014）第187438号

出品人 石涛 陈琛
产品总监 郭力家
选题策划 张雁 付娜
责任编辑 付娜
助理编辑 刘婷
排版制作 李玉龙

天使岩

[澳] 达伦 · 威廉姆斯 著 毛伟 译

出版发行 / 时代文艺出版社
地址 / 长春市泰来街1825号 时代文艺出版社 邮编 / 130011
总编办 / 0431-86012927 发行部 / 0431-86012957 北京开发部 / 010-63108163
网址 / www.shidaicn.com
印刷 / 北京同文印刷有限责任公司
开本 / 880mm × 1230mm 1 / 32 字数 / 245千字 印张 / 11
版次 / 2014年10月第1版 印次 / 2014年10月第1次印刷 定价 / 35.00元

图书如有印装错误 请寄回印厂调换

第一部

一

天使岩是一个安静的小镇。1969 年夏天的第一波热浪席卷着天使岩，镇上的人们顶着被晒伤的鼻子，脾气也暴躁了起来。这天下午，刚刚十三岁的男孩汤姆·费里下了校车，朝着库伯杂货铺走去。十三岁是个多么天真烂漫的年纪啊。脚下的小路被太阳晒得滚烫，小路的两边长满了毛刺雏菊。汤姆赤着脚艰难地在滚烫的小路上行走着，一步一踮地数着走过的脚步。走到一座小宾馆外廊下，他停了下来，想借着阴凉让脚丫凉快些。他抬起手，眼睛眯成缝朝远处望去，到家之前，不远处的杂货铺遮阳棚是最后一个可以乘凉的地方了。日落黄的可乐广告牌和淡蓝色的布什尔广告牌，被太阳晒得褪了颜色，远远悬挂在杂货铺的遮阳棚上。太阳会把颜色晒掉，但也可以使万物生长，汤姆就明显感觉到了自己的成长。他觉得自己不再是个男孩，更一点都没有弟弟弗莱恩的样子，他喜欢这种感觉，他喜欢自己身体成长的感觉，肌肉在慢慢粗壮，步子也越来越矫健。

汤姆舔了舔干裂的嘴唇，继续出发了。很快脚又被热沙烫得灼热难忍。在燥热的空气里，汤姆肆无忌惮地吹着口哨奔跑着，放声地大笑着。他飞快地抬着脚，尽量让脚离开地面多一点时间。在这样的天气里，汤姆走到杂货铺，仿佛经历了一个世纪那么漫长。终于到了，他弯下腰，把手放在膝盖上，大口喘着气。就这样休息了一会儿，进入杂货铺的通道旁边，有一个又大又旧的冰柜，汤姆打开了冰柜的盖子。在冰柜里面，四周是四块半月形的大冰块，汤姆弯下腰，把头伸了进去。他把脸紧紧贴在冰块上，呼吸着冰箱里面冰冷的空气，感受着这股冰冷的空气流过肺部的凉爽，他喜欢极了这种感觉。他擦掉脸上的水珠，看见冰柜下面装冰块的盒子。汤姆沉浸在扑鼻而来的红色冰砖和冰激凌甘爽的味道里，伸出手取出了最上面的冰砖，盖上冰柜后，跑到杂货铺后门的柜台上准备付钱。

“库伯夫人！”他喊道，“库伯夫人！”

这里没有店主库伯夫人的身影，可当他停下来的时候，从后面传来了库伯夫人的声音，亮光从敞开的后门透出来，穿过大厅，一直照到门口的凳子上。她通常就坐在门口的凳子上，用旧纸板扇着风。凳子旁边是一面墙，墙上有一堆落满灰尘的棕色胶木电灯开关，还有电表和保险丝盒，一个挂日历的钉子。日历叠成厚厚的一摞，记录着那些过往的日子。柜台上放着些破旧的粘蝇纸，纸上还嵌着被粘住的绿头苍蝇、黄蜂和甲虫，随着微风轻轻摇晃，那是过去已久的可怕的夏天所留下来的痕迹。汤姆站在货架边，脚下的地板上留着无数顾客的脚印。他踩着这些脚印，边走边等库伯夫人回来，不停地用手里的硬币敲打着货架。店里没有其他人，汤姆走了一圈又一圈，柜台上彩色盒子里的棒棒糖似乎在向他眨眼睛。

汤姆想在库伯夫人进来之前，抓些糖果吃。但每当他这样想时，耳朵就开始发烫，于是只好强迫自己去想其他的事情，给耳朵降降温。汤姆闭上眼睛，闻着店里的气味，想象着上课时，一头小牛走在课桌之间的空隙中，用湿答答的嘴收集课本的样子；想象着老师梅先生没有用粉笔，而是用钓竿指着黑板；他还看到坐在自己前面那女孩的光滑脖子。汤姆平生第一次想知道接吻会是什么感觉。

当他再睁开眼时，手里的冰糕都已经开始融化了。他正要再喊库伯夫人，却听到她走进大厅的声音。关节疼让库伯夫人走起路来一摇一摆，还不停大口喘气。印有淡黄色花的蓝色连衣裙，包住她身体的大部分，看起来像刚收获的庄稼。她手里拿着一篮刚收回来的干净的衣服。汤姆一直盯着她深深的乳沟，看了很久。

“你好，库伯夫人。”他抬起头说道。

“你好，是谁来了？”库伯夫人眨了眨眼睛，回应道。

“汤姆·费里。”

“下午好，小汤姆。放学了吗？”

“是啊。”

“周末想好去哪里玩了吗？”

“嗯，想好了。”

“真乖，需要我帮你做什么呢？”

汤姆托着冰砖，拿给库伯夫人看：“这个多少钱？”

“三十五分钱。”

“变贵了啊！”

“是吗？”

汤姆失望地看了看冰砖，又看了看库伯夫人，说：“我没带那么多钱，冰砖已经开始融化了。”

库伯夫人笑了笑，朝汤姆摆了摆手臂，胳膊上的赘肉也颤巍巍地动起来。

她说:“没关系，你可以欠着，或者吃完冰砖后，帮我把门前的杂草清理好，就算你付清了，怎么样？”

“不许骗人？”

“是的，快吃吧，过会儿就化了！”

“嗯，谢谢库伯夫人，真是太感谢了。”

汤姆转身要走，又突然想起了一件事。“对了，我要一盒万宝路香烟，帮亨利买的，记在他账上。”

“好的。”

库伯夫人把香烟递给汤姆，转身朝走廊走去。小店门前有一块草地，不到半米宽，从遮阳篷柱子那里一直延伸到与公路的交会处。

汤姆朝店里喊道:“我明天来拔草行吗？库伯夫人。”

库伯夫人回应道:“当然可以，那就早点回家吧。”

“好的，那明天见。”

“好的，再见。”

汤姆飞快地跑到马路的另一边，那边是一个轮渡码头，有很多的轮渡引桥。他随便找了一个引桥柱子坐下去，大口吃着冰砖。刚咬一口吃下去，立刻感到头部被冰得阵阵作痛，没等完全恢复过来，汤姆又咬了一口，只不过这次是小口，融化了的冰水顺着他的手流到了地上。渡船在远处的堤岸上停靠着，汤姆看到渡船的老主人在船舱里等着下一趟车，给他带来坐渡船的人。他嘴里的烟袋冒出了淡淡的烟雾，轻柔地融入了阵阵风中。头顶上，一朵朵白色的云慢悠悠地飘过天空，开始起风了，汤姆的衬衫被风吹着，他突然感到冷飕飕的，这时天也慢慢变黑了。汤姆想着学校下周就放假了，另一个“阿波罗”

号也快要发射了，即使在天使岩这样的小镇里，也能感受到“阿波罗”号发射前人们那激动的情绪。明天如果还是这么热，就带弗莱恩去游泳或者钓鱼，吃完晚饭以后，就一起躺在草地上看“阿波罗”号，或者想象下“阿波罗”号是如何在无垠的太空中遨游的。

汤姆出神地眺望河的对面，似乎忘记自己正坐在桥墩上休息，脑子里全是“阿波罗”登月、火箭、宇航员和航空跳伞。他突然想起自己从邮局订的“阿波罗”11号碎片，怎么还没到？他就这样出神地想象着，没有意识到冰砖已经化了好多水，直到一阵骚动的声音传来，他赶紧转身望向小镇的方向。一辆劳伦斯高中的校车停了下来，一群被热得脾气暴躁的孩子从车里拥到了大街上。孩子们在热得冒烟的大街上朝自己走来，索尼·斯蒂尔和跟班勒纳德也在里面。汤姆吓得哆嗦了一下，因为也就是在同一个地方，刚刚过了金羊毛加油站的那个地方，汤姆曾经看见杰克·韦伯拿着一把斧头对着他的兄弟乔不停地挥舞，乔就像是一棵要被砍倒的树。那个夏天的下午跟现在像极了，那时汤姆正好跑到杰克拿着斧子对着乔的地方，并且杰克砍伤了乔的右腿，乔像得了脊髓灰质炎一样朝前走着，攥着拳头走向他的兄弟杰克，脸上全是血。这时镇上的警察波普·马瑟闻讯赶来，制伏了杰克，并给了他一巴掌，然后用衬衫包住乔的右腿止血。亨利说他们兄弟两个打架是因为酒和女人，但这两个原因都不足以让杰克拿着斧子砍人，何况对方还是家人。

汤姆正想着的工夫，两个大男孩加快脚步朝他走来。汤姆想，要是现在自己手里有一把斧子该多好。他站起来开始往家的方向走去，紧紧攥着短裤口袋里的那盒万宝路香烟。他没有打算逃跑，因为他知道那是徒劳的。

两个男孩还是追上了汤姆，汤姆不得不停下来，转过身看着他们。索尼和勒纳德也停了下来，他们满脸是汗，像热得喘不过气的狗一样。索尼狠狠地盯着汤姆。索尼在上中学之前，读天主教小学，汤姆觉得他就像班里那些总干坏事的孩子一样，从来不听话；他们爸爸的头发都是后面短两边长，裤子都高高提起；他们的妈妈都胖胖的，有着古铜色的手臂，每当周六早上逛街时都穿着一件花色的连衣裙。索尼就是这样的孩子，他差不多大汤姆三岁，比汤姆高一个头，块头几乎是汤姆的两倍。索尼有一头黑色卷发，长相普通，却充满好奇心。他的一只眼睛是深棕色的，另一只眼睛几乎没有任何颜色，汤姆想那只眼睛以前一定是蓝色的，只是后来不知道因为什么，颜色没了。亨利总叫他“白眼”。亨利说索尼的家人都很愚昧，让汤姆不要惹他，但是索尼总是抢汤姆的东西，这让汤姆有些受不了。汤姆身上根本没有什么战利品，于是索尼干脆直接从汤姆的背后袭击。汤姆恨得咬牙切齿，虽然很看不起他们，心里却还是有点害怕。

索尼先发话了：“快看，一个孬包在吃冰砖！看！勒纳德，这个大孬包居然还长着嘴！”

勒纳德咯咯地笑起来，说道：“可不是嘛！”他总是愚蠢地应和着索尼的每一句话。勒纳德个子瘦小，满脸雀斑，要是把他放在非洲猎豹和土狗中间，肯定没办法分辨。

汤姆无奈地叹了口气说：“你想怎样？”

索尼挑了挑眉毛，脸上挤出了点假惺惺的笑容，站在那里一句话也不说直到看着汤姆终于彻底愤怒了。尽管世界每分每秒都有所不同，汤姆也是每天都有变化，但是很不公平的是，在这样一个周五的下午，他又站在了那个地方，再一次忍受着索尼的欺负。

“把这个给我，笨蛋！”大个子男孩指着冰砖突然命令道。汤姆看了看冰砖，除了几只来回盘旋的苍蝇，已经没有什么东西了。

他重复道：“我说赶紧把那该死的冰砖给我！”

汤姆把冰砖换到左手上，腾出右手，学着电影里的人打了个响指，朝地上吐了下口水，亨利也这么做过一两次。

“除非你从我手里抢走。”汤姆说。这时整个世界就好像只剩下汤姆和索尼，周围一片沉寂，而其他都成了背景。血肉与意志的战斗往往都是这样的，但是汤姆以前从未这样过。

世界的声音渐渐弱了，弱到仿佛只能听到鲜血横飞的声音，天空在此时变成了蓝灰色的背景。索尼扑向汤姆，用一只手抓住汤姆的手腕，另一只手抢过汤姆手里的冰砖。此时勒纳德像一只牧羊犬一样夹在他们中间，掐住汤姆，让汤姆很难动弹。索尼借助自己庞大的身躯往后推汤姆，汤姆跌了一个踉跄。汤姆死死地抓住索尼的胳膊，直到勒纳德从后面顶住了汤姆的小腿，把他推倒在地。

索尼大叫道：“好样的，勒纳德，太棒了！”

索尼坐在汤姆的胸膛上，吃着汤姆剩下的冰砖。汤姆在勒纳德屁股下挣扎着，感到自己的脸越来越红，额头上满是汗水。勒纳德狠狠地抓着汤姆的手腕，等待着索尼的号令。

汤姆吐着口水说：“你……死胖子……王八蛋……斯蒂尔……”

索尼没有回答，只是从他紫红色的嘴唇间，吐出一口红色的口水在汤姆的脸上。

“勒纳德，打开他的嘴。”

勒纳德小心翼翼地打开汤姆的嘴，汤姆却毫不留情地咬了他的手指，他嘴里骂着，赶紧把手缩回去了。汤姆想从索尼身下挪出来，但无济于事，这时汤姆突然想到自己还有其他的武器。于是，他想先转移索尼的注意力，这个问题非常直接而合理，索尼肯定会回答的。

汤姆吐了口水，喘着粗气道：“索尼，你为什么要这么做？”

索尼盯着他看了一会儿，然后看了看旁边的马路。欺负汤姆的乐趣很快没了，大人们很快就会发现的。索尼又看了看汤姆，像是在认真考虑汤姆提出的问题，突然索尼把汤姆翻过去，把他的头推向草丛和沙子里。他越推越用力，沙子都进了汤姆的眼睛里，眼泪和鼻涕夹杂着沙子从汤姆的脸上流下来。索尼靠近汤姆那张又滑又黏的脸，看到汤姆的嘴唇出血了，牙齿上沾满了沙子，看起来就像是坑坑洼洼的月球表面。

他面部扭曲，很不屑地说道：“因为你爸是个酒鬼，你妈是个荡妇！”

汤姆被索尼狠毒的话语和眼神吓到了，僵在了那里。这时，一辆车刚好驶来，两个坏男孩吓得一溜烟跑了。汤姆赶紧站起来，把脸上和头发里的沙子拍掉，开车的老农民把车速放慢，想好好看看汤姆是否有事，却发现只是学校孩子们的恶作剧，于是摆了摆手就走了。汤姆冲他点了点头，老农民转动方向盘径直离开了。老农民把车开走后，汤姆看了看路远处的索尼和勒纳德，他们还时不时地回头朝汤姆吐口水。

汤姆把衣服上的灰尘和杂草拍掉，像往常一样看了看水面，看看是否漂着有趣的玩意儿。走了大约十五分钟后，汤姆到家了，在院子前的水龙头下洗了把脸，漱了漱口，用冷水使劲冲了下勒纳德拧他的地方，小声骂道：“小王八蛋！”

走进门，汤姆把万宝路香烟放在厨房桌子上，还好这些烟只是稍微破损了，还可以抽，幸亏索尼没有发现它。汤姆走进客厅去看电视，不一会儿，邻居克莱克夫人就带着弗莱恩弟弟来了。

“你好，克莱克夫人。嘿，弗莱恩。”

“嘿。”弗莱恩回应道。

克莱克夫人说道：“汤姆，弗莱恩今天表现真好，是吧，弗莱恩？”

弗莱恩点了点头。弗莱恩只有四岁，今年下半年才被送到幼儿园。克莱克夫人走后，弗莱恩很快睡着了，躺在沙发上，张着小嘴。汤姆把电风扇打开，放在弗莱恩旁边，自己转身去了卧室，拿下书架上的初级词典，坐在走廊外面的一把旧藤椅上，把书放在膝盖上打开。词典里没有任何关于“荡妇”（whore）的解释，但是他知道索尼说的肯定不是什么好词，说不定是一种病或是别的什么，或许是什么致命的东西。他在词典里找来找去，不确定这个单词怎么拼。好不容易找到了跟“荡妇”发音比较像的“白霜”（hoar），有结冻的意思；还有一个词“钟表学”（horology），但它的意思是艺术和科学的时间段或时间测量的方法。和那个发音相近的词还有“完整”（whole），意思是全部；再就是“是谁”(who are)的缩写形式(who're)，听起来还有那么一点像，但汤姆确信索尼可不是在问他妈妈是谁，因为这根本没有任何意义。他把词典放下，把手放在脑袋底下，望着房前流过的小河。长长的芦苇在风中摇摇摆摆，周围一片静寂。他就这样静静地坐着，看着眼前的小河，慢慢睡着了。这时汤姆突然听到了车子的声音，是从镇上传来的。他连忙站起来往外看，是一辆霍顿，妈妈坐在里面。汤姆弯腰捡起词典，放回房间里，一股负罪感油然而生，像是偷看了亨利放在小屋里的杂志一样。

妈妈走上楼梯的时候，汤姆就又坐回了门旁边的旧藤椅上。妈妈弯下腰亲了亲汤姆的脸颊，她看起来有点疲惫。

“弗莱恩呢？”

“睡着了。”

“好的……听着，大约一小时左右我就得回去上班了，明天我也得上班，亨利回家的时候你能给他沏茶吗？”

汤姆低头看着自己的脚丫来回地动着，满心的不情愿。妈妈把手放在汤姆头上，轻轻地摸了一下。

“我明白你不喜欢，可是很抱歉，我得去上班，我得去赚钱，你知道没钱我们没办法生活的。”

他点了点头：“嗯。”

“好孩子，我买了些香肠，家里还有土豆和豌豆。别忘了让弗莱恩吃豌豆啊。”

“嗯。”

“好的，那就这样。我得去洗个澡换件衣服。”她弯下腰亲了亲汤姆的额头。

“汤姆，你真是个好孩子，要是没有你，我真的不知道怎么办才好。”

汤姆抬头看了看妈妈，有时只要闻到妈妈的味道，他就觉得好多了。当妈妈笑起来的时候，总是有点淡淡的悲伤，还带着些许的顽皮。汤姆常常想，是否在亨利和弗莱恩面前，妈妈的笑容也是这样的？他每每想到妈妈也记得这些温馨的时刻，哪怕就那么一会儿，就感到非常高兴。

他跟着妈妈走进屋子里，坐在弟弟旁边。妈妈在房间里走来走去，看到弗莱恩浅黄色的头发被风扇吹起来，他赶紧把弟弟的头发抚下去。过了一会儿，妈妈走过来，把手搭在他肩上。

“好了，汤姆，我要走了。你乖乖的，亨利过会儿就回家了。”话还没说完，就听见外面有人在敲门，弗莱恩都被门铃声惊醒了。

“该死的门铃。”妈妈抱怨了一句。

“什么东西啊？”弗莱恩还没有完全从睡梦中醒来。

汤姆抬头看了看妈妈，却发现妈妈几乎已经走出走廊了，高跟鞋在地板上发出嗒嗒的声音，好像一个人在用棒子敲击地板。

“你好，请问你找谁？”只听见妈妈问道。

睡眼惺忪的弗莱恩从沙发上下来，走到门口，汤姆也紧跟着他。他们家外廊上站了个男人。弗莱恩停下了，盯着那个男人看，汤姆也跟着弟弟停下来看那个男人。男人长着浓密的黑色胡须，杂乱的头发垂到肩膀上，一双灰色的手掌，指甲是黄色的，指甲里面满是脏兮兮的泥土。今天下午这么热，他竟然还穿着一件松垮垮的羊毛衫，上面全是洞，外面套着一件脏兮兮的呢子大衣，戴着一顶宽边草帽，用一双深黑色的眼睛看着这两个男孩。

“夫人，请问还有剩饭吗？”他说，“我现在太饿了，饿得能吃下一头牛。”

弗莱恩咯咯地笑了起来。男人上下打量着弗莱恩，弗莱恩连忙停了下来。

“倒是有些剩饭。”妈妈说道，转身走向厨房。汤姆和弟弟老老实实地站在那里。男人环顾四周，好像要找什么东西，然后低头看着兄弟俩。

“你叫什么名字呢？”男人用沙哑低沉的声音问弗莱恩。

弗莱恩回答说：“我叫弗莱恩，你呢？叫什么名字？”

“嗯……比利。”男人回答说，看起来好像是平时不怎么用自己的名字。他点了点头，又说了遍自己的名字：“比利。”不过这次说话声音很轻。

汤姆的妈妈拿着食物来了，锡纸里有一些，棕色袋子里还有一些。汤姆能闻出锡纸里放着的是凉了的鸡，那个男人开始流口水了。

“恐怕我只能找到这些了。”妈妈说着，把食物递给那个男人。

“老天保佑您，夫人。”他边说，边接过食物。男人向汤姆妈妈点头致谢，又向两个孩子点点头，然后转过身，穿过大门，沿着小路径直走了。孩子们小心翼翼地关上了大门。

“妈妈，他是谁啊？”那人走后，弗莱恩问道。

“流浪汉？乞丐？应该是吧。”妈妈抱起弗莱恩摇来摇去，“我不在家的时候，好好听哥哥的话，你睡醒了我就回家了。”

“好。”

汤姆看着妈妈走出去，上了汽车，在马路上调转车头，他看见妈妈坐在车子里，看着前方。汤姆顺着马路的方向看过去，刚才的那个流浪汉已经不见了踪影。妈妈在车里向他们挥手告别，加速开走了。汤姆也向妈妈挥挥手，望着妈妈的车子远去的方向，走出大门，目送妈妈上班。汽车在笔直的马路上快速行驶，在拐弯处消失了。汤姆走到路上，左看右看，仍然没有发现那个流浪汉的影子。他跑到屋子的另一边，在拐角处停了下来，靠在降温板上。他正径直穿过屋子旁边的牛围场时，却看到了那个流浪汉，那人往后扔了块鸡骨头，走几步就回头看几眼汤姆的家。汤姆赶紧退了几步，过了大约一分钟的时间，他又从降温板边上探出头来，准备看拐角处的那个流浪汉，但是那个男人已经走远了，可能已经走进了树林。

汤姆走进后院，看了看院子里的大树，转过身走上后门的台阶，进了门。弗莱恩已经躺在沙发上睡着了，还是把大拇指放在小嘴里。汤姆走出去，坐在外面的旧藤椅上，手撑着下巴，想象着妈妈在院子里往那根长长的晾衣绳上晾衣服的场景。

汤姆醒了，看到日落的阳光折射在东面的天空，一大群鸟儿盘旋在房前的小河上。亨利·甘恩肩上扛着电锯，走在回家的路上，鞋子和衣服上沾满了木屑。因为经常戴着帽子，他的前额显得格外的白。他穿过家门，摸了下继子汤姆的头发。汤姆看到继父前臂的内侧有一道锯齿状的伤疤，一定是亨利在用电锯砍树的时候被伤到的。伤疤上缝的线大约有三厘米宽，看起来就像靴子上系的鞋带。亨利在门口停下来，问汤姆妈妈和弗莱恩都去哪了。汤姆回答了他，看见亨利皱着眉头走到浴室洗澡去了。

亨利洗澡的时候，汤姆给他沏好了茶。晚餐准备好以后，汤姆把三个人的盘子都盛上香肠、土豆泥和豌豆。亨利坐下来就开始吃。妈妈教育汤姆和弟弟吃饭要优雅，可是亨利从不那样。汤姆和弗莱恩也跟亨利学起来，狼吞虎咽地吃着。亨利嚼着满口的饭对汤姆说：“汤姆，你明天得帮我绑木头。我们上周砍了一些树，这些树把装木头的卡车堵住了，今天那该死的约翰胳膊又受伤了。”

汤姆心一沉。往常，汤姆肯定会对胳膊受伤的细节感兴趣极了，今天是周五，而亨利的意思，是让他周六去工作。

汤姆嘴里全是饭，结结巴巴地说：“那么弗莱恩怎么办？”

“他怎么了？”

“妈妈明天还要上班。”

“啊，让克莱克夫人帮我们照顾这个小家伙吧。”

汤姆等了一会儿说道：“不行的，克莱克夫人明天要去劳伦斯。”

亨利把叉子扔在桌子上，骂道：“该死！”把弗莱恩吓了一跳。

汤姆说：“我会照顾好弗莱恩。”

“不行，你得来帮我。”

汤姆知道自己的周六就这么泡汤了。“但是，赖利先生怎么办呢？”

“你可以让他等一天，后天你再去装那些该死的木屑！”

“只是……”

“天哪，汤姆，别再说了！我不能白白付那些浑蛋钱，我得赶紧把那些该死的木头搬出来。”

汤姆不说话了，他们都默默地吃着饭。因为妈妈不在，他不能总想着玩牌了。弗莱恩咯咯地笑起来，把土豆泥喷在了衣服上。

汤姆大喊道：“弗莱恩！你在干吗？”

亨利嚼着食物，看着弗莱恩说：“弗莱恩也可以去，就把他放在车里好了。”

汤姆看了看继父和弗莱恩，咬了咬嘴唇，什么也没说。收拾完餐桌后，亨利就从外廊拿来电锯，放在灯光底下的桌子上。他把磨具夹在胳膊里，仔细地将电锯上的每一个锯齿都磨得亮铮铮。弗莱恩坐在沙发上看电视，依旧把大拇指放在小嘴里。

亨利嘟哝着说：“记得睡前给弗莱恩洗澡。”他聚精会神地打磨着电锯。

“嗯。”

汤姆洗餐具的时候，又一次想起了欺负他的索尼·斯蒂尔，心里充满了怒火。索尼问他的那个问题突然在脑子里浮现，比被索尼欺负更令他害怕。他洗完碗之后，转过身去看亨利磨刀片。亨利每磨一会儿，就会停下来休息一下，等缓过劲来，又开始快速磨起刀片。汤姆觉得有点晕，于是深呼吸了一下，心中默数三个数，鼓起勇气向亨利问起那个问题。

“亨利？”

“嗯？”

“‘荡妇’是什么意思？”

亨利没有立即回答他，而是抬起头用严厉的眼神盯着他，忘记了自己手上拿着的电锯和锉刀。

“你从哪里听到这个词的？”

汤姆吞了吞口水。每当亨利这么看他的时候，他都不敢说谎，他压低嗓音说道：“索尼说的。”

“斯蒂尔？他是说你还是说别人？”亨利皱着眉头，汤姆能看到他脸上还有肥皂，肯定是洗脸的时候没冲干净。

“都不是。”

“那么他为什么这么说？”

汤姆没有说话。

“告诉我，否则别怪我不客气！”

“我不知道他为什么这么说！”

“跟我说明白，那个小王八蛋到底是怎么说的？说明白点儿。”

汤姆又努力咽了下口水，觉得有点头晕，好像刚才的话会引起一场巨大的风暴。

他小声说道："他说我妈妈，说我妈妈就是个荡妇，这是他的原话。"

亨利站起身来，汤姆害怕亨利揍他，就蜷缩成了一团，但是亨利没这么做。亨利的大腿碰到了桌子，电锯和那些工具都掉在了地上。亨利很生气，甚至根本没注意到东西都掉到桌子底下了。这场风暴由汤姆引起，还夹杂着一股肥皂味，因为亨利的头发是湿的，亨利把工靴脱下来扔在了门前。汤姆看见亨利爬上卡车，在尘土中开着车远去了。他心里感觉怕怕的，比今天下午还要害怕，按照亨利的脾气，真不知道会发生什么。这场风暴会伤到索尼，但是谁知道亨利是否也会受伤。

二

"嘿，达茜！达茜·斯蒂尔！你是个大好人！让我们看看你的奶子！"

男孩们比达茜和格蕾斯的年龄大些，头发都长长的，满脸青春痘。他们刚刚出现的时候，格蕾丝·马瑟着实被吓了一跳。但是达茜只是大笑，不理他们。

达茜大喊："去死，你们这群蠢货！"

格蕾丝大笑起来，是那种狂野的笑，夹杂着紧张。人这么笑肯定会头晕的。男孩们在路的另一边站了好一会儿，其中一个男孩拿着树枝，戳着旁边草丛里的草，这样他会放松些。不久，男孩们转身离开了，从农业大楼的后面消失了。

达茜说："如果不是你在这里，他们还得缠着我。"

"可我并没有阻止他们啊？"

"不，是你阻止的。波普是你爸爸。这就是他们不敢缠着我的原因。因为你在这儿。"

格蕾丝耸了耸肩，有些不相信达茜的话："他们以前总这样缠着你？"

"是啊，好多次了。"

"为什么你以前没说过？你都是怎么做的？"

"我就跑开，我比他们跑得快。"

"他们追上过你吗？"

"就那么一次。"

"那都发生什么了？"

"他们想看我身体，我跟他们说，得让我先看看他们的小鸡鸡。"

格蕾丝睁大眼睛看着她的朋友。

"他们让你看了？"

"有一个人让我看了，其他的都是胆小鬼，但是在轮到我之前，我就又跑了，哈哈！"

"那是什么样子的？"格蕾丝嘟囔着说。达茜笑起来。

"还记得我们帮幼儿园的老师们照顾那群小男孩吗？"

"嗯，记得。"

"嗯，跟幼儿园的小男孩差不多，像条虫子，粉色的虫子，但是……"

"但是什么？"

"比小男孩们的大一些……毛茸茸的！"

达茜和格蕾丝大笑起来，越发笑得止不住。达茜大声说:“快点，跟上来！”她们就跑到了路上。格蕾丝最近什么事都跟着达茜，虽然她比达茜还要大几个月，但是她不在乎这个。每个星期六，达茜总是让格蕾丝干这干那，而格蕾丝自从跟达茜一起，就不像以前那样，每天只是坐着无聊了。天使岩附近好玩的地方，都快让她们玩遍了，达茜也越来越烦躁起来。最近格蕾丝把她读到的故事讲给达茜听，这样达茜就会高兴起来。上周六，她就跟达茜讲了哈克·费恩的故事，还有他的木筏，所以她们也想学着费恩，做一个木筏，在河里漂流而下。

她们按照计划，走到一个锯木厂，从篱笆空里钻过去，星期六这里没人上班。每个周末，汤姆·费里都会在这里给肉贩子收集锯末，可今天却不见他的踪影。她们在木材堆里找原料，在早晨强烈的阳光中，整整忙碌了一个小时，终于找到了一个托板、一些形状各异的木材的边角料、四个油桶，还有一些零零散散的绳子，以及一块绑在木材底部的破红布，这是支架工为了搬运这些木材，专门钉在上面的。

她们穿过一片小牧场，小牧场就在锯木厂后门和河岸之间。她们拖着刚刚找到的托盘，想要从篱笆孔中塞过去的时候，发现托板太大了，她们什么方法都试过了，就是塞不进去。

达茜说道:“该死。”

她们坐下，看着托板，用袖子擦了擦额头上的汗水。

“这个最适合我们的计划了，我们不能就这么丢了它。”

格蕾丝说道:“我可以让波普帮我们。”

“你不能找他！他会逮捕我们的！”达茜大笑着说，格蕾丝勉强挤出了点儿笑容。

达茜说："我们就用手里的东西解决这个事情。"

她们回到河边，看着那堆木材，根本就不像木筏。达茜试着把一个油桶系到一块厚木板上，但是绳子太短了。

"真该死！"达茜又说了一遍，把其中一个油桶向下推向河边。结果油桶掉进了深色的河水里，漂走了。两个女孩你看看我，我看看你，过了一会儿，把剩下的木头和油桶统统扔进河里去了。扔掉油桶后，她们坐下来看着河里的油桶漂在水面上，排成了长队。

"河里的船会碰到它们的。"几分钟过去以后，达茜有点不安地说道。

格蕾丝点点头："是啊，说不定船会被撞沉。趁着没人看见我们，还是赶紧离开这里吧。"

"说不定它们都会漂到大海里去。"

"是的，没准都会漂到悉尼去的，加油啊。"格蕾丝若有所思地说道。

"你觉得那里怎么样？"达茜还是静静地坐在那里。

"哪里？"

"悉尼。"

"我也不知道。那里应该有很多大楼，很多房子，很多人。"

达茜点点头："总有一天我也会去悉尼看看。"

"很棒的主意，现在就努力！"

达茜耸了耸肩，她们站了起来，轻轻拍掉裙子上的杂草。她们开始往回走，和刚来的时候一样，这里还是一个人都没有。沿着锯木厂，她们在旁边的火车站台停下了，在老站长办公室旁边的水龙头上喝点水，洗了把脸，洗了洗手上和胳膊上的灰尘。突然听到远处火车的笛声响起来，她们攀上月台，坐在一个旧行李车上朝南望去。不久，她们看到从山谷那边驶来的火车，就像一艘行驶在热浪里的船。达茜站了起来，格蕾丝的肚子开始咕咕叫起来，她看了看手表。

“我觉得我可以超过它。”达茜说道，用一只手遮住阳光。

“超过什么？那列火车？”

“是的，看谁先到那棵大树。”

格蕾丝看了看从这里到大树的距离，大约有一百米，然后又往后看了看火车驶来的方向，又向前看了看达茜。只见她赤脚站在尘土里，一只手叉腰，另一只手绑着红色的条带，太阳正照在她金色的头发上。她的好朋友总是那么自信，甚至包括和火车赛跑。

“啊……或许吧。”她断断续续地回答说，“如果火车在拐弯处减速的话。”

“乌鸦嘴！”

达茜做好准备起跑的姿势，在路边等着火车的到来，脸上露出狡猾的笑容。火车司机在向她鸣笛。渐渐地，火车一点点靠近了，带着庞大的金属车体，冒着烟的内燃机，在太阳下闪闪发光。格蕾丝从轨道上又后退了两步，同时也喊着达茜注意安全。 当火车开到达茜跟前的时候，达茜拔腿就跑，沿着车道快速地跑，大笑着举起手里的条带，像举着旗帜一样前后摆动。车厢里的乘客盯着她们看，一些男孩甚至打开车窗朝她们大喊、吹口哨。在男孩们的叫喊声中，达茜很快就到了那棵大树那里，大笑着躺在草丛里，脸颊红红的，头发都被脸上和脖子上的汗水打湿了。格蕾丝赶了过来，扑通一下在她身边躺下，也大口地喘着气。此时，她眼前的蓝色天空布满了一堆堆小亮点。她们就躺在那里，咯咯直笑，直到达茜戳了格蕾丝大腿一下。

“我赢了？”

“嗯，你赢了！”

达茜举起胳膊，挥舞她的拳头。

“赢了！”她大喊着，过了一会儿，她站起来了，把格蕾丝拉了起来。

“走吧。”她接着说道，“我现在很热，我们去游泳吧！”

走到码头，她们迅速跑了起来，在渡桥升起之前赶紧跳了上去。船主朝她们大喊大叫，达茜也毫不客气地反击，而格蕾丝以为船主是在笑，因为他脸上的表情都被胡子给遮住了。当渡船到了小镇的另一边时，她们迫不及待地穿过栏杆，跑到大街上。穿过了修道院、学校，穿过了长满杂草的小牧场，然后是有树篱笆围住的老房子，外廊旁边长满了小树苗，再穿过一个有栅栏的大院子，院子里长着竹子和高大的蓟，小马驹在树荫下几步以外的地方吃草，最后她们从另一边偷偷翻过栅栏，在灌木丛中通往小河的路上消失了。

池塘边一个人也没有。其他孩子都喜欢去水坝或远离码头的河里游泳。格蕾丝哪里也不喜欢，只是天太热了，她不得不这样。达茜把裙子从头上脱了下来，又麻利地脱掉了内裤，而格蕾丝警惕地往四周看了又看。

“别担心，没人会来这里。”

格蕾丝略带紧张地点点头，也开始脱衣服。

“你已经开始发育了啊。”当达茜看到格蕾丝的胸部时，说道。格蕾丝害羞了，说：“你早晚也会的。”

“妈妈说我发育晚。”

“对，发育晚！”

格蕾丝越来越害羞了。

“到那时候，你也得穿胸罩。”

“我才不喜欢穿。”

“我也是。谁愿意穿那东西啊。”

达茜转过身，顺着河岸爬下去，跳进了水里。格蕾丝穿着内裤也跟着跳进了水里。树荫下的水很冷，越往池塘里面，水就越冷，格蕾丝冻得起了很多鸡皮疙瘩。她很快忘了自己半裸着身子，在水里越游越高兴，她喜欢水抵着皮肤的感觉，比岸上又湿又热的感觉好多了。

达茜越游越觉得没意思，于是就爬上远处岸边的一块岩石，从岩石上跃身跳入池塘，树荫下的水面，扑腾扑腾溅起一阵阵水花。

“来这边！你也来试试！”达茜从水里探出头，对格蕾丝大喊。

格蕾丝十分犹豫，但是被达茜再三央求着，最后也爬上了岩石，在岩石上站了足足一分钟，手臂交叉着放在胸前，默默地积蓄着勇气。当她跳下去的时候，感受最明显的是：越往深处，水就越凉。当她浮出水面时，情不自禁地打了个冷战。她们轮流跳，突然达茜说，她想从水面上方的一棵粗大树枝上跳下来。

她说：“我想爬到那儿，然后跳下去。”

“别做傻事啊！那里多高啊！”

“放心吧，我看见别人也这么跳过。”

格蕾丝看着达茜爬上那棵树，小心翼翼地攀上那根树枝，坐在上面，两条满是泥的腿向下垂着。

“小心点！”格蕾丝大声说，“水要是不够深怎么办啊！”

“不用担心！”

达茜在树干上熟练地做着准备动作，压低身体，胳膊伸展了几下，就纵身跃入水中。格蕾丝紧张地用手捂住嘴巴，屏住呼吸。达茜的身体只在空气中停了一小会儿，就进入了水里，溅起了一片浪花，水花甚至溅到了站在岸边的格蕾丝身上。

“看到了吗？”当达茜的脑袋露出水面的时候，她迫不及待地喊道。

格蕾丝摇着头说道：“达茜·斯蒂尔，有的时候，你真的是一个十足的大傻蛋。”

达茜从水里游到了岸上，甩着头发上的水。格蕾丝也跟着她坐在旁边。

“抽个烟怎么样？”坐了一会儿，达茜说道。

格蕾丝还没来得及回答，达茜就在自己衣服里摸来摸去，终于找到了两根皱皱巴巴的烟，还有一盒火柴。她把一根放在嘴里点着了，另一根递给格蕾丝，并帮格蕾丝点上。达茜看着格蕾丝把点着的烟放在嘴唇上，脸沉浸在缭绕的烟气中。

“不错啊！抽得很自然嘛！”

她们就静静地坐着抽烟，不久格蕾丝觉得有点难受。格蕾丝刚想跟达茜说什么，突然听到树丛里面传出来奇怪的声音。

“什么声音呢？”格蕾丝嘴里嘟哝着。不经意间，烟从她手指间掉了出来，她也没去理会。达茜站起来，朝着池塘对岸的灌木丛望去。格蕾丝双手挡在胸前，慢慢地移向裙子。她又听到了这种声音，这次更加清晰了，那笑声就想被掐住了脖子一样。

达茜说了句："是我哥哥索尼。"

她弯下腰抓起一把土，走进水里，向岸边扔去。她越扔越起劲，左手夹着烟，烟竟然没有打湿。灌木丛里传来一声尖叫，索尼和勒纳德没有了防护物，像小袋鼠一样钻进了树底下。格蕾丝看见勒纳德直愣愣地盯着达茜的身体。

索尼大声吵着："我要告发你！"

达茜反驳道："我应该告发你！我什么也没做！"

达茜弯下腰，从岸上抓起一大把土，准备攻击索尼，回头的时候，看到了格蕾丝。

"过来！帮帮我啊！"

"我做不到啊！"

达茜耸了耸肩，继续向岸那边扔泥土，索尼和勒纳德落荒而逃。最后扔了几下，达茜走过来，站在格蕾丝旁边，把裙子扔在了格蕾丝头上。

"他们老是这样。"达茜边说边穿上内裤。格蕾丝觉得更不舒服了。

"你刚刚怎么不穿衣服呢？"

达茜觉得这个问题很奇怪。她想了想，也没有更好的答案，就耸了耸肩。

她说："我不在乎。"

达茜走到池塘边，洗掉胳膊和腿上的泥土。格蕾丝突然明白了，原来达茜真的不在乎索尼和勒纳德看见她的身体。达茜洗完回到岸上坐下，把下巴放在膝盖上，什么也没说，好像刚才关于衣服的话题影响到了她们。

最后格蕾丝说："我得走了，我妈妈准备好午饭了，你跟我一起吧。"

"不，我就待在这。"

"那么我过会儿回来找你。"

达茜点了点头。

格蕾丝站着说："别忘了穿上衣服，在这儿等着我啊。"

"嗯，我记住了。"

格蕾丝等着达茜穿上衣服，她总觉得有点尴尬，但又说不出为什么。达茜只是静静地盯着水面，不时地朝里面扔几个小石子。

格蕾丝说："那么待会儿见。"

达茜喃喃地说："好，待会儿见。"

达茜脸上掠过一丝不易察觉的伤感，接着她低着头，哭了起来。格蕾丝赶紧蹲下，用胳膊搂住她，让她的头靠在自己的肩膀上。她哭了十分多钟，然后就是低声地啜泣，格蕾丝想知道到底发生了什么事。达茜只是摇摇头什么也不说。格蕾丝抚摸着她的头发，把她抱得更紧了。

"到底发生了什么事情？"格蕾丝又问起来，但是达茜还是不愿告诉她，或许是不可以告诉她。格蕾丝看着她哭红的眼睛，还有满是泪水的脸颊。她把达茜的一缕湿漉漉的头发捋到她耳朵后面。达茜抬起头，那双忧伤的蓝色眼睛看着格蕾丝，她双手捧住格蕾丝的脸颊，并亲了亲她，达茜的嘴唇又湿又热。格蕾丝放开了达茜，看到达茜脸上浮现出一丝古怪的表情，格雷丝明白这是因为达茜不能向她透露实情。格蕾丝突然站了起来。

“格蕾丝……”

“如果你不告诉我发生了什么，我就真的走了……”

达茜咬着嘴唇什么也没说，格蕾丝还是起身离开了。她的头脑很乱，感情上很困惑。当她回头看达茜的时候，达茜还是静静地坐在那儿，看着她。在明亮的阳光照射下，达茜的脸庞显得格外苍白。她勉强冲格蕾丝笑了笑，朝她招手，仿佛满心期待地希望她只是假装要离开一样。格蕾丝皱了皱眉头，犹豫了一下，还是冲她招了一两下手，转身回家了。

三

汤姆在裤子上擦了擦手，猛地往上一跳，够到卡车的吊臂上垂着的晃悠悠的钩子，借助身体的重量把连着钢索的钩子拉下来。亨利坐在驾驶室里，一边看着一边吆喝，指挥着汤姆。汤姆俯下身子，把钩子从圆木和地面的缝隙塞进去，接着爬起来从原木上跳过去，又趴到地上，手在圆木下面的泥土和树叶中摸索了一会儿，摸到了钩子，拽了过来。如果圆木太重，他就先把钩子拉下来放到圆木的一侧，再从另外一侧用力滚动原木，直到钩子露出来。有时候亨利还得下来帮帮他。等钢缆捆上了圆木，亨利就猛砸吊臂的控制器，钢绞索嗞嗞呀呀地晃动着，把捆紧的圆木从地面上吊起来。汤姆觉得亨利操纵控制器太快，他几乎来不及躲到安全的地方。为了躲开木头，有时他不得不躺倒在泥地上，否则要么被绳子擦破手，要么被圆木上的刺扎伤。他不明白亨利为什么要那么匆忙，像要把卡车的脖子拧断一样。他亲眼看到布拉迪·约翰的胳膊是怎么断的，胳膊很容易被绳子捆住，或者腿被圆木压住。可是亨利就是要求他要快，要动脑，不能被工作或自己吓倒了。

弗莱恩站在卡车的座位上，从后窗看着汤姆。有时候，看到汤姆摔了，会朝他喊一声，除此之外，他一般都是静静地坐在座位上。他已经学会了不去打扰亨利。驾驶室的玻璃像一个电影的荧幕，弗莱恩的手指却可以从那里伸出来。亨利满是伤疤的胳膊和大手，正好可以伸出来操纵控制器。上次在劳伦斯看电影，看门的女人没让汤姆和弗莱恩进去，因为他们光着脚，看着手里的电影票，他们几乎要发狂了，直到妈妈回来找他们。妈妈走到看门女人面前，把她数落了一顿。想到这里，汤姆不禁微笑了，立刻又把这些想法从脑海中赶走，这时候可不能分心。

“在那儿等着！”亨利命令道。汤姆很吃惊，看着逐渐远去的车辙，还有弗莱恩那张苍白的椭圆形的脸。卡车去别的地方拉圆木了。“在那儿等着”，汤姆不知道这是亨利对他的赞赏，休息一会儿是奖励，还是说他就是一个废物。汤姆坐在一棵树下，感到这样等着有点孤单。

前一天晚上，亨利出去很久也没回来，汤姆就没有像往常一样等他。汤姆回到卧室躺在床上，静静地聆听着屋外的声音，不知不觉就睡着了。亨利迈着缓缓的脚步走进屋子，已经没了力气和怒气。至于到底发生了什么，他对索尼到底做了什么，说了什么，他都只字未提。而此时，屋子外面正在酝酿着一场真正的暴风雨，首先听到的是模糊的雷声，慢慢地雷声越来越近，越来越大，直到雷声震得屋子都动起来了，汤姆突然想到了妈妈，不知道妈妈有没有被雨淋到。突然一道闪电划过窗户，紧接着就下起了大雨，雨下得很大，雨水从屋顶的瓦片上流下来，持续了大约一个小时，或者是四十五分钟。雨水流到了山谷里，排水沟里也到处都是雨水，雨后的空气又干净又凉爽。当亨利走到外廊上时，汤姆可以听到地板嗞嗞作响，他想象着亨利穿着汗衫站在外面，抽着万宝路，静静地看着暴风雨慢慢消失。又有几道闪电划过窗户，他看到弗莱恩躺在对门的床上，嘴巴还是大大地张开着。

一大早起床，汤姆没有发现黑眼圈，也没有听到亨利打响指，一切都是静静的，跟以往的早晨很不一样。关于那天晚上的事，汤姆不打算提起，尤其不会在妈妈面前说。直到现在汤姆还没有听到妈妈回到家的声音，而且他也不奢望妈妈会回来。

亨利回来了，他从卡车上跳了下来，用树枝和树皮生火，在火上烤着羊肉。一阵微风吹来，篝火的烟雾弥漫到整个树林里。茶泡好了，他打开一盒饼干，递给汤姆和弗莱恩各两片。汤姆走到一个树墩旁边，那是个桉树的树墩，在上面坐下来，看弗莱恩拿着一根树枝追赶大红树蚁。他幻想着自己可以脱下鞋子，把脚放在清凉的溪水中。为了不被碎屑扎到脚，亨利临走之前，让两个孩子穿上了学校发的鞋子。汤姆只在特殊场合才穿这双鞋，鞋子又黑又亮，但是又硬又沉，脚被鞋子夹得很难受，脚踝也被鞋子磨得生疼，弗莱恩肯定更疼，因为他从来就没穿过这种鞋子。亨利告诉过他们，就是因为这样，所以弗莱恩才更需要在正式上学前适应这种鞋子。汤姆试图告诉亨利，在学校里根本没人穿这种鞋子，但是亨利好像什么都没听见似的。

“弗莱恩，小心点，那些蚂蚁很恶心，别被他们咬到手。”汤姆说话时，亨利走到后面的树林里小便去了。

弗莱恩嚼着饼干回答道：“不会的。”

亨利回来以后，把收音机放在地上，听上几首歌，就切换到了新闻频道。新闻播报员正在读一则新征士兵的出生年月日。汤姆猛然一惊，因为他听到了一个士兵居然和自己的生日相同，只是出生年份不一样。

“这是我的生日！”

“什么？”

“他刚才说的是我的生日！”

“你还太小了。”

“做什么太小了？”

“当兵上前线打仗。”

“要是等我长大了呢？”

亨利耸了耸肩说道：“那时候，你就必须要去了。”

“要是我不想去呢？”

亨利有点惊讶地看着他，对他说：“你必须得去，这由不得你。”

“要是有一天我真的去了可怎么办？我不会一把年纪了，还在前线打仗吧？”

“嗯……你必须得去啊，要我说的话，如果国家需要你，你就得去。”

亨利晃动着茶杯底部的茶叶，看了看汤姆，觉得他肯定会再问他一两个问题。汤姆也准备再问亨利一个问题，但是亨利突然看向弗莱恩，大喊着让弗莱恩小心点。汤姆也跟着看了看他弟弟，好像并没有什么危险。

安静了一会儿，亨利又大声喊道："来这边。"

吃完早饭，大家就开始工作了。亨利把他视线内的树木都砍掉了，堆积起来的树木堵住了他的去路。汤姆只好清理出通道，在圆木的一头标上亨利的记号，并打扫木材周围的树枝，这样卡车就很容易驶进来运木材了。他们一直工作到午饭时间，亨利开车把汤姆和弗莱恩带到吃饭的地方跟大家一起吃午饭。那个地方又大又干净，因为树都被砍光了，燃烧着的树枝冒着缕缕青烟。人们就蹲在篝火旁边烤肉、泡茶、抽烟。汤姆喜欢和伐木工们在一起，听他们讲下流的笑话，无头罪犯的恐怖故事，以及深夜树林里传来的鬼哭狼嚎。他们满身烟草味，总是油光满面，衣服上经常会沾满树汁，他们偶尔也讲讲自己或别人的故事，或者是他们砍伐大树时遇到的趣事，例如他们的胳膊、腿、脖子或后背是如何在伐树的时候伤到的。他们一会儿谈女人，一会谈伐树那些事，搞得汤姆都分不清他们到底在谈论什么。他们每个人的胳膊和腿上都有伤痕，身上的衣服都有洞，或者都有一两颗亮白亮白的假牙。老一些的伐木工喜欢在他们的工作服外面套着背带裤，他们不愿意理会那些年轻的伐木工。

汤姆在残留的灰烬和烧黑的土地上转来转去，自言自语地说："怎么这么多灰，我都能看到我的脚印了……踩在这么微小的灰烬上。"亨利突然喊他，让他去另一堆篝火处煎几个鸡蛋并照看好弗莱恩。亨利快步走到人最多的那堆篝火处，跟那些人一起，蹲在他们中间。他从口袋里掏出一支烟，用手把烟弄平，然后点着。

汤姆从卡车上拿出平底锅、鸡蛋和面包，从树荫处走到阳光里，他感觉格外热，汗水流满了额头，他用手擦拭的时候，汗水不小心流进了眼里，他又烦又热。

汤姆看见弗莱恩绕着一根大树桩转来转去，便朝他大喊："找个阴凉的地方坐下！"

弗莱恩拖着一根树枝走过来，树枝在沙子里划来划去，汤姆觉得自己又要发脾气了。早晨起得很早，这也让他十分暴躁。

汤姆说："过来看我做饭。"但是这对弗莱恩好像没什么吸引力。汤姆看着他的弟弟，起初觉得有点对不起弟弟，后来就完全变成了对弟弟强烈的保护欲。

他说："我们明天去钓鱼怎么样？"他的声音听起来又微弱又嘶哑，好像又被索尼欺负了一样。

弗莱恩眼前一亮，说道："真的吗？我们可以去钓鱼吗？"

"是的。"

"去哪里？"

"笨蛋，还能去哪里？当然是河里啊。"

"爸爸会让我们去吗？"

"明早我们趁他没醒，早点出去，出去的时候给他留张字条不就行了。"

弗莱恩咯咯地笑了起来，看起来比刚才心情好多了，很快就自顾自地哼起了歌，趴在地上看卡车底下有没有什么好玩的东西。

记得上次亨利带他去钓鱼，还是个下雨天。他自言自语地说道："那天的雨下得不算大，或者说根本就算不上是下雨。"他跟着亨利穿过带刺的铁丝网，走进小牧场，腿都让沾满露水的草打湿了，妈妈和弗莱恩在他们的汽车后面，车开动了，妈妈和弗莱恩的身影变得越来越小。他还记得那天妈妈抽了一支烟。那是一辆黑色的霍顿特种车，烟雾在车窗框上缭绕着。亨利带着一个用柳条编的鱼篓，上面绑着两根皮带，用旧绳子把鱼篓和皮带固定在一起。汤姆记得那是在自己家的后院，弗莱恩只有两三岁的样子，站在鱼篓里，手上抓着油腻腻的鱼篓把手。他拿着亨利做的小钓竿，那是用竹子做的，上面还绑了一个老式的鱼线圈，脑袋上戴着一顶破破旧旧的老油布帽子，冷冷的雨顺着帽檐一直流到他的脖子里。他们进了牧场旁边的一片郁郁葱葱的森林里。汤姆回头望去，只见妈妈已被远远地甩在了后头，她低着头，赤着的双脚被地上的绿草衬托得更加白皙。妈妈和弗莱恩在辽阔的草地和树林中变成了黑影儿。他们手牵着手，胳膊像连接在一起的绳子。弗莱恩刚刚学习走路，妈妈正教着弗莱恩在地上走。弗莱恩没戴帽子，头发稀少，让雨一淋，所有的头发都贴在了头皮上，连衣服都湿透了。他们终于到了钓鱼的河那儿，水很深，水流急，岸上长满了柳树。他还记得河水流过树根和黑色岩石汩汩作响的声音。亨利告诉他这个地方很特别，因为是他的爸爸告诉他的，但是那天他们一无所获，以后他们再也没有去过那里。

过了大约五分钟，鸡蛋快要煎好了，汤姆朝亨利坐着的地方看了看。他一直坐在那儿聊天，任凭汤姆怎么叫他，都无动于衷。汤姆又赶紧看了看锅里的鸡蛋，却被锅里冒出的烟呛到了，眼睛被烟呛得又疼又胀。他把锅拿起来，看了看里面的鸡蛋，火候合亨利的胃口，要是时间再长点，鸡蛋就被煎得又硬又黏，亨利就不喜欢了。他往四周看了看，没发现弗莱恩。他倒吸了口凉气，骂道:“该死！”

就把锅放到了卡车的阴凉处。汤姆走到亨利身边，戳了戳他的肩膀，突然觉得鞋子夹得脚生疼生疼的。亨利只是斜眼看着他，身体根本没动。汤姆本来很烦躁，可是这会儿不知怎么了，突然安静了下来。坐在旁边的那个人抬头看了看他，然后就和亨利一样转过身去了，因为他们都在专注地听一个老人讲故事。汤姆又气馁又紧张，耳朵热了起来。最后他转身走了，喊了一句："鸡蛋煎好了！"刚才他也是这么喊的。他回头发现，有些人看着他和亨利大笑起来，这时汤姆真想拿着树枝丢他们，因为这些人看起来就像多事的狗一样欠揍。他朝着卡车走去，太阳把他的脖子晒得生疼。他听到身后亨利的靴子踩在沙土上嗞嗞的声音，以及踩在灰烬上嗞嗞的声音。

亨利追上汤姆，问道："弗莱恩呢？"

汤姆吓了一跳，他赶紧往四周看了看，但没有找到弗莱恩，他急忙去看了看卡车底下，还是没有。忽然他们听到在卡车不远处有个小男孩在呻吟，是弗莱恩的声音。他已经把鞋子脱掉了，用一只手支撑着另一条胳膊，脚和胳膊上都沾满了灰尘，坐在空地上。亨利赶紧跑过去抱起他，把他身上的灰拍掉。亨利问弗莱恩到底发生什么事了，弗莱恩只是大哭，泪珠从他那满是灰尘的小脸上滚了下来。

亨利说："他的胳膊被烫到了，他离火堆太近，一不小心掉进去了。天哪，汤姆，我不是跟你说了，好好看着他别让他乱跑！"

汤姆吓得不知所措，但又想反击。还没等他说话，亨利就走过来拽住他的耳朵，给了他几个耳光。他的耳朵嗡嗡的，听见弗莱恩哭得越来越大声了。他看到亨利几乎是把弗莱恩扔进了卡车里，然后听到亨利让他去拿锅。汤姆的耳朵被打出了血，脸也被打得滚烫滚烫的。他听到有人在大笑，于是转过身去看。几乎所有在场的人都在看着他，他们中的一些人在大笑，他们的肩膀和肚子都笑得乱抖。这些人都在看着他，嘲笑他。 他拿起锅，把鸡蛋扔进火里，朝着卡车走去，弗莱恩还在那里大哭。 汤姆非常生气，他的弟弟烧伤了，没什么可笑的，一点也不好笑。真想把锅扔到他们愚蠢的脸上，但他还是爬进了驾驶室，把锅摔在了地上，砰的一声关上了车门。

他们开车离开了这儿，亨利本来想说点什么的，想想又把话咽了回去，只是轻声地叹了口气。弗莱恩抱着亨利的胳膊，边抽搐边大声哭着，看起来很难受。汤姆用手搂着弗莱恩的肩膀，自己这样会好受些。他们开车去了最近的小镇，小镇叫杰克山，镇上只有一个商店，一家邮局，一家宾馆和一些零星散布的房屋。亨利在宾馆旁边发现了一个水龙头，就把弗莱恩的胳膊放在了水龙头下面冲水。弗莱恩目不转睛地望着自己的胳膊，水把胳膊上的灰尘慢慢冲走了，露出两道并排着的红印，开始起水泡了。汤姆吓得不敢看亨利一眼。

亨利说："情况不是很糟糕，让他的胳膊在水里多冲一会儿。"说着摸了摸弗莱恩的小脑袋。

"没事了，小家伙，这点伤不算什么。"他说完就转身走上了宾馆的楼梯，消失在了宾馆里。汤姆在水龙头那边等着弗莱恩。弗莱恩不耐烦地把胳膊从水里拿出来，但是不一会儿又疼了起来，他赶紧把胳膊放回去。一条狗走过来嗅了嗅，路上一个骑自行车的男孩，只顾看他们两个，差点撞在柱子上。

"快看，弗莱恩，他差点撞在柱子上。"汤姆说。弗莱恩咯咯地笑起来。

酒店老板娘走了出来，看着弗莱恩的胳膊，对他胳膊上的伤口念念有词，把弗莱恩带到屋子里去了。弗莱恩出来的时候，胳膊上多了块亮亮的绷带，手里还拿着一杯可乐，杯子里插着一根吸管。她也递给汤姆一杯，还给了他们一盘三明治。兄弟两个爬上卡车，坐在里面，周围是一堆卷曲了的灰黄色的赛车指南，又干又皱的橘皮和很多皱皱巴巴的万宝路烟盒，车里还弥漫着锯屑和热油的味道。

很快弗莱恩就睡着了，张着小嘴巴，脑袋倚在酒红色车座上。胳膊上的绷带、鼻子周围的雀斑，衬托着他的脖子显得更加白嫩。汤姆坐在那里，静静地听着。他能听到宾馆传来的声音：叫喊声、大笑声，还夹杂着音乐。听着这些声音，汤姆觉得莫名的舒服。一阵微风从树林吹来，透过车窗吹着汤姆。他把头仰在车座上，很快就睡着了并做起了梦。 他梦见自己从一艘大船上掉了下来，慢慢地沉入水底，随着太阳慢慢消失，他在水底也越沉越深。

亨利敲了敲车窗把他们叫醒，汤姆正对着车窗外的亨利。他迷迷糊糊地往外看了看，只见亨利喝醉了，但是脸色不错。汤姆透过车窗看了看路上，时间有点晚了。记得刚来的时候，酒吧只停了他们自己的卡车，现在却有十几辆了，看来周末伐木工都放假了。他们有的坐在酒店的外廊上，有的倚在门柱子上，朝着满是灰尘的大街吐口水。那个骑车的男孩回来了，但是这次是在路的另一边远远地骑着车子。

“麦金纳先生会带你们回家，我在这里再待一会儿。”亨利说道。又跟他们说了一些其他的事情后，就转身回了酒吧。汤姆搓了搓自己的脸，摇醒了弗莱恩，弗莱恩哼哼了几声，翻了一下身。接着汤姆就从卡车驾驶室里爬下来，弗莱恩也跟着下来了。汤姆抓着弗莱恩的衣服，扶着他从座位上下来，一不小心弄乱了弗莱恩的头发。

汤姆说："你睡得太多了。"

"是吗？"

"是的。"

"好吧，你也睡得不少。"

"没你睡得多。你的胳膊没事了吧？"

弗莱恩说："没事。"好像他的胳膊没受伤一样。

"你饿了吗？"

"嗯。"

"你想吃点什么？"

"培根。"

"好，就吃培根。"

他带弗莱恩到水龙头那里去喝水，他自己也喝了几口。喝完水兄弟两个走到阿蒂·麦金纳的卡车旁边等着。汤姆可以看见亨利坐在宾馆里拿着酒杯，他笑着举起自己的空酒杯并用手指着。显然，亨利在那里很高兴。汤姆看到另一个男人手里拿着一杯金色的啤酒，他在想那杯酒是不是很凉，或许比冰都凉吧。酒顺着杯子滑下来，就像是雨水从叶子上滴下来的感觉一样。他向弗莱恩拍着胸脯保证，等他长大了，也要来这儿喝上二十杯，转头看看弗莱恩，弗莱恩却好像没什么反应。

在宾馆南墙的阴凉下，有三四个男人在安安静静地喝酒。当两个男孩经过的时候，有一个小孩拿着一把斧子，这几个人在把玩着斧子。汤姆认出了他们，就是伐木场空地上的那些人。

其中一个人说道："亨利的儿子。"说得很大声，生怕汤姆听不见。

第二个人说道："亨利对他一点儿都不好。"

"那可跟你没有关系。"

"也许没关系，他比亨利矮六英寸，亨利根本注意不到他。"

"那又怎样？"

"亨利想带他去伐木，可他不愿意去，非常猛烈地抗拒。"

第一个男人说道："亨利有个好儿子。"

"是的，他是个好儿子，只是他不是亨利的儿子。"

"不是吗？"

"不是，他是埃里克斯·费里的儿子。"

"没开玩笑吧？"

"小的那个才是亨利的亲生儿子。"

"原来是这样。"

第二个男人重复说道："要我说，亨利应该小心点。"

第一个男人大声叫汤姆："来这里，孩子！"

汤姆真不想理他，但还是转身走了过去，他低着头，弗莱恩跟在他后面。

"你弟弟的胳膊怎么样了？"

"没事了。"

只见这个男人年纪不小了，长着红红的小鼻子、两只大耳朵，他眼睛周围满是皱纹，很像他在书里看到的一个苦力。

"你爸爸，他没事的。"

汤姆点点头，看着男人靴子外面露出的袜子。

"我们是有点粗鲁，但是并没有伤害你的意思，你明白吗？"

汤姆点点头。

“好孩子，我有东西给你。”

那个男人从口袋里拿出一个东西，汤姆还没来得及看清楚是什么，男人迅速地藏在了自己的手掌里。

“那是什么？”

“你不想猜猜吗？”

“不想。”

“你也不是小孩子了，不喜欢玩这种游戏了吧。”

男人把手掌摊开，给汤姆看手掌里的东西。是一把银色的口琴，大约有十厘米长。

“这个我不能要。”

“拿着吧，你是个好孩子，帮助自己，也帮助老亨利。我愿意给你，我还有很多呢。”

第二个男人说道：“拿着吧，孩子，要不他总在我们这里吹口琴。”

汤姆本想拒绝的，这时候男人正看着他的另一个同伴，一个长着黑色络腮胡子的胖子，突然被绊倒在了宾馆附近的空地上。他绊倒的地方原来也有一幢建筑物，但是很久以前就被拆了，烧焦的木桩就是存在过的证据。那个男人倚在墙的一边，一不小心脚踩空了，掉进了草里。男人大笑起来，然后从路的另一边开始向他扔小石子，手里有什么就向他扔什么。

汤姆说：“那么，多谢了。”

男人看了看，轻轻地点了点头，然后就抬起胳膊咧嘴笑了起来，他笑起来的时候，眼睛都被皱纹盖住了。他转过身向着他的同伴，指着他手里的工具说道：“喂，他这儿有一把好斧子。”

汤姆边走边把玩着那把口琴。弗莱恩伸手要看看，汤姆就把口琴递给了他。

“这是什么？”

“是口琴。”

“做什么用的？”

“演奏音乐的，你只要吹前面就行。”

弗莱恩把嘴唇放在口琴前面吹，听到自己吹出的声音大笑起来。然后一遍又一遍地吹。

“口琴上写着什么？”

汤姆读道：“小回旋镖牌，阿尔伯特设计，坦根特调音。”

“什么意思啊？”

“和口琴的内部构造有关系，我觉得。”

“它的胃？”

“是的，就是它的胃。”

“为什么他会把这个给你。”

“我不知道。”

他们在阿蒂·麦金纳的卡车旁边等了二十分钟，只见他低着头迈着大步子抽着烟向他们走来，烟卷完全让他的大手掌包住了。他看到两个孩子时，打了个响指。

他说：“上车。”

汤姆带着弟弟爬上车，阿蒂赶紧发动卡车，很快就驶进位于山谷的路上。阿蒂的身上散发着浓重的烟味和酒味。他抱怨说引擎的噪音有点大，然后就再也不说话了。汤姆发现他看表的频率越来越高，每次都紧张地皱着眉头。弗莱恩趴在前面玩弄指示器的指针。汤姆紧紧抓住他的衣服，以免翻倒。阿蒂越来越心不在焉，踩油门的频率也越来越高，随着车翻山越岭，引擎的噪音也越来越大了。过了一会儿，车在一片灰尘中停在了去天使岩的岔路上。汤姆抬头看了看阿蒂。

“不好意思，孩子们，我只能把你们送到这儿了。我赶时间。”

“这里离家远吗？”

他指着窗外说道：“不远，看到那块岩石没？顺着这条路往下走，在第一个路口处右拐，然后直走就到镇上了，不到二十分钟就能走到。”

“好的。”

“谢谢你，好孩子，我很感激。”

汤姆迫不及待地下了车，弗莱恩也下了车，关上车门，阿蒂飞快地上路了，随着呼啸的汽笛声，阿蒂透过车窗向孩子们挥手告别。他们看着他离开，等没有尘土了才开始上路。

看到尘土消散，汤姆准备出发了，他说道：“来，我们走吧。”

“汤姆，不是这条路。”

“弗莱恩，这条路是对的。我们不是去镇上，我们是回家。我们的家是沿着这个方向，在河边，这条路才是我们回家的路。”

弗莱恩没有反驳，只是默默地跟着汤姆，顺着十字路东边的岔路走着。这个下午很寂静，路上有一座小桥，走了一会儿走进一条水沟。正如汤姆以前想到的那样，走了没多久弗莱恩的脚就被鞋子夹得生疼。他坐下，放下口琴，开始给弗莱恩脱鞋子。要是汤姆不捡起鞋子，就得忘在这里。他们继续走着，发现太阳比五分钟以前低多了，树底下的阳光变得越来越暗。汤姆反而一点也不担心，因为他觉得就算天黑了，这条路也很好走，而且阿蒂也跟他说过路离家很近。

他们走到一个岔路口，汤姆想了一会儿，决定走右边的路。弯弯曲曲的小路前方，是一棵盘根错节的老桉树。这时候天色已经慢慢暗了下来，他们能听到路边树叶发出沙沙的声音。

弗莱恩问道："这条是回家的路吗？"他有点犹豫。

"是的，一定没错。"

弗莱恩看起来还是很疑惑。汤姆拿下手表给弗莱恩玩。他开始教弗莱恩怎么读时间，但是弗莱恩好像只对分针的移动和标注小时的光点感兴趣。

"现在几点了？"

"我不知道。"

"用我刚才教你的，说下试试。"

弗莱恩看着手表，嘴唇不停地动，像是在吃力地认读表盘上的数字，辨认着指针的意思、指针的圈数、时间大小的概念。汤姆手掌扎进了刺，开始痒起来，正使劲给自己挠痒。现在汤姆确定他们很快就可以看到小镇了，因为已经过了十五分钟，但奇怪的是他们居然没有看到一辆车，并且越走下去，路就越坑坑洼洼，弯弯曲曲。一阵疼痛从手掌传来，他努力克制住了。他在路的中间停下来转过身，弗莱恩也跟着他停了下来。

过了一会儿，汤姆说："我觉得我们迷路了。"弗莱恩抬头看了看他，谢天谢地，他居然没哭。

大约半小时以前，他在这条路上最后一次看到一个邮筒，还有一扇门和一条去农舍的路。如果这是回家的路，那么找个人问问路还是很容易的，或许还可以搭个顺风车。汤姆想，他们很晚还没回家，或许明天早上也到不了家，可是亨利也许永远都不需要知道这件事。汤姆转过身来，这个计划让他很高兴，而就在这时，他突然看到路边有一团灰蒙蒙的东西，它就在一个白色的路标后面，路标上还有一个红色的显示器。人们或许只是径直走过去，而没有注意到这团东西。他盯着那团东西看了好久，当他确定那不是一个影子的时候，就走近看看。原来是一只袋鼠，四脚朝天地躺在那儿，一对前腿放在脑袋上，脑袋夹在中间，后腿和尾巴若隐若现地藏在了草丛里。汤姆在山谷里曾看到过袋鼠，但是没见过这么大个儿的。他曾听过那些伐木工坐在空地上讲袋鼠的趣事，他们说袋鼠跳得比栅栏还要高，怎样抓捕它们，怎样剥皮分解它们，哪部分可以吃。他觉得这只袋鼠肯定是被车撞到了，这种事他见过很多次了。有一次亨利开着卡车碰到了什么东西，他恼羞成怒大骂了一顿，但是他们从来都不停下来看到底是碰到了什么。

汤姆小心翼翼地靠近那只袋鼠，他也不知道为什么要这么做，只是想凑上去看看。弗莱恩在他后面自顾自地玩，根本没注意到大袋鼠。他只是把手表凑到自己耳朵旁，专心致志地听着，好像那只表就是整个世界。汤姆转身看那只袋鼠，突然传来一阵腐臭，像极了猫狗腐烂的味道。汤姆捂住鼻子，他本想叫弗莱恩的，可不知不觉地径自走到袋鼠旁边。袋鼠还活着。汤姆停下来，屏住呼吸，离袋鼠只有一两英尺的距离了。他能清晰地听到袋鼠的心脏怦怦直跳的声音，只见袋鼠整个身体颤抖着，突然跳起来，汤姆就站在它的正后方。他吓得往后退，不小心摔倒了，但是仍然目不转睛地看着袋鼠。袋鼠的头不停地动着，眼睛又大又白，像受惊的马，脸上长着黑色和白色的毛，还有一对黑色的爪子，满是肌肉的肩膀长满了深色的毛，汤姆能看见它身上暗红色的伤口。汤姆想，或许袋鼠的伤口本来不是很长，就在这时，那只袋鼠笨拙地转过身体，跳进了旁边的灌木丛。汤姆呆呆地看着袋鼠消失在暮光中，仿佛船长在望着美人鱼和大白鲸的神情。

过了一两分钟，汤姆还在呆呆地想着袋鼠是怎么受伤的，是怎么跑到路边上来的，完全忘记了弗莱恩还在旁边。

他对弗莱恩说："哇，你看到了吗？你看它多大啊！"

他转过头向四处张望，却不见弗莱恩，弗莱恩原来站的地方竟然空空如也。弗莱恩没有在那里，也没有弗莱恩的歌声，草丛边也不见踪迹，更听不到口琴声，什么都看不见，什么都听不见。他赶紧往上面看，好像弗莱恩可能爬到树上，悬在空中，闪闪发光，像个小月亮，但是还是什么都没有发现。汤姆又在周围找了很多遍，弗莱恩却像空气蒸发了一样，无影无踪。

他大喊道："弗莱恩，赶紧回来，否则看我不揍你！"

他喊得嗓子都哑了，还是什么都没发现。他停下来静静地听，好像听到弗莱恩或是袋鼠在树林里滑倒的声音，但是还是什么都没发现，那声音不过是微弱的流水声。他又一次大喊他的弟弟弗莱恩，可仍然没有回应，他吓得手脚冰凉，嗓子喊哑了，疼痛难忍。

他扯着嘶哑的嗓子喊道："弗莱恩！"还是没有一点回应。

他开始回想，刚才弗莱恩在他后面。他一定是看到了袋鼠，在袋鼠跳跑的时候跟着袋鼠跑，不小心滑进了身后的灌木丛，灌木丛离他原来站的地方也就几米远。这是唯一的解释了，于是他也走进灌木丛，不断叫着弗莱恩的名字，小心翼翼地往里面走去。森林里的地面长满了小树苗、小草和其他的小植物，但这里的树排列得很整齐，所以如果弗莱恩在树林里，会不难发现。走了一段，路突然变得很陡，一直延伸到一条小水沟。他一路艰难地推开挡着他的灌木丛，走到了那条小溪边。汤姆向下看小溪的水流走向，无意中看到远处最后一抹夕阳也要下山了。

细细的水流流进了附近的水池子，还有些一直绵延到远处。看来前夜的暴风雨并没有让小溪的水量暴涨，因为汤姆看到昨晚水涨起来的地方已经退回去了，只在涨水的地方，留下了些树枝和叶子。他赶紧从小溪里喝了口水，然后又喊起了弗莱恩的名字。在小溪上游的不远处，树很稀少，他看到有什么东西一直在动。他向暗处走去，左看看右看看，好像看到了远处弗莱恩白白的小腿，这也许是他的幻觉。

“弗莱恩！”他大喊，那对白白的腿好像停下了，他确定看到了弗莱恩那张圆圆的笑脸转了过来。

他大喊:“待在那儿别动！”突然如释重负。仿佛听到弗莱恩回应他的声音，听上去却又像水流的声音。他往小溪的上游走，穿过裸露的岩石，又小心翼翼地穿过满是沙子的小溪，走了大约十分钟，直到他确信离看到弗莱恩站着的地方不远了。可当他到了那个地方的时候，却发现什么都没有，连弗莱恩的影子都没有。他坐在那里，用拳头敲打着岩石，呜呜地哭了。他哭了大约十分钟，想着要么继续去找，要么就待在这儿算了。他擦干眼泪，深吸了一口气，坚信自己可以找到弗莱恩，可突然肚子一阵疼痛。他告诉自己并没有迷路，他可以顺着小溪再走回去，找人帮忙，或者继续往前走，直到找到弗莱恩为止，然后带着弟弟一起往回走。汤姆舔了舔嘴唇，决定继续走下去。他又走了大约一个小时，就停了下来。周围一片漆黑，直到月亮升起来，他又能看清路了，但是天上的云朵不时地飘过，挡住了本来就很微弱的月光，他只能看见自己的脚了。他走上了小溪旁边的一个小山坡，蜷缩在一片灌木丛下面，双手紧紧抱住膝盖。只要周围有声音他都竖起耳朵听，但是都不是弗莱恩发出的声音。汤姆又累又饿，尽管灌木底下不是很冷，汤姆在担心，他会不会就这么死掉。他哭了好几回了，自己都觉得烦了。没有人会回答他的问题，而亨利、索尼和其他人说的都是对的。就这样在黑暗中想着一些事，直到他看见自己和弗莱恩站在路边，朝他们的妈妈招手，妈妈开着车，正朝着阿蒂放下他们的地方驶来，就像白天一样清晰，好像发生过一样。他看见妈妈盯着前面的挡风玻璃，待在黑色的车里，车驶过他们的时候扬起了一阵尘土，却没有停下来。车子驶过，留下的灰尘落在了树上、灌木丛中，甚至落在了长时间驻足的人们的身上。

四

波普·马瑟洗漱完以后，就拿起一杯茶，起身坐在了警局后面的台阶上了。早上的空气已经有了夏天的气息，突然吹来一阵风，吹干了他身上的水滴，他打了个冷战。一只伯劳鸟立在篱笆上，正看着一只蜻蜓在草坪上飞来飞去，蜜蜂们嗡嗡地飞在黄黄的花丛中。柔软的新叶像丝带一样，挂在树上飘来飘去，像是专为某个节日或庆典挂上去的。生、死、婚姻、生命的轮回是上帝的意愿，但是今天是周日，上帝在休息，波普也在休息。

他闭上眼睛，休息了一会儿，再睁开眼睛，一切依旧如故。他戴上眼镜，拿起《荷马史诗》开始读了起来。只看了几页，当他又看到最上面那一页的时候，突然发现埃莉·甘恩正穿过草坪向他走来。从她走路的样子就知道肯定发生了什么事，虽然没有看到她的面部表情。他叹了口气，把书和眼镜放下，心中涌出了一股奇怪的感觉。埃莉现在已经三十多岁了，虽然一直都在工作，但依旧很有魅力。他曾听到过一些她和亨利要分手的谣言。要是她离开了这儿，波普会很难过的，每一个天使岩的人离开这儿，他都会很难过的。埃莉是他所见过的女人中，很美丽大方的那种，但总是遇人不淑。她的第一任丈夫，也就是汤姆的亲生父亲，在汤姆出生后一个月就离开了。至于现任丈夫亨利，公平地说，守在埃莉身边的时间长些，但是好像也只是因为更加疼爱自己亲生的小儿子弗莱恩而已。

在离他还有几米远的地方，埃莉停了下来，波普看见她差点跌倒。埃莉看起来又憔悴又苍白，头发乱乱的。他赶紧从椅子上蹦起来，跑过去扶着她的胳膊。

“发生什么事了？”

“我……整晚都没睡。”她艰难地说，努力地做了一次深呼吸，试图平复自己的情绪，“我一直都觉得孩子们是和亨利在一块儿……但是他早晨是一个人回家的，马瑟警官，亨利也不知道他们去哪里了。他说阿蒂·麦金纳应该知道……他不让我来找你……但是……”

波普能从埃莉的嗓音里听出一股强烈的悲伤。他把埃莉带进房间，让她坐在饭桌旁边，里尔听到有人进屋了，走出来坐在埃莉旁边，并握着埃莉的手。

波普问：“亨利现在在哪里？”

“他出去找了，去了阿蒂那儿。”

“好，我知道了。”

波普走到客厅，拨了阿蒂家的电话。阿蒂的妻子说，阿蒂和亨利一起出去找孩子们了。

“如果你看到了他们，或是他们中的一个，记得给我打电话，记住了吗？”他在电话里指示着，“谢谢，那么就说到这里吧，再见。”

“或许他们去钓鱼或是干什么别的事了也说不定。”说着，他走进了厨房。

埃莉啜泣道：“不可能，家里的钓竿一根也没少。”

波普继续说：“那可能是去干别的了，小男孩们什么事都敢去做。”

埃莉摇着头。波普把手轻轻放在她的肩上，他能闻到埃莉身上甜甜的味道，透过薄薄的裙子，感受到她柔软的肌肤。

波普的妻子说：“亲爱的，别担心了，我觉得他们肯定没事的。”

波普也接着说：“是啊，别担心了，说不定现在阿蒂和亨利已经找到他们了，我们坐在这儿等着就行了，喝杯茶吧。”

他们等了一两个小时，阿蒂和亨利还是没有出现，电话铃声也没响。埃莉十分着急，在饭桌旁走来走去。里尔紧紧地跟着她，不时地帮她倒茶。教堂的晨钟敲响后不久，波普看到窗外有人走过来，是亨利和阿蒂。他赶紧走出去见那两个男人，埃莉也紧紧地跟在后面。波普根本不需要问结果，只见亨利无精打采，肩膀缩成一团，深红色的头发乱糟糟的，呆呆地抬起头来看着他们。阿蒂唯唯诺诺地站在亨利身后，反复捏着拿在手里的帽子，就像在弹手风琴。埃莉直直地盯着他们两个人，她没有哭，没有晕过去，也没有尖叫，尽管波普觉得这应该是她正常的反应。埃莉走到后面的台阶上坐下来，眼里闪着泪花，身体不断地颤抖着。波普走到两个男人面前，开始向他们询问。

阿蒂回答波普的问题最多。亨利默默地站在那儿，就像个小男孩，尽管他有强壮的臂膀和被太阳晒得红红的脸。亨利时不时地深呼吸，然后无奈地摇摇头。波普越发地有点可怜他了，他现在已经知道，小弗莱恩对这个可怜的家伙来说意义是多么重大。

波普问道："为什么把两个孩子放在路边就走了？"他重新把注意力转移到阿蒂身上。

"我……啊……赶时间。"

"老天爷，你究竟有什么重要的事，赶这点时间？"

"我……啊。"阿蒂的眼睛迅速从波普转到亨利那边。

"阿蒂，是女人？是吗？不是麦金纳夫人吧？"

阿蒂脸红了，不自然地低声说着什么。他嘟囔着小声说："对不起，波普警官，什么都别再问了，好吗？"

"该死！你最好祈祷孩子们没什么事情，这就是我想说的。真是不可理喻！"

波普转过身走进警局。当他大步流星地走向警局时，格蕾丝刚从自己房间出来。

格蕾丝问："怎么了？"

他铁青着脸回答道："跟我来，我待会儿告诉你。"

波普拿起电话不停地打，大约四十五分钟之后，组织好了一个临时搜救小组。他让搜救小组的人，继续联系别人，来增加搜救小组的规模。十一点的时候，搜救小组全体成员就都在十字路口集合了，看上去人数不少。波普听到有人在抱怨，大好的周日下午就这么白白浪费在了找两个傻小子身上。波普摇了摇头，告诉他，没人绑着他的手，不愿意的话，可以立即离开。那个男人惭愧了，留在原地一动不动。

亨利站在卡车旁，面无表情地望着地面，抽着烟。他和阿蒂今早已经找了所有他们能想到的地方，就是没有找到，只能这样了。波普觉得，他们已经尽力了。

波普走到路中间，吹着口哨集合所有人。集合完毕，他征集了搜救小组的意见，想看看有什么想法，比如从哪里开始找。大家的想法跟他的差不多，于是波普便把这些人分成了四组，每组六个人，并确保每组人中至少有一个人懂些搜救的常识。当所有人准备出发的时候，蒲伯兄弟开着脏兮兮的车子来了，他们住在大坝旁的路边。这部老车看着像极了另一个时代的灵车，开这种车是为了显示自己的地位，而不是给这两个老放牛娃当代步工具。他们买这辆车的时候还都是青春洋溢的小伙子，大约四十年前吧，而且一直用着这辆车。每周日他们都开着它来天使岩做祷告。波普朝他们挥手，让他们停了下来。车子一路开着，发动机呼啸着散发出热气，就像一个火球滚动过来一样。

波普倚在车窗上说："你应该再开快些，这样散热会好些，因为空气流通会快些。"

"笨蛋，上坡的时候怎么加速，只有下坡的时候才可以。我们这儿不是没有下坡嘛，我们一直在爬坡！"雷吉反驳道，他开着车，看起来很暴躁。

“谢谢您，警官，我们会牢记的。”罗伯特说道，他就是雷吉的兄弟。罗伯特患有小儿麻痹症，只能一瘸一拐地走路，总是有借口来反驳别人，但每次都让人觉得有些强词夺理。罗伯特接着说：“我们能帮上些什么吗？这些人都在做什么啊？”

“我们在找两个迷路的孩子。”

波普倚在他们的车上，从窗外往里看他们。两个人都戴着帽子，穿着破旧的西服。他知道雷吉没有驾驶证，并且他的眼睛也已经不适合开车了，未来某一天他得上交车钥匙，他肯定非常担心这一天的到来。

“今天早上，你往这里来的路上，没看到什么人吗？”

“没有，长官。雷吉，你今天早晨看到过什么男孩子吗？”

雷吉嘟哝着说：“没有，没有男孩。”

“谁家的孩子迷路了？”

“埃莉·甘恩的孩子。”

“啊，他们怎么走丢的呢？”

“昨天晚上，在回家路上的岔路口走丢的。”

雷吉慢悠悠地说：“这样都能走丢了？”语气很不屑。

波普静静地说：“哎，雷吉，你小心点，他们的爸爸可在这里。”

雷吉往波普暗示的方向看去，看到了紧锁眉头的亨利。

雷吉嘟哝着说：“啊，好吧，他爸爸看起来也是个大傻瓜，或许这是遗传，整个家族都不懂一点常识。”

“是的，就到这儿吧。谢谢你们了，先生们。开车注意点，最好把车子完好无损地开回来。如果你在路上看到有男孩子，一定要告诉我。”

罗伯特轻轻地敲了敲车门，不等雷吉说声再见，便一溜烟地把车开走。波普转过身来，看到格蕾丝正坐在阿蒂卡车的踏板上，专注地望着他。他叹了口气，自己差点就忘记还有格蕾丝在身边了。她坚持要跟着来，容不得波普争辩，他发现当她下定决心干一件事情的时候，他根本就拿她没办法。

波普说："赶紧过来。"格蕾丝乖乖地走了过来。波普给她打开车门，然后把车开到搜救小组开始搜救的地方。当他们到这儿的时候，已经有四个人了，他们分别是：哈利·克拉夫，珀西·米尼，埃兹拉·斯蒂尔和阿蒂·麦金纳。几个人在小牧场分散开来，但是保持着能够互相看到或听见呼叫的距离。格蕾丝紧紧跟着波普，在家里他们已经说好了。格蕾丝坚持要穿那一条又紧又窄的牛仔裤，刚走了一段路就觉得很热，很快她的T恤就让汗水浸透了，一缕缕沾满汗水的头发，紧紧地贴在早已红扑扑的脸上。波普走到她身边。

"亲爱的，你还好吗？"

"嗯，我没事。"

"多喝点水。"波普说着，拿下挂在背上的水袋，往格蕾丝的杯子里倒水。

"谢谢。"

他们快速地穿过了一块平缓的牧场，走上了一条通往山里的小道。波普想，是不是男孩们转错弯了，他们肯定在这条路上的某个地方停下过。但是无论他们怎么叫，都没人回应，谁也没有找到他们经过这里的痕迹。他们又在这条路上找了一个来小时，波普让他们先休息下。波普给格蕾丝倒上水，就爬到高处，拿出望远镜往山谷下看。在河的对面，他看到了另一个搜救组，然后向南方的更远处看，看到停在天使岩主道上的一辆车，挡风玻璃被阳光照得闪闪发光。他摘下眼镜揉揉眼睛，默默地祷念圣安东尼的经文。附近的搜救小组成员也是一无所获，正努力地继续找。

格蕾丝也在这里找了接近半个下午的时间，她把紧跟在爸爸屁股后面当成一种荣耀。在这片壮丽的橡胶树林里，她疲倦地跟着爸爸。树底下很凉爽，很快她就不觉得那么晕了。她往后看了看，想看看自己是否有足够的时间休息，要是后面的人赶上来，她就不能休息了，而他们都跟得很紧，她只能暗暗叹气。灌木丛实在是太茂密了，搜救的人们只能排成一列纵队。后面一个男人快要赶上她了，米尼先生，他是个矮壮的农民，长了一口不怎么整齐的牙齿，看到格蕾丝，对她憨憨一笑。她发现跟在米尼先生后面的那个人一直在盯着她看，看完了屁股看她的眼睛，然后再看屁股。她转过身去，紧紧盯着爸爸的后背，几个字从脑海里蹦了出来，就像蝴蝶一样盘旋在她的脑海里。男人还在盯着她看，目不转睛地。这个人是达茜的爸爸，斯蒂尔先生。

格蕾丝突然觉得自己的屁股又大又圆，于是就学着男孩子走路，紧绷着屁股。心中突然觉得很愤慨，她脸红了，脖子红了，连耳朵尖也红了。她想转身告诉那个男人不准这么做，但是她不敢。

一群人刚穿过荆棘，又走进灌木丛，道路在一道栅栏的门口结束了。小溪在平缓的地方流过，三个男人轻松地跨过去，迈向岸的另一边。波普沿着岸边走，格蕾丝发现斯蒂尔先生正走在他们父女俩之间。她想求助几个离她近一些的人，但是他们总是一会儿出现，一会儿隐没在树林里，并且爸爸离自己也越来越远了。她想表示自己的不满，然后大步走开，因为斯蒂尔先生离她越来越近了。格蕾丝能听到别人在叫男孩们的名字，她使劲往前看，紧紧盯着自己前面的路。她从眼角的余光中，看见斯蒂尔先生从拐弯处走过来，他故意一直往前走，根本不往她这边看。他们就这样又找了大约十五分钟，直到树木越来越浓密，她看不见任何人了。格蕾丝一直走，听见别人的叫声越来越微弱了，似乎全都停止，于是停下来凝神倾听，或许声音都被树林淹没了。她又接着走，好像听见波普在喊男孩的名字，然后就又什么都听不见了。一阵风突然吹来，吹过她身后的树林，在烈日炎炎下，这种安静显得越发的诡异。当她发现有一个人，就站在她身后右边的一棵树旁，她着实吓了一跳，想拔腿就跑。起初她以为是斯蒂尔先生，心脏吓得快要蹦出来，却发现不是他，并且她根本就不认识这个人。他的头发长长的，衣服很脏，很惊讶地看着她。两个人都站定下来，傻傻地望着对方，就在这时，格蕾丝听到左边有人叫她的名字。于是她就往别处看了一会儿，而当她看回来的时候，却发现那个人急匆匆地逃走了，只留下一个模糊的背影。她赶紧奔向波普，心脏吓得怦怦直跳，腿也直打哆嗦。

“你没事吧，宝贝？”

“嗯，我……”

“有线索了吗？”

格蕾丝摇了摇头。

“好，就在我身边找吧。”波普低声说道，把手放在格蕾丝肩膀上，“我们快到家了。”格蕾丝点点头，听到这话她如释重负，好想抱住他大哭一场。

他们停下了一会儿，然后就去了镇上最后一条没找过的路。格蕾丝心想，现在大概三四点钟了吧。那个牙齿不太好的农民已经开始在小溪旁生火了，看来时间真的不早了。波普蹲下来和另一个人研究地图，格蕾丝就坐在他身旁，疲惫地看着火慢慢着起来。有人泡了一杯茶递给她，并对她笑了笑。

“谢谢，米尼先生。”格蕾丝看了看他说道。波普就在自己身旁，她突然觉得很有安全感。她想跟波普说说树林里的事情，但这时斯蒂尔先生走了过来，开始和阿蒂·麦金纳攀谈起来。

“珀西。”米尼先生说道。

“您说什么？”

“珀西。叫我珀西。”

“啊。谢谢，珀西。”

珀西满脸笑容。

“珀西？”

“什么事？”

“这里除了我们，没有其他人了吗？只有我们六个？”

“我觉得是。为什么这么问？”

“嗯，没什么，就是随便问问。”

格蕾丝喝茶的时候，偷偷瞄了一眼斯蒂尔先生。斯蒂尔仍然一直盯着她，嘴边的烟就只有火柴那么长了，嘴角闪过一丝微笑。她皱了皱眉头，旋即转过身去，但是当她再往后看一眼，发现斯蒂尔笑得更开心了。

大约又过了一小时，他们好不容易走回了天使岩，这一路上格蕾丝都紧紧地跟在爸爸身边。他们拖着疲倦的步子走进了一个公园，站在一个战争纪念碑旁边，太阳慢慢下山了。另一个搜救小组和他们一样，又累又脏，也没有找到那两个男孩，连一根汗毛都没找到。波普记下那些明天还可以来搜救的人的名字，格蕾丝低着头缓缓地走进警局，路边玩耍的小孩看到她走过来，立即停止了游戏，静静地睁大眼睛看着她。她回到警局后，想起白天的那些事，觉得很荒唐，她今晚不准备把这件事告诉波普，明天也不会告诉他。她强迫自己不去想白天的事，但是这没有用，在她脑海中，依旧挥之不去。

五

汤姆醒来的时候，感觉溪谷里冷飕飕的，他去小溪边喝水的时候，不禁打了个冷战。喝完水洗了把脸，他就在周围蹦蹦跳跳，让身体热起来。他觉得自己好多了，比自己想象中更要乐观。汤姆跨过小溪走到另一边，刚刚喝进去的水在空空的胃里来回翻滚，他下定决心去找弗莱恩，觉得自己肯定能找到。

汤姆顺着小溪走了大约半个小时，然后转了个大弯，看见弗莱恩蜷缩着睡在一块大岩石的中间。他赶紧跑过去看，真的是弗莱恩，汤姆激动得说不出话来。弗莱恩在睡梦中，时不时地大口吸气，要不就是低声地呻吟。他鼻孔里流出两条黄黄的鼻涕，汤姆弯下腰摇动他，弗莱恩睡眼惺忪地睁开眼睛，惊讶地看着他的哥哥。

“你昨天都去做什么了？”汤姆朝弗莱恩大喊，自己所有的担心一股脑涌来。

弗莱恩大哭起来，汤姆赶紧弯下腰，紧紧地抱住弗莱恩。

“汤姆，你看到那个人了吗？”他说着，哭得没有那么厉害了。

“谁？”

“袋鼠啊。”

“嗯，我看见它了！你没听见我叫你吗？”

“嗯，听见了，可我也叫你了啊，你也没过来。”他的小脏脸又皱成一团，哇哇大哭起来。

“没事了。”汤姆说道，不再朝他大喊大叫，反而轻轻地拍了拍弗莱恩的肩膀。

“我找到你了，我们现在没事了，我们顺着路走回去，找那个农场。”

弗莱恩点点头，用胳膊擦擦鼻子。

“汤姆？”

“怎么了？”

“我饿了。”

“嗯，我也饿了。快点走，我们走得越快，就越早吃到饭。”

他们顺着小溪往下游走，汤姆紧紧抓着弗莱恩的手，给他讲各种趣事来转移他的注意力。

“你知道汉姆吗？就是那只大猩猩。”汤姆问弗莱恩，“就是被火箭送到太空的那只大猩猩。”

“不知道。”

“你应该知道的，我都给你讲了一万遍了。”

“哦，好像有那么回事。”

“嗯，当飞船落到海上，人们打开猩猩的舱口时，你记得它在干吗不？”

“不记得了。”弗莱恩说道，摇了摇头。

“它在吃苹果。它坐在飞船甲板上吃苹果。”

弗莱恩咯咯大笑起来，他们两个都暂时忘了烦恼。

“汤姆？”

“嗯。”

“为什么他们把猩猩送到太空去呢？”

“他们想看太空中是否有生物存活下来啊。要是可以的话，他们就会把人也送到太空去。猩猩死在太空中也不是什么大事，是吧。”

“为什么不是大事呢？”

“大猩猩什么都不明白，”汤姆耸了耸肩说道，“它们也不会害怕啊。”

“汤姆？”

“嗯？”

“你说爸爸会不会骂我们？”

“我觉得会。非常有可能。”

他们又走了大约半个小时，弗莱恩的肚子饿得咕咕直叫。汤姆突然感觉一阵头晕，他不得不坐下来休息一下。弗莱恩蹲在他身旁。他很担心哥哥，又哭起来了。弗莱恩的衣服脏脏的，衣服前面都被扯开了。汤姆知道他昨晚肯定也不好过，甚至比他还不好过。

“别担心，小宝贝弗莱恩。”汤姆轻轻地说道，不再呵斥弗莱恩了。

这次，汤姆花了很长时间才把弗莱恩哄得不哭了，汤姆在哄着弗莱恩的时候，太阳从树丛里钻了出来，暖暖地照着兄弟俩。

“我们得回家了，弗莱恩，我保证我们会回到家的。快点，喝点水就走。”

“你保证？”

“嗯，我保证，快点。”

汤姆和弟弟走到小溪旁，喝着小溪里的水，看着河水里自己的倒影，好像他们以前就这么做过一样。

他们沿着小溪走了半个上午，终于找到了他们来时的路。汤姆扫了一眼河岸，想看看有没有自己过来的时候留下的痕迹，但是他什么都不记得了。太阳越来越热，他们的胃也咕噜噜地叫个不停。走了一会儿他们发现小溪有分支了。汤姆绝望地坐了下来，但是尽力不让弗莱恩发现他的绝望。他确信自己昨晚走过的小溪根本就没有分支，可能他们真的彻底迷路了。没有别的选择，只能选择一条小溪的分支，顺着走下去，因为每一条小溪都会流到河里去。汤姆咬着嘴唇想了几分钟，最后决定选右边的小溪分支。

“快点，”汤姆对弗莱恩说，自己也走了起来，“差不多就在这里。”

整个早晨，他们走过的路上，满是蓝桉树、香槐树、红胶木。到下午的时候，空气变得越来越干燥了，两边的树也变成了红木、铁木皮、灰桉树、蕨和黑叶棕榈，还有很多袋鼠草和黑色芋草。当他们经过的时候，凤头鹦鹉在枝头上吱吱乱叫。每当弗莱恩走累了，汤姆就背起他，直到累得胳膊疼、腿打战。有时当他们走进山谷，可以在山谷里看到一望无垠的橄榄树。当他们走到高处的时候，甚至能看到灌木丛中小块的空地，还有远处一缕炊烟，垂直于地面，袅袅地升起，升到万里无云的空中。汤姆打起精神，大喊大叫，刚刚树上叽叽喳喳叫个不停的小鸟，听到汤姆的叫喊声，纷纷安静了下来。整个下午，他们都朝着那缕炊烟走去，但是丝毫不见靠近炊烟。突然吹来一阵微风，只见那缕炊烟被风吹得飘散开来，直到消失在蓝蓝的天空中。弗莱恩太累了，没有注意到那缕烟。只要夜幕降临的时候能让他躺下睡上一觉，他就觉得这是最舒服的事情。

早上汤姆醒来，伸了伸懒腰，舒展了下自己，发现身边有一只壁虎，长着一双神秘莫测的眼睛。汤姆爬到小溪边喝水，然后叫醒弗莱恩，让他也去喝了一点水。在那晚酒店老板娘给了他们一块三明治之后，他们到现在为止，只吃了一把有点苦的树莓。他们两个都快饿晕了，身上一点力气都没有。

“又是新的一天，我们一定可以找到回家的路。”汤姆自言自语地说道。

汤姆一直蜷缩着坐在岩石上，突然发现了一个东西。只见旁边岩石上有一只蓝色舌头的胖蜥蜴，正沐浴着早上的阳光。汤姆擦了擦嘴，往后爬了几步，开始在周围寻找武器。他在灌木丛下爬来爬去，直到发现一根大小合适的木杆，然后往前爬，又看到了那只蜥蜴。弗莱恩蜷缩在地上，静静地看着他。

“你在干吗？”弗莱恩问。

“嘘！”

汤姆使尽全身的力气屏住呼吸，偷偷地爬到蜥蜴旁。蜥蜴看起来一动不动。当距离蜥蜴只有两米左右的时候，蜥蜴还是一动不动。

他举起手中的杆子，想着怎么攻击。可是当他想好怎么攻击的时候，那只蜥蜴突然面向他，卷起了身体，然后朝汤姆伸出舌头，发出嗞嗞的声音。 汤姆跳起来，木杆挥向蜥蜴，它疯狂地叫着，躲过了挥来的杆子。汤姆紧紧地闭着眼睛，差点挤出眼泪，用木杆疯狂地敲击着岩石，直到感觉自己手里的木杆击在了一团软软的东西上。他睁开眼睛，看到那只蜥蜴的头上全是血，用尽全力向前爬行，但毫无作用。汤姆坐下来，气喘吁吁的，吓得胃疼，慢慢看着蜥蜴死去。

他感觉弗莱恩站在他身后，但是没有力气转身去看他了。当他感觉到弗莱恩的小身体慢慢靠上他的身体时，汤姆转过身去。只见弗莱恩脸色苍白，手捂着眼睛，晕了过去。汤姆抓着他的胳膊，把他拖到树荫处。他用手从小溪里捧了水，洒在弗莱恩脸上和嘴唇上，当弗莱恩醒过来的时候，汤姆转身去看那只蜥蜴，心想没有刀子怎么才能吃。一只伯劳鸟停在小溪的一块岩石上，也盯着那只蜥蜴的尸体。

“去！”汤姆挥舞着他的胳膊说道。

汤姆在岩石周围寻找边缘坚硬的石头，好不容易找到了一块，然后用石头把蜥蜴翻过来，看到了白白的肚皮。蜥蜴的皮肤要比看起来硬很多，汤姆用石头使劲挤推蜥蜴的肚子，突然从蜥蜴的两条后腿之间挤出一摊屎。他赶紧捂住嘴巴转过身去，早上喝的水都呕吐出来了，一直吐到什么都吐不出来。他擦了擦嘴，看了看自己手里拿着的那块石头。石头上沾满了黑色的血，同时手上、胳膊上也沾满同样的血，他觉得更恶心了。 等他缓过神来，回头看了看岩石上躺着的那只蜥蜴。他走过去站在它旁边，把它踢到了水里，感到又气又恶心。他站在水边望了一会儿，屏住呼吸，然后转身走向弗莱恩，用手抓住他的胳膊。

“快点，我们得走了。”

整个上午，他们就这么跌跌撞撞地走着，汤姆紧紧地握住弗莱恩的手，有时甚至拖着弗莱恩向前走，直到最后弗莱恩停下缩成一团，说什么也不往前走了。汤姆从口袋里拿出那只口琴，在弗莱恩面前摇来摇去。弗莱恩伸出手去拿，又开始哭了起来。

“给我！”

“就不给，想要的话，你得跟着我。”

汤姆边走边拿着那只口琴，在手上晃来晃去，引诱着弗莱恩，弗莱恩在后面慢吞吞跟着。汤姆就是用这种小把戏，让弗莱恩一直跟着他走。他们又走进了一个深深的山谷，山谷里长满了圆叶桉和松树，整个树林像教堂一样肃静。不一会儿，他们就穿过了山谷，来到了另一片树林，旁边的溪水更细了。今天比昨天更热，树林里有很多蜜蜂在辛勤地工作，发出了好像给自己烤熟了的嗡嗡声音。一些像鸟类的动物不时地在汤姆眼前飞来飞去，每当这时他就得蹲下来，把头埋进腿里，直到那些东西飞走。他没有经历过死亡，而他正在经历的，是一种强烈的痛苦，犹如肉体撕裂般的痛，而不是渐渐死去的感觉。

中午的时候，他们又在树荫下休息，汤姆感到，他闻到了木材燃烧的味道。他闭上眼睛深深地呼吸，这是木材燃烧的味道。他用一个手肘撑起自己的身体，远远地眺望远处树木茂盛的乡村，乡村就在小溪另一边的不远处。他越来越确信：只要自己顺流而下，就一定能看到那缕烟，那一定是燃烧干树叶的烟，一直升到天边。弗莱恩静静地待在他旁边。他现在经常落在后面，想要睡觉，汤姆没办法，只好一直背着他。他的身体也开始痉挛了，不停地吐痰打喷嚏。

汤姆把他留在这儿睡觉，只身前往烟所在的方向。他蹒跚而行，直到路面变得平坦，树木都变成了矮草后，他才停下。他们一直是沿着那条小溪走下来的，可小溪在一个长满杂草和莎草的沼泽地里消失了，溪水都流入了一个狭长水槽，而那里面的水都是褐色的。这片沼泽地就位于汤姆和那缕烟之间，从这里很容易看到烟垂直着升入天空，只是看不清楚烟升起的具体位置。他从沼泽地最窄的地方走向一堆树枝堆起的高地上。当汤姆的脚踩在滑滑的草地上时，跌倒了好几次，滑进了泥里，身上沾满了灰色的臭水。他的脚陷进了泥沼中，他不停地挣扎，突然眼前一阵模糊，他晕过去了。

汤姆刚睁开眼睛，闻到一股沼泽臭泥的味道，他能听到弗莱恩在哭，这次是歇斯底里地哭。汤姆赶紧走回去，找到弗莱恩。汤姆扶着他的肩膀告诉他，他去找那缕烟，然后就晕过去了，安慰着说不会扔下他不管，以后也不会这么做了。这次哄了很长时间，弗莱恩才平静下来，接着他们继续往前走。

他们顺着沼泽地往前走，弗莱恩紧紧地握着汤姆的手，躲开那些危险重重的泥浆。汤姆发现那条小溪从沼泽的另一边又流出来，流向那缕烟的方向，直到它流进一个长满棕榈树和蕨的山谷。小溪的水囤积起来，形成了一个小池塘，兄弟俩需要从池塘周围爬过去，很快他们就被划伤了，越爬脑子越晕。他们停下来坐在池塘旁边的一块岩石上，像半掩在泥土里的巨人的头颅。在池塘对面的岸边，龙鱼沐浴在阳光中。他们坐在那里看那些龙鱼，还有水面上漂着的小花瓣。汤姆心想，肯定什么地方的树木或灌木的花瓣被风吹到了水面上。有些沉在水底的花瓣看起来很像血滴，好像在小溪的上游某个隐蔽的地方，发生了凶杀案一样。看到花瓣，想到蜥蜴，汤姆坐在那，心里咯噔一下。今天困扰他一天的事情，又浮现在他脑中。尽管饥寒交迫，他仍然尽量地去想一些开心的事情，安慰着自己。

他们决定今天就走到这儿。当看到太阳落在两座山的半山腰时，在晚霞的映照下，犹如一个奇妙的、金色的城堡，在下一个日出之前，远远地，别有一番景致。淡黄色的蝴蝶萦绕着，不停地飞来飞去，有一些落在了池塘里，顺着溪水漂走了。鸭嘴兽拍打着水面，然后钻进水里，只剩下细柔的水波一遍遍亲吻着岸边。过了几分钟汤姆好像突然明白过来，太阳从西边落下，他们一直朝这个方向走的话，与想去的地方，方向完全相反。他差点哭出来，这时弗莱恩在他旁边说话了，声音很轻。

“我饿了，汤姆。我想回家，”他说道，“我想见妈妈。”

“你会见到她的，很快。”

“你保证？”

“已经保证了啊！”

“发誓？”

“嗯，发誓。”

汤姆舔了舔他的大拇指，给弗莱恩整理了下头发，然后帮他把脸上的泥土擦掉。

“要干干净净地见妈妈，是吧？”

弗莱恩点点头。

“我们肯定能找到一间房子或是别的什么东西 ，或一条路。明天我们就会找到。明天我们就回家，我发誓我们会回家的。”

太阳很快下山了，尽管已经看不清楚，汤姆还是从小溪里捧了水，冲洗弗莱恩胳膊和腿上的伤口，然后冲洗自己膝盖上的伤口。他发现了一棵蕨，于是就把它的枝叶撕下来铺在岩石上，让弗莱恩躺在上面，然后汤姆就蜷缩在弗莱恩旁边。他看到弗莱恩把拇指放进小嘴里睡着了，他也放心地闭上眼睛睡了。小麻雀在灌木丛中叽叽喳喳，远处山里也传来了温婉清脆的钟雀的叫声。

六

格蕾丝把脑袋靠在车座上，看着阳光下自己的影子。她来回转动着车门，阳光照射在移动着的车窗上，车窗上小马的影子也在路上来回晃动。中午时分，强烈的阳光透过车窗照进车里，形成一道道的光束。阳光透过车子脱落的油漆透了进来，居然变成了彩虹。阳光照在坐垫上，坐垫就像沾满灰尘的金块，与阳光融为一体。路两边的一切都被晒得有些蔫了，路上也是冷冷清清。铁路和公路平行着伸向远处，铁丝网里面的铁轨在强烈阳光的照射下若隐若现。格蕾丝朝着树林的尽头望去，不禁想着，树林是从哪里开始的？树荫又是从哪里开始的？哪里可能更凉快一些？他们离村庄很近，她脑海里突然浮现出那两个男孩，他们从树荫下走出来，走向她坐的地方。他们肯定脏兮兮的，又累又瘦，胳膊或腿都受伤了，衣衫褴褛，她会帮他们包扎伤口。爸爸会开车把兄弟两个送回家，男孩会静静地坐在她和爸爸中间，即使爸爸给他们讲笑话也不为所动，然后格蕾丝会把胳膊放在汤姆肩膀上。当他们到了镇上，人们都会兴高采烈地迎接兄弟两个，围住他们问个不停。

汤姆和弟弟已经走失一个多星期了。已经有两百多人加入搜救小组寻找他们，就连那些土著向导和养搜救犬的人也加入到了这个搜救行列。所有的报纸都登了他们的寻人启事，甚至还有悉尼的报纸、电视和收音机里也全是寻找他们的报道。格蕾丝再没有跟着波普去搜寻，只是坐在警局的一个收发两用的收音机前，听一些关于这件事情的报道，对照钉在墙上的大地图看搜救人员的进度。自从上次达茜换上衣服消失以后，格蕾丝就再没看到过她，她想也许是达茜爸爸管得更严了。

格蕾丝又朝那些大树看了一眼，转过身用胳膊围住膝盖向后窗看去，还是什么都没发现，只有一个红色的操纵杆，慢慢地在小牧场上来回移动。波普在酣睡中翻了翻身，打着呼噜，却突然睁开一只眼睛望着格蕾丝。格蕾丝觉得波普应该是渴了，于是赶紧跳下车，解下系在车前保险杠上的水袋，拿下来递给他。他咕咚咕咚喝了很久。

“谢谢，亲爱的。”

他看了看手表。

“有火车过来吗？”

“没有。”

“亮亮的火焰，来得比平时晚一些，应该是几个小时以前就已经过去了。”

“可能脱轨了吧，也许是碰到了牛或是别的什么东西。”

“嗯，说不定还真是这样。”波普笑了笑倚在汽车仪表盘上。电池上流出了一串液体，收音机里一会儿播放音乐，一会儿报道赛马比赛的实况。

“这是谁给我们选的马？”波普说着拿起了手边的一张纸，把赛马指南部分用手展平，然后把眼镜放在长鼻子的最下面。

“我选的，20-1。火箭队。但是那是下一场比赛。”

“火箭队？那我们走着瞧吧。”他说着，疲倦地朝格蕾丝笑了笑，“我们赶紧找块树荫吧，这里实在太热了。”

“你没睡的时候，我们是在树荫下的，只是树荫走了。”她边说边指着不远处的树荫。

“我不是故意睡着的，实在是太累了。”

格蕾丝望着他，心想从上星期以来，爸爸总是天黑了才回家，天还没亮就走了，他这么累一点也不奇怪。他们从车上爬了下来，坐在路边草丛的树荫下。他们坐在那儿静静地望着不远处的河流，缓缓地流向小镇方向，后背靠在温热的车身上。一周以前的暴风雨似乎并没有打破这里干旱的魔咒，好几个月都没有下一场像样的雨了，原本郁郁葱葱生机勃勃的牧场也蔫了。养牛人和牛奶工一直都在不停地抱怨着。这里的每个人都想方设法给自己降温，但是无论怎么做都无济于事，只有等待。大雨肯定会来的，就快要来了。波普想至少有一件事是肯定的，无论孩子们找到与否，大雨都会来。

波普累了，累得筋疲力尽。等着火车，听着赛马，这能让他暂时忘记过去几天所有的不愉快，这是最好的办法了。这里静静的，波普闭着眼睛，阳光照在他们两个身上，这里真是一个好地方，他在这里能第一时间得到消息，虽然今天什么进展都没有。

他把收音机调到军警频道，里面传来嗞嗞的声音，过了一阵，就什么声音都没有了。波普觉得那是一个幽灵警察发出来的声音，环绕四周，经久不停。收音机就像在幽灵警察的手边，也许他是在轻声地自言自语。上周，收音机的这个频道，每天都从早响到晚。他能从收音机里清楚地感觉到搜救人员们由满腔热血变成深深的绝望。他们找遍了浓密的灌木丛，夜幕降临的时候，他们就在搜救的地方安营扎寨。波普还让他们重新找了那些他找过的地方，有人步行，有人骑马，甚至还有人在河里放了钩子，只是仍然一无所获。亨利·甘恩这个大可怜虫，这件事情发生之后彻夜难眠，嗓子哑到叫不出孩子们的名字了。他从没见过一个陷入绝望的人，绝望得如此彻底。他和埃莉的精神都恍惚了，他们的希望随着时间慢慢地消失殆尽，任凭别人怎么劝告，都没有用。昨天亨利把所有的搜救人员都送回家了，他总是坚持这么做，现在每个搜救队就剩下那么一两个人带领着一群搜救犬，而且大多数都是森林消防员，每天收音机里都会传来搜救时候在树林里的劈啪声和他们的叹气声。

“希望你能帮上忙，老伙计。”波普大声喊道。

波普叹了口气，又闭上了眼睛。孩子们到底跑到哪里去了？到底在哪里？人类都登上月球了，但却连两个小孩子都找不到。他闲着的时候，就专心地盯着地图看，想着孩子们到底跑到哪里去了，但还是一点头绪都没有。亨利固执地认为两个孩子去钓鱼了。他跟波普说汤姆多爱钓鱼，虽然波普满腹疑问，但还是决定搜查河流，但是这次搜查，可不是几个小伙子驾着一艘船、在河里放几个钩子那么简单。尽管这里几乎每个孩子都会游泳，但是孩子们只会去那些小河里游泳。就算小弗莱恩一不小心掉进了水里，汤姆也会赶紧跳下去救他。如果这种假设成立，两个小孩子应该是穿着衣服在水里的，那么很快就会沉到水底，因为在这种情况下，就算一个成年人也会很快就累了，沉到水底去的。所以只有两个办法：要么再检查一遍河里，要么静静地坐在教堂后默默地祈祷。

波普睁开了眼睛，看到格蕾丝站在火车边轨上，轨道上空升起的水雾让格蕾丝看起来闪闪发光。半年前她还是个小女孩，瘦得皮包骨头，更谈不上什么身材了。男孩们在丛林中走失了，他突然意识到自己有多爱女儿，他也说不出到底有多爱，因为他总是刻意地隐藏自己的真实感情。他已经记不清上次是什么时候，他告诉格蕾丝自己有多爱她了；也记不清上次是什么时候，像抱小孩子一样抱她了。波普多看了一会儿，直到觉得自己口渴了，他站起身来，走到车前，从保险杠的挂钩上拿下水袋，又好好地喝了一顿。

格蕾丝沿着生锈的铁轨走着。在锯木厂的前面，有一个给火车装卸货物的镶金属边的墩子，而火车也很久没有在这里停过了。在一个大站台的后面，是老站长的办公室，办公室就空空地立在那里。格蕾丝试着推开小屋的门，没想到锁生锈得很厉害，一下子门就开了。只见屋里堆着一堆不知道做什么用的杠杆，锈迹斑斑还挂满了蜘蛛网。墙上挂着一只表，指针指向了三点零七分，记录着那个永恒的下午。她关上门，坐在了铁轨的旁边，把手放在滚烫的铁轨上等待着，正如她所愿，手底下的轨道开始震动了。她想起了达茜沿铁轨跑，然后把耳朵放在轨道上，想象着自己能听到铁轨发出的声音，而现在她听到了从远处传来的火车鸣笛声，于是便站起来爬向边轨，然后朝爸爸看去。

波普也听到了火车的鸣笛声，让人们感兴趣的赛马也刚刚开始。因为不久前刚下了雨，所以铁轨格外沉重。他想象着赛场上的马儿，个个吃得饱饱的，体力非常充沛，无须刻意地表现赛跑技巧，一些马儿会跳起来展示它们的肋骨，还有的会用嘴巴上的铁笼嘴挠挠身体两侧的毛，或者抖动身上的肌肉驱赶苍蝇。对于那些傻瓜来说，跑道就是赛马奔向天宫的大道。

号令员开始发布信号了，声音听起来像是在卖牛，不断重复最高的出价，接着比赛就开始了。不久后人们就听到了获胜者的名字，然后就是排名，上次比赛的奖金，以及下次比赛获胜的概率。这总是让人忍不住去想下一场比赛。波普想知道找到男孩们的概率会有多大。如果知道老天爷的赌注是什么，他一定会问他找到男孩们的概率有多大。

波普站起来，拍了拍外套上的灰尘，从帽檐下往火车驶来的方向看去。格蕾丝站在铁轨旁边，用手遮住眼睛。当火车开到拐弯处的时候，她使劲朝火车招手，肩膀上沾满了白色的灰尘。格蕾丝长长的头发，跟她妈妈年轻的时候一样。

“小格蕾丝！”他喊着，不管自己安全与否，“你要小心点！”

格蕾丝转过身朝他眨了眨眼睛。波普抬起手大步走向轨道，这时候火车也慢了下来。驾驶员朝他们伸出了苍白的手掌，波普把手放在了格蕾丝肩膀上。

“我们的马跑了第二名。”

“这真该死。”

“嗨，算了吧，也不错了。”

火车轰隆隆地向前驶去，轮子在弯弯曲曲的铁轨上嗞嗞作响。经过站台后，火车开始在轨道上直行。

“姑娘，赶紧往后站一点。”波普说道。就在这时火车在一团热乎乎的烟雾中呼啸而过。格蕾丝抬头看了看爸爸，只见他一脸严肃，就连那蓝蓝的眼睛也多了几分严肃，她往后退了一步。

这列火车的一大半车厢都飞驰过去，波普和格蕾丝站在火车的后半部分，看到列车员车厢突然有人探出脑袋。那是张年轻的脸，头上顶着扎眼的稻黄色的头发，头发因火车带起的风乱乱地飘着，脸上挤出了一个夸张的笑容，牙齿很不整齐。当他靠近格蕾丝他们的时候，波普发现这个小伙子脚底下踩着一个木箱子，他准备把这个箱子从列车室的门里扔出来。

“列车晚点了，”波普说道，“这站它不会停的。”

波普把格蕾丝拉到离火车远一些的地方，那个年轻人已经不见了，也许已经回到了列车室，一会儿那个箱子就飞了出来，砰的一声掉在了站台的沙土里。警卫透过窗户看了看波普父女两个，箱子在沙土里卷起了一阵灰尘。警卫非常兴奋，不断地大声喊叫，肩膀都跟着抖动起来了。波普只是盯着他，一动不动，那个箱子就落在了他的脚边，直到那个警卫夸张的笑容从他的视野里消失。

他还是说了一句：“蠢蛋。”

接着转向女儿，格蕾丝呆呆地站在那里，目不转睛地盯着那个箱子，就像她小时候玩游戏看得入神一样，又好像她看到蛇了一样。

“快点，现在没事了，过来帮帮我。”

格蕾丝抬头看了看他，阳光把波普的脸埋进了黑影里，所以她看不到真实的表情。但是格蕾丝相信爸爸的话，走过去弯下腰和爸爸一起抬起那个箱子搬到车里，她惊喜地发现箱子原来没有想的那样重。

亨利·甘恩在渡船坡道那儿等着他们，眼里流露出极度不安的神情，他好像连口中呼吸的空气和脚下走的路都不愿意相信。

“船的外舷破了，”他声音沙哑地说道，“我来划船。”

波普点了点头，他和格蕾丝一起把那箱炸药从车上卸下来，悄悄对她耳语了一番，就让她回家了。格蕾丝离开后，他们沿着上游走，在亨利家门口不远处停了下来，在那儿安置了第一枚炸弹，离岸边很近，水来回荡漾着。在男孩们可能溺水的地方，只有这里有水下障碍。

波普朝水面上的一棵大红桉树也扔了一枚炸弹。亨利望着他，无精打采地握着桨，驼着背，像个十足的失败者，脖子和肩膀都是僵硬的。波普引爆了这枚炸弹，砰的一声，水面上混着泥土的水喷向空中，又落回到了水里，像刚刚关掉的喷泉，炸起的水花震得小船不停地摇晃。许多烂树叶，加上一些腐烂的黑色树枝也被炸到了水面上，在水底转来转去，像活着的东西，虽然只是从河底浮起来的碎渣。这些腐烂的树枝像极了女巫的手指，而那些绿色的水草则像是女巫的绿色蕾丝手套。

他们沿着河流，不断重复着同样的事，一直到天黑。亨利来回摆动着船桨，掌握着船的方向，而波普扔炸弹的姿势像是在扔鱼饵。每次他们都等到爆炸平息，找找看是否有他们想要的结果，当然他们非常不希望发现男孩们溺水的身体从水底浮上来。有时候他们会看到受到惊吓翻着白肚的鲶鱼，在离水面很近的地方，像极了男孩们的胳膊或腿。每当他们看到这种东西，紧张的心都提到嗓子眼了，直到他们发现那不过是一条鲶鱼，每次都不是男孩们。波普看了看亨利，想知道他怎么能够承受如此频繁的折磨。天实在黑得伸手不见五指了，波普也准备回家了。

“明天我们会顺着坡道往下找，”他说道，“找到斯蒂尔的家附近。”

亨利点了点头开始继续划船。

两天后，波普・马瑟走进警局的厨房，给自己精心泡了一壶茶，分别给锅和杯子加了热，把牛奶放了进去，走到警局后面的外廊上，坐在一把折叠躺椅上，静静地看着日落。其中的一条搜救犬在今天下午找到了一点线索，是在西边的路上，但是很快就没有了下文。波普不敢相信，如果那真是孩子们的线索，那他们得走多远了啊。他默念了一遍自己明早要完成的计划，闭眼休息了一会儿。他觉得自己只小憩了几分钟，可是等他醒来时，已经过去了几个小时。外面天色很暗，从南面卷来的乌云，笼罩了整片天空，这时已经狂风肆虐，暴雨倾盆，波普却浑然不知。这场雨很快就会席卷整个小镇，把尘土都冲刷得干干净净。

又过了一会儿，波普觉得也就过了五分钟左右，可是他看了看表，原来十五分钟就这么过去了。他站起身来，伸了个懒腰，突然听见屋子里传来一阵吵闹，于是穿过门柱，跑去看到底发生了什么。格蕾丝正站在大厅里穿着她的新裙子，里尔嘴里叼着针，站在地板上帮格蕾丝整理裙褶。波普能从女儿的表情看出，她一点都不喜欢这样。

格蕾丝把舞会的事忘得一干二净。本来是周六，推迟到了现在，当然有些人不同意推迟，只是谁都知道，他们会想到好的办法放松自己。还有一周就圣诞节了，不知道人们都准备好了没有。波普抬头望了望夜空，格蕾丝扮了个鬼脸，他调皮地眨了眨眼回应，然后走进屋子里去换衣服了。

格蕾丝很不希望达茜也来这儿，当她和爸爸妈妈一起走进大厅的时候，却看到达茜正坐在大厅后面的一把椅子上，她怔怔地站在那儿，不想往前走了。幸亏达茜的父母正忙着打招呼，没有注意到她表情的变化。达茜抬头看见了格蕾丝，又转头看向了别处。格蕾丝犹豫着走向大厅旁边的椅子，坐了下来。慢慢地，来舞会的人越来越多，但是今晚人们的情绪都不高，气氛很压抑，人们都是低声细语，听不到大声的说笑。音乐响起的时候，格蕾丝都不去跳舞，而是时不时地看看达茜，看看她在干什么。有时达茜的哥哥索尼坐在她旁边，有时看见查理·佩里时不时跟达茜耳语。查理在斯蒂尔家的农场里工作，格蕾丝喜欢查理，甚至有点嫉妒达茜坐在他旁边，想到这里她有点难过，因为查理是场上唯一没有过来邀请她跳舞的男孩。格蕾丝正想着怎么从侧门溜出去回家的时候，爸爸走过来坐在了她旁边。

“你和达茜闹别扭了？”他问道。

她摇了摇头。波普没有再问下去，而是双手交叉在胸前倚着椅子，在格蕾丝旁边坐了足足五分钟。

“那么你怎么不去打个招呼，”他最后说道，“这没什么大不了的，对吗？”

格蕾丝又摇了摇头。波普叹了口气，走开了。格蕾丝看着他离开，感到自己让他伤心了，有点愧疚，却又有点讨厌他这样子。

格蕾丝等了一会儿，待索尼和查理都不在达茜身边的时候，才起身走过去。当她离达茜还有几米的时候却突然停下了。她突然发现自己还是光着脚，她的鞋子忘在椅子下面了。格蕾丝身上穿着几周前从衣橱里精心挑选的米黄色的裙子，而达茜的裙子，胸部有些太瘦了，这看起来很不舒服，可她却没有意识到这一点。达茜上衣别着一枝蔫了的康乃馨，脖子上挂着格蕾丝去年夏天在海滩上捡回来送给她的玛瑙贝。她们几乎同时抬起了头，眼神就这样相遇了。格蕾丝能从达茜的眼中看出自己的朋友是不幸福的，于是很快就感到害羞了。当格蕾丝准备主动说话的时候，所有的灯突然灭了。她惊讶地在原地站了一会儿，眼睛慢慢地适应着黑暗，人们从她身边穿来穿去，有些人挖苦着国家议会浪费了自己的美好时光。她听到有人走进大厅后面的厨房，拉开里面的抽屉，划火柴点燃了蜡烛，格蕾丝发现自己又能看到周围的人了，但是好像又有那么点不同了，好像黑暗改变了些什么，也把周围的一些东西换了位置，好像施了魔法一样。她回头看了看达茜，发现她正紧张地搓着手。格蕾丝没有再多想，而是径直走过去坐在了达茜旁边，用自己的双手，握住达茜一只又冷又干的手。她们就这样坐了几分钟，在嘈杂的人群中谁都没说话，格蕾丝握得更紧了，达茜低下头倚在格蕾丝胳膊上。格蕾丝低下头看了看达茜的头，尽管总觉得哪里不对劲，但她确定自己做了件正确的事。过了一会儿，她低下头把嘴巴靠近达茜的耳朵。

“你不告诉我到底发生了什么，我怎么帮你啊？”她低声说道。她感觉到达茜深吸了一口气，好像要说什么，但她还是什么都没说。格蕾丝失望地想，或许达茜永远不会回答她。

七

汤姆踉踉跄跄地往前走了几步，停了下来。他的脚下是一条小路，路面平坦却很硬，汤姆觉得好像站在晃动的甲板上，路上满是露珠，露珠上都闪烁着光芒。汤姆眨了眨眼睛，低头看了看脚下，又抬头望向发光的地方，朝那个方向走去。

发光的地方，要比他想象的远得多。好几次汤姆都想停下来，但还是继续往前走。他没有给自己找理由，只是继续走下去。突然从不远处传来一阵声音，听起来像是黄蜂的嗡嗡声，也许是在追赶猎物。汤姆隐约从这嗡嗡声中听到有人在说话，但又不确定那是不是在说话，因为听不清说的是什么。他停下来深呼吸，直到嗡嗡声渐渐地退去，直到什么声音也听不到了，只剩下微风吹过路边树上的叶子的声音。汤姆低着头继续走，一直走到一座房子的门前。他把手放在大门上休息了一会儿，打开大门走进屋子的前门敲了敲。暖金色的光从窗户上透了出来，他甚至闻到了诱人的饭香。一个神情慌张的女人打开了门，睁着惊讶的大眼睛，盯着他看了一会儿。

“汤姆·费里！”她喘着粗气惊讶地说道。她紧紧地抱住自己的双臂，好像汤姆是个魔鬼，接着抬起胳膊抱住了他。汤姆从女人的眼睛里看到了担心，更多的却是牵挂，女人太激动了，都不知道说什么好了。屋里的孩子们也闻讯赶来，把头伸到门廊外面，想一看究竟。他们的妈妈朝那个站在最前面穿得破破烂烂的孩子眨了眨眼睛，又看回到汤姆身上，转着圈地看他，在找他的弟弟。

“你弟弟在哪里呢，汤姆？弗莱恩在哪里？”女人一遍又一遍地问道。但汤姆却不知道怎么回答她，甚至不知道从何说起。

格蕾丝·马瑟是第一个跑到汤姆身边的人。在离他还有几米远的地方，格蕾丝突然停了下来，像个专业运动员一样大口呼吸，就那样盯着他看。他还看到了索尼和他的妹妹达茜，不一会儿那些人都围了上来，叽叽喳喳地讨论个不停，只是汤姆一点也没有听进去。马瑟警官从拥挤的人群中挤了过来，弯下腰，把手放在汤姆的肩膀上，认真地看着汤姆的脸。突然有人“嘘”了一声，警官要说点什么了。

“孩子，我是马瑟警官，波普·马瑟。”他轻轻地说道，“能告诉我你叫什么吗？”

汤姆点了点头。“汤姆·费里。”他说道。

“好孩子。”波普说道。他一边更加温柔地跟汤姆说话，一边扶着他走路。“就这样吧，”他转过身来说道，“给他让出点空来，朋友们。我们得让医生先给他检查一下。”

人群中闪出了一条路，还没等汤姆走几步，波普就把他抱起来往警局方向走去。到了警局后，波普便把他放在厨房的椅子上，好多孩子围在门柱那里，睁大眼睛望着他们两个。波普把门关上，猛地转过头去，孩子们都吓跑了。里尔点了一根蜡烛放在桌子上，汤姆只是怔怔地盯着蜡烛的火焰。

“你看起来像刚从战场上回来，汤姆。”波普说道。

汤姆点了点头，他想哭，但是努力地控制自己，压住了要哭的心情。

“我不知道弗莱恩到底发生了什么。”汤姆说道，“我不知道他去哪里了。”

“没事了，汤姆。这件事我们以后再说。”

波普看着眼前的这个男孩，苍白的脸紧绷着，绿色的眼球好像随时都能从眼眶里掉出来。身上的衣服破破烂烂，腿上满是伤口和疤痕，前额的那一道伤口，都已经开始化脓了。汤姆看上去非常需要饱餐一顿，再痛快地洗一个澡，睡上一觉，除了这些，身体和精神状态都还算正常。

“孩子，在这儿再等一会儿，然后送你回家。”

波普赶紧给医生打了个电话，又让里尔给汤姆煮了几个鸡蛋。汤姆一边小口地吃着鸡蛋和面包，一边讲他迷路后发生的事情：大袋鼠，弗莱恩正在跑，还有那缕青烟。波普静静地听着，让他慢慢想，不要着急。汤姆看起来紧张兮兮的，他迷路了这么多天，还有那个周六的下午，发生的事情都让波普困惑不已。很快汤姆就把自己能想到的全说完了。波普走进卧室，去拿了件衣服。

“这儿有几件干净的衣服，是我的，你可以拿去先穿着。衣服会有些大，但是总比你现在的衣服好。你自己能换吗？”

“嗯，可以的。”

波普说着，就把衣服递给了汤姆，让他自己换。格蕾丝从自己卧室半开的门缝朝大厅望去，看见汤姆光溜溜地在桌子旁站了一会儿，然后就穿上了她爸爸的大衣服。汤姆已经不是个小孩子了，当然也算不上是个男人。

医生很快来了，一路赶过来，不等喘口气就急忙给汤姆检查。他看着男孩额头上的那道伤口，心疼得眼泪差点掉了下来。

“头上的伤是怎么回事，孩子？”他一边问汤姆，一边帮他清洗那个伤口，但是汤姆没有回答他。

“肯定有人敲过他的头，”医生对波普说，“还好不是很严重。他需要吃东西，最好是清淡些的，先让他吃点面包吧。”

“他这样可以回家吗？”

“我觉得可以。但是我明天还得给他看看，用光给他照一照伤口。”

“好的。真是太感谢了，医生。”波普边说边点头。

“你能回家真好，汤姆，”医生说道，“嗯……无论发生了什么。”

医生走后，波普就开车把汤姆送回家。一路上波普讲了很多搜救的事情，但是汤姆什么都没说。到了亨利家，两人一起顺着家门口的小路进去了。波普进门的时候，用手指轻轻地敲了敲门框。

“亨利在家吗？”

波普站在门口，朝黑暗的屋子里望去，宽大的手掌放在汤姆的后背上。房间里静悄悄的，只有电视上还闪着一幅幅的画面。波普清了清嗓子，刚想再喊一次的时候，看到房间里原本躺着的黑影突然站了起来，朝他们走来。亨利没有波普高，但是因为常年在森林里工作，看起来很强壮，身子有波普两个壮。

“亨利，”波普重复道，“谁过来一下啊？”

亨利直直地盯着汤姆，难以置信地摇了摇头。

“半小时前，他去敲了赖利家的门，”波普说道，然后停了一下，“我还以为肯定有人告诉你了。”

亨利又摇了摇头。

“没有，没有人来告诉我。”

“亨利，”波普继续说道，声音还是轻轻的，“弗莱恩没和他一起。我很抱歉。但是他好像也不知道……明天我们会……”

波普实在不知道该说什么好，只是向前轻轻地推了推汤姆，像是在安慰亨利。亨利木木地站在那儿，双手垂在身体两侧，盯着汤姆看，汤姆被他看得慌了神，赶紧低下了头。汤姆朝亨利的衬衫看了下，看到里面瘪瘪的肚子，衬衫是灰色的，都穿旧了，扣子也扣错了。波普还说了一些其他的事情，但这好像与他没有任何关系，好像那个叫汤姆的男孩不是自己家的孩子一样。突然汤姆发现眼前一片漆黑，感觉脑袋上围着一圈红色的星星，接着就彻底黑了，最后连星星都没了，汤姆就这样晕过去了。

“谢谢你……把他带来。”亨利说道，站在他继子旁边，刚刚他们给汤姆的额头上放了用冷水浸过的毛巾，汤姆慢慢醒了。

“埃莉呢？她应该……”

“她还在睡觉，医生给她服了安眠药。”

“啊，好吧，我知道了。明天医生还会来看汤姆。我让他明天一早来，到时我也来。”

“好。那我们明天见。”

“还有希望，亨利，坚持住。”波普轻轻地说道。

亨利点点头，但是波普从他的眼神中，看不到他抱有任何的希望。

汤姆在地板上醒了过来。他就躺在客厅里破破的红地毯上，流出了口水，口水在他睡觉的时候流了一脸。头顶的门是关着的，波普已经走了，亨利从厨房里朝他走来，解开了他腰上的皮带。他的继父狠狠地抓住了那件极不合体的衣服的前襟，汤姆都不能呼吸了。

“弗莱恩呢？”亨利大喊道，“我的孩子哪儿去了？”

“我……”

不等汤姆说一个字，亨利就把他摁到了门上，把他的脸使劲往门上推。每次汤姆都疼得哇哇直叫，疼得胳膊不断地动来动去，眼泪止不住地流在脸上。亨利把皮带挥舞成“8”字形，打向汤姆，打在他的背上、屁股上、腿上。那种疼痛，比桌子腿压在脚趾上还要厉害，比从自行车上摔下来摔破膝盖还要钻心，比咬到自己的舌头还痛苦，汤姆疼得撕心裂肺。

波普回到警局以后，里尔已经坐在客厅的椅子上睡着了。波普盯着熟睡的里尔看了一会儿，就静静地走进了厨房，在火炉边站了一会儿，接着就开始生火，不是因为天气冷，而是因为波普需要思考，需要让自己冷静下来，只要看到火焰他就会好受些。这时格蕾丝走了过来，倚在了厨房墙上。

“你怎么还不睡？”

“我睡不着。”

波普点了点头。“为什么睡不着？”波普想伸出胳膊去搂住格蕾丝，却被她狡猾地逃脱了，他们两个一起盯着越烧越旺的火焰。

“你觉得他去哪儿了？”

“我不知道。人们昨天发现了一条小路，从这往西有八英里左右。”他迷惑地摇了摇头，“除非是有人发现汤姆，把他带了回来，或者是他走了……”

“他还说什么了？”

“没什么了，他说的都没什么用。”

“那弗莱恩呢？”

“宝贝，我也不知道。一个男孩回来，我就谢天谢地了，我实在不敢想孩子们到底都经历了些什么，也不知道到底该怎么做。”

“你做的都是对的。”格蕾丝说道。她用双臂围住爸爸的脖子，头轻轻地靠在他头上。波普抬起手，把手放在了女儿身上。

“我只是希望他明天能告诉我一点其他的事情。”

父女两人都呆呆地看了一会儿火焰，波普轻轻地往门口推了推女儿。

“好了，亲爱的，”他说道，“赶紧上床睡觉去吧。”

格蕾丝很不情愿，但也没反驳。波普就坐在那儿看着火，半夜的时候，他听到风声变大了，听到雨滴落在警局的铁屋顶上。他抬头望着闪闪发光的天花板，静静地听着。雨越下越大，直到所有的声音都淹没在了咆哮的雨声里。雨一直下到第二天早上才有所减弱，而这场雨连着下了十天。

第二部

八

电话响起来时，吉布森还在睡梦中。他喝得有些醉了，说话都有点含糊，但即使这样，他还是不停地穿衣服，只因为不想让周围人感觉到他生病了，自己只不过是个喝醉了酒的普通人罢了。电话一直响着，吉布森被吵醒了，但是过了好一会儿，他才意识到自己在哪里，想要做什么。他从床上站起来，不小心碰掉了一盘已经凉透了的食物，盘子碎了一地，他低头看看掉在地上的羊排、土豆和豆子。咖啡桌上还放着半杯啤酒，旁边的电视屏幕上满是雪花。他朝着电话走去，顺手把电视关了。

“请问找哪位？”吉布森声音沙哑地问道。昨天几乎睡了一整天的吉布森说话的时候还是感觉很吃力。他甚至都不记得那些掉在地上的饭菜是他亲手做的。电话那头的警探给了一个地址，就匆匆忙忙地挂断了电话，好像打这个电话是一件不受欢迎、让人烦心的事。他走进浴室，洗了把脸，穿上了挂在门后的衬衫。被打断的梦还在他脑海里，只是梦里的故事已经成为了碎片，吉布森感觉已经丢失了他的线索，醒过来的不是自己，而是另一个叫吉布森的人。

他走到客厅捡起碎在地上的盘子，拿起那半杯啤酒走进厨房，把手里的东西统统放在了凳子上。厨房里闪着一束奇怪的光，他过了几分钟才反应过来，原来是自己忘记关掉一个小煤气炉。

“该死！”他骂骂咧咧地关掉了那个小煤气炉。

吉布森突然发现水槽里有一只蟑螂，他迅速打开热水龙头，让水一直流，倒满一杯后，把水泼在蟑螂身上，蟑螂动了动，一些黑色的液体从身体里流了出来，然后就死掉了。吉布森转身朝大厅走去，拿起了走廊挂钩上的夹克。

吉布森站在门口的台阶上，深吸了几口气，锁上门离开了。又是个清冷的早晨，他朝着海港里扔了几块石头，只见海港里笼罩着一片银色的迷雾，远处航行的渡船的灯，在浓雾中变成了或红或绿的小星星。他坐到自己的车里，发动了引擎。太阳慢慢升起来了，他看到了积着雪的山，南面和西面满是红瓦的居民区，以及把这些居民区连接起来的街灯。从后视镜里能看到邻居们的身影，一排排的小屋像极了手拉手站着的一排排的人。褪色的漆，锈迹斑斑的屋顶，海港的边缘就是路的尽头，这些景象给人一种很奇怪的感觉。

吉布森点了一支烟，摇下车窗让烟散出去，自己也清醒下。他想着今天的交通如此顺畅，过了一会儿才意识到，原来今天是周日。他轻轻调着收音机，听着里面发出了信号错乱的声音，接着就听到了一个大舌头播音员的新闻报道。不一会儿吉布森就到达了收音机里说的那个地址，位于沙利山中心的史密斯街。当他停下来的时候，一个站在巡逻房门前的巡警在路边指挥着过往的车辆，示意他从旁边的小巷行驶。

“她就在这儿。”在这条小巷的尽头，吉布森听到一个警官这样说。他没有看到斯温，可能因为住得远，还需要一点时间才能到这里。那些停下来的车，都在这凉爽的清晨蒙上了一层银色的水珠。后院的矮墙上长满了杂草，水坑里有七彩颜色的油迹。房屋后面的小道上密密麻麻的全是仓库，遮挡了清晨的阳光。院子里堆着一大堆垃圾，散发出来的臭气钻进了他的鼻孔。吉布森叹了口气，揉了揉眼睛，紧紧地跟在那个穿蓝色制服的人身后。和以前胃痛的感觉不同，他现在觉得胃里简直是翻江倒海。在这所房子的后墙上，他看到有人用木炭笔在墙上写着“精神病”“虐待狂”，这些字旁边的绞刑架上挂着一个木头人。这是一种古老的猜字游戏，有的人也叫它一字棋。地上有篝火烧过的黑色痕迹，还有一个空酒壶和一杯雪莉酒。燕子们在建筑物的檐下筑巢，叽叽喳喳地在吉布森的头上飞来飞去，他正好踏进了那个已经破旧不堪的门框。屋里面既昏暗又潮湿，但是他没有闻到尸体的味道，也许嗅觉已经不是那么灵敏了。旁边的警官边打哈欠边摘下了帽子。

“谁发现的她？”

“拆迁大队的人。本想给屋子的主人做报价的。因为这座房子几乎所有的门和窗户都已经在几年前坏掉了。你想见见他吗？”

“见见谁？”

“谁都行。”警官耸了耸肩说道。

“是的，很想见见，但不是现在。”吉布森想先自己走走看，依据自己的观察和经验做出一些判断，而不是从一开始就受他人影响。当然他今天这么做也有其他的原因，是他自己的原因。因为如果见了那个人，他总觉得像是自己在工作的时候，却发现有人坐在他的椅子上，这种感觉很不舒服。

那个警官喘着粗气，咳嗽了几下，给自己点了支烟。吉布森看了看他，自己才三十几岁，这就是未来的自己，他心里想着。见了太多和他一样劳累的可怜虫，我打赌他们看起来都比自己的实际年龄要老得多。

“待在这儿，好吗？”

那个警官点了点头，把手电筒递给了他。吉布森穿过厨房，往一截短梯子上走去。

“她在最下面的卧室里。”那个警官在后面喊道。吉布森抬起手，表示他已经知道了。沿着楼梯一直往上走，就到了上面的卧室。里面光线非常暗，可他不准备打开手电筒，想让眼睛先适应一下这里黑暗的光线。微弱的阳光从窗户上钉着的木板透了进来。他能闻到石膏发霉的味道，地板被踩得吱吱作响。接着他拿起手电筒，四处照了照，只见大部分的墙纸都脱落了，像得了牛皮癣的皮肤。还粘在墙上的也变成了难看的暗黄色，可能因为抽烟或是屋顶漏水的缘故。一条地脚线上布满了灰尘和垃圾，旁边还放着一个几年前的扫把，看来这是主人最后一次打扫这里了。这间卧室和他在巴尔曼的卧室差不多一样大，他想知道谁曾在这里住过，都是些什么人，为什么要遗弃这里。他脑海里浮现出几个可能的原因，后来想了想，那都是再普通不过的原因。他叹了口气，沿着刚才的楼梯走回去，仔仔细细地看了看厨房。打开水槽边的水龙头，水便艰难地流了出来。吉布森用手电筒照了照地板，发现有一个人形的灰尘印和脚印。肯定有人在这里生着火睡了一觉，或许就在几天之前。

最下面的那间卧室要低于大街的水平面，像地面上的一个水坑，没有阳光也不温暖。他走过去站在那扇门前，看到上面有些新的裂痕，肯定是有人拿着铁棒撬锁时留下的。吉布森突然觉得口干舌燥，要开门的手也战栗起来，前几年的那个梦境，竟然毫无前兆地闯入了脑海。梦里的他走在无际的沙漠上，觉得自己快要渴死了，自己走到了一座只有一扇门的石头建筑前，门是木质的，被漆成了蓝色。他就站在门外，听到里面传来流水的哗哗声，是一个喷泉，还有一口井。他知道里面肯定有人等着他拯救，里面肯定冷酷而黑暗，并且酒气熏天。但是正当他准备开门走进去的时候，却看见鲜血从里面流了出来，顺着台阶流了下来，吓得他赶紧转身跑掉了。

吉布森摇了摇头，攥紧了拳头，用一只拳头抵住木门。他推开了一个门缝，门上的铁链吱吱作响。就在他推门进去的时候，突然发现钥匙还在锁上，于是轻易就把门推开了。在寂静中，他听到卧室外一辆车在头顶上呼啸而过，棚顶的风扇在呼呼作响。他的眼睛已经适应了这黑暗的房间。从上面肮脏的窗户里仅仅透进来一丝阳光，只能模糊地看见卧室和那个死去的女孩。

女孩只穿着一件内衣，躺在这间卧室唯一的家具上：一张紧紧贴着墙的单人床。床架子是铬合金的，都已经生锈了。一张钻石形网眼的铁网片承载着床垫的重量。她看起来像是在安静的睡眠中死去的：双手相扣放在肋骨上，但是吉布森却看到了从她手腕伤口处流出的血，流到身上，滴到地板上。在她身边还放着一把刀，肯定是她放在那儿的。

“该死，这么可爱的小女孩，为什么要寻死？”他喃喃自语道。

女孩的死亡时间看上去还不是特别久，吉布森估计也就是几天。她手里有些什么东西，是照片，他屏住呼吸，小心翼翼地从她的指间拿出那些照片。他只是瞟了几眼那些照片，就放进了口袋里。接着推开了手电筒的按钮，照了照周围的地方，她的衣物就堆在床脚边上。他深呼吸了一下，用手电筒照了照她的躯体，先从脚开始照起，然后是大腿。女孩很年轻，他想，真的非常年轻，也就十五六岁的样子。他用手指的背面顺着女孩臂部的曲线滑过，然后，用手电筒照过去。腋毛没有修剪，头发也很脏，要是洗干净了，一定是暗金亚麻色的，或者是草莓色系的。他伸出手用拇指和食指拿起一绺头发，好像要检验一下似的。

接着吉布森用手电筒直接往她脸上照去，刚看了一眼，不禁吓了一跳。原来女孩的脸已经面目全非，被老鼠或其他什么东西咬得不堪入目。嘴唇已经不见了，只剩下一些不规则的齿印，然后就是鼻子，脸颊残缺不全了，下巴也快被咬没了。她看起来已经不再像一个人，而好像被一个不为人知的阴谋赶出了曾经一同生活的世界；这间卧室终结了她所有的梦想，所有的欲望。此刻他的心疼得怦怦直跳，两腿一软，竟然跪了下去。

“饶了我吧。”他沙哑地说道。

吉布森跪在地板上，足足有好几分钟，终于缓过神，拿起手电筒照着地板和壁脚板，手电筒的光随着他的手抖来抖去，一股凉爽的空气穿过地板的缺口。在墙的一角，他看见了一个洞，洞的边缘被不停繁殖的老鼠咬得已经不成样子，地板上全是老鼠屎，他不知道是否用不了多久那些老鼠会把女孩吃得只剩一副骨架。膝盖跪得发麻的吉布森关上手电筒站了起来，转身离开了。老鼠屎粘在了鞋底上，像是黑色的大米。他捡起床边的衣物，走到门口的时候不禁停了停，最后回头看了看女孩，心再一次被无尽的抑郁所笼罩着。

吉布森似乎能听到一曲充满血腥的挽歌。一股阴冷而刺鼻的味道传来，像是氨水的味道，或是醋的味道。他突然觉得自己口干舌燥，好像吃了一大口盐。盐，他几乎能看到一串绿松石散落一地。他闭上眼睛，努力地控制着自己不去想那个地方，不去想那个地方，不去想他。接着在他脑海中浮现出海滩上的白色曲线，变得越来越像一根肋骨，一个乳房。吉布森顿时觉得一阵眩晕，想吐。当他走出房间时，发现额头上已经渗出豆大的汗珠，后背和胸上也全是汗，他逼着自己不往后看，逼着自己不去想那个女孩子会不会突然从床上站起来，跟着他走出来。

“警官！”

“是，长官！”那个人匆匆忙忙地合上报纸，不小心掉了一页在泥里。吉布森怔怔地盯着那张掉在泥里的报纸。

“你知道这儿到底发生了什么吗？”吉布森上气不接下气地问道。

那名警官点了点头，耸了耸肩：“我想我知道到底发生了什么，我进去看过。”

吉布森很想冲着他大声地骂一顿，但是从那个警官的眼神中感觉到，这件事还是不要插手的好。

“那个女孩看上去已经面目全非了。”吉布森摇着头叹着气，眼里似乎闪着泪花，无奈地看着院子。

“这算好的了，我还见过更糟糕的事故现场和类似的惨剧。怎么看怎么像……故意的……太年轻了……”他又耸了耸肩。

“是的，”吉布森点着头，“是的。”

他把一只手插在兜里，另一手里拿起了女孩留下的衣物。

“有人在这儿睡过，”他指着小巷里的一辆车说道，“别忘了问他，要是他知道究竟是谁在厨房里打地铺睡过，一定要问问他。很显然，那个人有可能见过女孩。”

“没问题。”那个警官说道，有点诧异，但是很高兴自己终于有点事做了。

吉布森朝院子走去，从院子栅栏的孔中钻了出去。

“你把事情都做完了？”

“斯温一会儿就来了，他会接手的。”

那个警官还想说点什么，吉布森不等他说完，就跳进了车里，头也不回地顺着小巷驶去。警官看着他离去的身影，听着他在小巷的另一头猛踩刹车，轮子发出嗞嗞声，看见他差一点儿就撞上一个匆匆地从车前走过的瘦小的老妇人。

吉布森开着车在这个城市里转着，漫无目的，看到路边一个个的旅馆，他也没有心思去休息一下。他只想抹掉对所看到的东西的记忆，但他知道说不定哪一天，他保守的秘密会使他致命。于是他开往断魂谷，坐在那儿怔怔地望着太平洋。当吉布森在口袋里找火柴的时候，突然想起那些照片还在口袋里。他把照片拿出来，一共有三张，来回扇动了几下照片，又放在明光下看了起来。第一张模糊不清，照片里是一个女孩站在一个长相古怪的男人旁边，那个男人阴沉着脸，照片的后面用幼稚的字体写着“比利和我”。第二张照片更模糊了，怎么也看不清楚，只能看到在一片树林的边缘，或许有什么东西在树荫里，是只动物？他不得而知，照片的背面什么都没写。第三张照片是在早晨或者傍晚照的，因为阳光是斜着照过来的，影子很重。吉布森盯着照片看，照片里的女孩和第一张里的是同一个人，但是要成熟些，只见她蓬松略显杂乱的头发上顶着一只小皇冠，这让她看起来更漂亮了。她穿着一条褪了色的蓝色裙子，站在一个身穿黑色西服的老人身边，黑色西服衣襟显得更加的黑。女孩的眼睛被抬起的手遮住了，只是可以看出，她是往相机镜头上看的，目不转睛。吉布森眨了眨眼睛，朝其他地方看了看，视线又回到照片上。女孩看起来像是长着一双明亮眼睛的哨兵，是阴阳两界的哨兵，知道如何识破时间的把戏；此时此刻，今天，外面的世界，过去，真相，所有你想知道的东西，这台相机都能捕捉到。

他闭上眼睛，又揉了揉，重新看一遍那些照片。只是一个女孩。这让他突然想起了自己的母亲，想象着母亲年轻时的样子，在她母亲不幸遇到他父亲之前的样子，他的心被刺痛了。

照片上女孩的眼睛，跟自己姐姐弗朗西斯的眼睛一模一样。一样的眼睛，同样都透着悲伤，却充满对未来的神往。他擦了擦嘴，缓缓地吸了口气。他现在都快记不起姐姐的样子了，却记得她的那双眼睛。他来回翻动着那几张照片，手再一次抖起来，有张背后写着“我和神父卡尼”，这个人看起来是个牧师。

吉布森回头看了看那堆扔在车子后座上的衣物，拿了过来，开始有点失望，直到从那堆衣服里找到了一个玛瑙贝，玛瑙贝穿在一个皮质的绳子上，这是女孩性格的写照，他拿在手里翻动了几下，挂在指示杆上，继续翻看其他的东西。他找了一会儿，并没有找到什么感兴趣的东西，就在这时他突然发现一件蓝色的羊毛衫里好像裹着什么。吉布森打开羊毛衫，发现了一本《圣经》，大概 6×4 厘米，放在一个纸板的书套里。他从书套里拿了出来，随便翻了几页，当翻到折好的那一页时，上面写着：达茜 · 斯蒂尔，天使岩。

“达茜 · 斯蒂尔。”他喃喃自语道。

吉布森又随便翻了几页，只见在印刷的文字中间，有一些用粗铅笔写的字。他合上书，又重新翻了几页，只有把书全部展开，否则不能完全看到里面的内容。他想了一会儿，把书彻底打开，开始读起来。

从《创世记》的扉页开始，一直到书的中间部分，女孩写了很多日记，全部是用那种软质的铅笔写的，字体很大，一看就是小孩子写的。当他读到《摩西五经》那些庄严的句子时，再看夹在其中的那些笨拙生硬的句子，这种反差让人感到既古怪又不安，好像她的那些言语也成了《创世记》《出埃及记》《利未记》和《民数记》的一部分，改变了《圣经》的原意。

这些文字看上去像是比照片上的人年龄要小一些时写的。不少单词拼写错了，很多句子也不够通顺，但是女孩还是尽最大努力表达了自己的感受，虽然能感觉到有些时候词不达意。里面没有写日期，但是吉布森看到了大约两三年之内的事情。 女孩讲了一些细小的事情：她在居住的农场周围找到了工作，晚饭都吃了些什么，天气怎么样，风、风暴、彩虹以及天上飞过的飞机，看到的鸟类、灌木丛里的野生动物、小牛小猫的出生。吉布森在脑海里构思出一个活生生的达茜的形象，在农场里走来走去，但是农场又昏暗又寂静。家庭成员只会出现在个人领地被侵犯的时候，索尼帮助她照顾一只小鸟，爸爸淹死了那些刚出生的小猫。接着就是很多关于神父卡尼的事，还有一些是关于格蕾丝的。然而日记的大部分内容，都与比利有关。如果吉布森没有看到照片中比利的真实样子，他会认为这只是她虚构的朋友，因为在她的生活圈里，好像没有人知道比利的存在。达茜每周都会去见比利，每次都可以说是一种冒险：去瀑布探险，在被遗忘的小溪旁淘金，爬到大树的顶端……后来比利就慢慢地在日记中不见了，达茜没有说明原因。从改变的字体可以看出来，达茜的日记大概中断了一年左右。接下来大多数都是在写格蕾丝，直到最后，那句让人不寒而栗的话从日记里蹦了出来。

“有双眼睛从树林中看着我。”

读到这句话，吉布森合上《圣经》，坐在那儿盯着书看了好一会儿，然后心里默念着：“有双眼睛从树林中看着我。”

吉布森把车开回到警局停下后，走着去咖啡馆。天色还很早，街道上散发着醉汉们昨夜呕吐物的味道，预示着又一个令人生厌的季节已经开始。爷爷站在科立泰的前面，不停用水冲刷着地面，把脏水都倒进了臭水沟，那股味道很刺鼻，吉布森都想吐了。他走过爷爷身边，爷爷向他点了点头，就好像根本不认识他似的。尽管他没什么胃口，但一进咖啡馆，吉布森就赶紧要了咖啡和食物。他点上了一支烟，头顶上吊扇的缩影映在糖匙上，挂在墙上的钟滴答滴答，很有节奏地计算着逝去的时间。爷爷从街上回来了，慢吞吞地走到柜台后面，冲着空杯子脏盘子做着鬼脸，数完盘子和杯子，递到隔壁满是水蒸气的房间，刷碗工皮特在金属水槽前忙个不停，他很早就开始洗盘子了，嘴里叼着一支烟，耳朵上夹着的那支烟快要掉下来了，旁边的墙上贴着一张性感迷人的裸体女人的画像，好像这是一间汽修厂。这是吉布森最喜欢来吃饭的地方，他现在觉得自己快要在这儿定居了。有时候晚上他会同爷爷和皮特坐在桌子旁边吃边聊，然后就玩游戏，比如纸牌，也经常一起说些奇怪的想法。

吉布森要的食物和咖啡端上来了，有培根、鸡蛋、吐司、咖啡。

爷爷麻利地拿出刀叉放在桌面上，像一个扑克牌老手一样。吉布森突然感觉很饿，狼吞虎咽地吃了起来，但是咀嚼的时候牙龈很疼。吉布森总是感觉叉子上的耙齿很粗糙，放在嘴里很不舒服。爷爷在他桌子旁停了下来。

“你没事吧，吉布森？”

“为什么这么问？”他在想，是不是自己把刚才的感受都写在了脸上？他的脸是不是很苍白？手是不是在抖？

“没什么，就是问问。”爷爷坐在了对面，从吉布森那里取了一支烟，点着了，边抽烟边看着他吃。

“爷爷，”吉布森边说边擦着嘴，“假如……你有十万美金，你会做什么？”

爷爷想了想，用手托住下巴，好像思考这件事很辛苦一样。

“你想去抢银行吗？”

“不是，别打岔，你想用十万美金做什么？”

“我会把房子的欠款还清，然后再买一座房子，多拥有些房产不是件坏事。”

“嗯。那么皮特呢？过去问问他。”

爷爷挑了挑眉毛，走开了。大约五分钟后他又回来了。

“那么，他怎么说？”

“他说他想坐下一班飞机回印度，坐在他的古鲁脚下涅槃，然后把剩下的钱都分给乞丐。”

“他不会真的是这样想的吧？”

“他说这个的时候，表情很认真。”

“和你现在的表情一样？”

“一模一样。”

爷爷似笑非笑地走回到了柜台后面。

“你会放弃你的工作吗？你会离开这儿吗？”

爷爷摇了摇头，“怎么会离开这儿？”他问道，手挥舞着，指着咖啡厅。

吉布森冷冷地笑了笑，点了点头。

“你想把房子卖掉？”爷爷问道，抬起了眼皮，“卖掉房子，你也不会有那么多钱的。”

吉布森耸了耸肩：“我是这么想过。但即使是卖掉房子，也得等妈妈死后才可以。”

爷爷用奇怪的眼神看了看他，走到了柜台后面。

“无论去哪里，都差不多的。”他边说着，边把一叠盘子递给皮特。

“或许吧。”吉布森说道，但爷爷好像没有听到。过了一会儿，吃饱了，就从口袋里拿出达茜的《圣经》，从头看起，让他欣慰又难过的是：从那句让他不寒而栗的话开始，再没发生什么让他害怕的事。当然也很让人失望，他多希望达茜继续写下去，但这本日记只是代表着她的过去，记录着她的美好时光，或许这就是为什么她一直带在身边的原因吧。

吉布森坐在那儿，边抽烟边喝着咖啡。这已经是他第三遍读这本日记了，他试图通过这些星星点点的描述，找出达茜死去的原因，直到最后才发现了一条线索。吉布森坐在那儿，目光呆滞，想着日记里的那些话，不知不觉间，烟灰已经落在了桌子上。下午的时候，他伸着懒腰，打了个哈欠，同爷爷和皮特坐在后面的一张桌子上。

咖啡店白天不营业，桌子上就摆满了烟灰缸、空盘子、几个图章，还有三个修女的泥像。爷爷把冰块放进威士忌中，然后三人一起干杯。趁着还没喝醉，下起了国际象棋和五子棋，又玩了会儿西洋棋和扑克牌。吉布森喜欢这种感觉，很快他就和另外两个一样，大声地说起了俏皮话。一直玩到晚上十点，爷爷要回去休息了。吉布森把剩下的酒一饮而尽，就和皮特一起跌跌撞撞地走到外面，朝伊丽莎白大街走去，叫了一辆出租车，把他们带到十字路口。

第二天早晨，斯温看到吉布森穿过警局的门，正向他走来。他吐了口唾沫说道："你昨天去哪儿了？蠢货。"

"就在周围逛了逛。"吉布森温和地回应道。

"我无聊地弹了一上午拇指，那个该死的验尸官才过来。"

"哦，好吧……"

这时厄斯金也走进了房间，"安静点，斯温，求你了，"他说道，"看在老天爷的分上，今天是周一。"

"她的名字叫达茜·斯蒂尔，"吉布森说道，"她来自一个叫天使岩的地方。"

"天使岩？"斯温坐在椅子上，微微向前倾了下身体，吐了口唾沫说道。

"是的。你听说过？"

"吉布森，你从哪里听来这些的？你这睡不醒的可怜虫。屁股听到的？前些日子有两个小兄弟迷路的地方就叫天使岩。该死的是，我们国家的每份报纸上都刊登了他们迷路的消息。"

"哦，原来是这样。"

“吉布森？”厄斯金叫了他一声。

“什么事？”

“进来，我想跟你单独谈谈。”

吉布森叹了口气，还是跟着厄斯金进了他的办公室，厄斯金关上了身后的门。

“我想去一趟。”吉布森说道，他迫不及待地说出自己的想法。脑袋从昨晚到现在都昏昏沉沉的，好在胃已经不那么难受了。

“去哪儿？”

“天使岩。”

“去那鬼地方干什么？”

“我……我就是……我就是想去那儿看看。”

“去看看？我听着怎么像你在跟我请假呢，马修，这听起来就是这么回事。”

“是的，就算是吧。”

“要是我说不行呢？”

吉布森耸了耸肩：“那么我就辞职，就现在，我不干了。”

“好吧，别给我惹急了。”

“我只是……受够了……也许需要一小段时间。”

“是吗？那个女孩需要你帮忙做什么吗？”

吉布森离开了座位说道：“或许吧。”

“她是割腕自杀的，不是吗？斯温说，她割了脉，反锁着门。”

吉布森浑身开始颤抖了。这时厄斯金的态度也完全变了，他坐在椅子上，身体前倾着，轻轻地拍了拍他的肩膀，看起来温和了很多。

“对不起，孩子。我记性不好。其实你可以提醒我的……这事跟弗朗西斯有关是吗？”

吉布森把头转过去，没有回答他。

“我明白了，一定是这样的。”厄斯金点着头说道，“但是你以前也接过自杀的案子，为什么偏偏这个……”

吉布森耸了耸肩。

“你不想告诉我，是吗？”

“我不知道从何说起。”

厄斯金叹了口气，身体又重新靠在了椅子上。

“要是我不给你假期，你是否真的会辞职？”

“会的。”

厄斯金点了点头说道：“好吧，我希望最好先让女孩的父母知道这事，让他们好受些。走之前给我打个电话，明白吗？”

吉布森点了点头。压在心中的一块大石头终于落了地。

“嗯，”他说道，“会的。”

厄斯金又在椅子上往后靠了靠，双手交叉放在脑袋后面。

“马修，你说这个年纪的孩子，他们这么做到底是为了什么？我只能说我的女儿们没做过什么太出格的事情。”

吉布森点了点头：“或许这就是我想找到的东西：是否真的有原因……如果有的话，是在她那里，还是什么别的原因。我的意思是，她只是个孩子，比尔，你知道吗？甚至还没有弗朗西斯大。”

厄斯金知道这个，“但是小孩有时候……会走极端，”他继续说道，“他们不能很理性地看待过去，也找不到好的解决办法。”

“不是这样的。”

“你没有办法回到过去改变这一切，改变她的做法，你都回不去，谈什么改变……”

“不，”不等他说完，吉布森打断了他的话，说道，“我知道该怎么做。”

当他从厄斯金的办公室里走出来的时候，斯温瞪了他一眼。吉布森没理他，却问了一个问题。

“你知道还有谁见过她吗？”

“没人见过他，除了街上点心铺的老浑蛋。几天前，女孩在那儿买过一些东西，老浑蛋说她光着脚，看起来像迷路了，但是很高兴。他也就只见过那么一次。”

吉布森点了点头，转身走了。当走到外面的时候，突然感觉到，几个月来他第一次看见这样的天空，干净而漂亮的蓝色，清新的空气一扫世界万物表面的浮尘。他觉得自己好像一只脚已经迈出了死亡之地，走入了一片生气勃勃的大地。他吹着口哨，哼着小曲，开着车离开了，心里不停地盘算着接下来要做的事情。

回到家后，他在镜子前好好地打量了下自己。

“已经三十七岁了。”他喃喃自语道。

或许他得承认，自己长得不是那么出众，黑色的眼睛，有时候是绿色的，有时又是蓝灰色的，开始发白的乱蓬蓬的头发。不是那种惊人的帅气，当然也没有丑到不能见人，个子很高，只是不那么出众，脸色苍白，非常苍白的那种，好像病了很长时间。他的形象真的很一般，就连现在长出的胡子也有白色的了，牙齿也是很不讨人喜欢的黄色。他摇了摇头，觉得自己该做点什么了，至少得让脸色好看些，给自己一个重新开始的机会。

吉布森痛痛快快地洗了个热水澡，做了点吃的，就开车去了疗养院。当他把头从他母亲床边的帘子的缝隙中伸进去的时候，发现她已经睡着了，张着嘴，脑袋底下垫了两三个枕头，她的头发看起来像是梳洗过的，嘴唇也涂成了鲜艳的红色，双颊还涂了胭脂。吉布森走出去找来了一个护士，带到床边，手反扣着护士的胳膊，好像要逮捕她。

“你知道这是怎么回事吗？”他问道。

护士看上去很疲倦的样子，对着吉布森的妈妈微微笑了笑，说道：“有个化妆店里的女人来这里，给她们做做头发，化化妆。她很喜欢做这些。”

护士摇了摇吉布森母亲的胳膊，他赶紧阻止了护士，但是母亲还是醒了，微微睁了睁眼睛，一会儿又闭上了。

“你是她儿子吧。”

“是的。”

“你好像不经常来。”

“是的，就算我不经常来，那又怎样呢？她都不认识我了。”

“但是你知道她是谁。”

吉布森眨了眨眼说道：“是的，你说得对。”

护士帮他母亲抻了抻床单，整理了一下毯子。

“你说她很喜欢化妆？”

“是的。她看着镜子里的自己的时候，会咿咿呀呀地说话。”护士笑着说道。

他点了点头，护士就离开了。或许护士根本不知道他是做什么的，也不了解他母亲的从前，她所知道的全部，仅仅是他母亲现在是个骨瘦如柴的老人而已。

吉布森坐在母亲的床边，盯着她看，一直以来的想法又一次涌上了心头。对于姐姐的命运，母亲到底都知道些什么，还有什么没有告诉他？虽然这件事已经过去很久了，但是每当他想起来，这种感觉就像在吞噬着他，又不知道如何停止。母亲所知道的一切，就这么被埋葬在黑暗中了，没有了任何的回忆。他幻想着姐姐从黑暗中走出来，一根蜡烛照亮了她的路。他再也打听不出任何有关她的事了，她本人也永远没有机会亲口告诉他。他弯下腰，亲了亲他母亲满是皱纹的脸。

“再见，妈妈，”他轻声说道，“谢谢您。”

傍晚，吉布森收拾了一下，爬上了自家的屋顶，坐在屋顶上看着这个城市。尽管他爱这里，但有时这里有太多迷茫的灵魂，太多坏人，太多不开心的人。

码头的船桅上点着弧形的灯，商船的干舷上也挂着同样的灯。吉布森看了一眼“南斯泰恩”号在水中驶过，荡起一阵阵的水花。突然一团团云彩挡住了月亮。游船上，人们扬扬得意地挂上串成字符的旗帜和彩灯，在黑暗中穿过甲虫一般的礁石。他能听到船上人们举杯祝福智慧和好运的叮当声。他在想，如果有人知道自己正坐在这儿看着他们，会不会不高兴。头顶上闪闪发光的飞机和脚下涌动的危险暗流，又好像没什么必然的联系。

吉布森本来准备等到早上再出发的，但今晚他怎么也睡不着。

折腾到半夜，他打消了睡觉的念头，锁上门，重新在地图上找了一下天使岩的位置，就在这寂静空荡的夜里出发了。他边开车，边想着达茜的事情。他下定决心冲破黑暗，面对现实，在自己的意志和决心最为薄弱的时候，他必须在很短的时间内就确定，自己是否真的要去完成这个任务，抑或仅仅为了自己的承诺：对达茜，以及姐姐弗朗西斯的承诺才做这个事情。他一直在考虑着。

这个夜晚，吉布森离开了悉尼，一路往北走。他总觉得身后什么在动，可每次回头的时候，那东西总是闪得很快。开始时，他心想，也许那个女孩从床上爬了起来，长了翅膀向他飞来。接下来，还是在这个漫长的黑夜里，他走到了一片广阔的土地上，把车停在路边，从车里走了出来，看着头上繁星点点时，他知道那其实就是自己死亡的阴影，是隐藏在他红色血液中的那些黑暗的东西。

九

汤姆从锯木厂前面两个巨大的加拿大锯后面爬了上来，肉贩子给了他两个很大的麻布袋子，他开始往里装木屑。木屑像被施了魔法一样，怎么装都不见少。他想起以前经常给弗莱恩讲这个故事，伤痛又开始吞噬他。他咒骂了几句，心就好像一只不听话的小狗一样，只好坐在木屑堆里，深深地吸几口气。

自从汤姆回家后，和亨利一句话都没说过。亨利总是匆匆忙忙地去工作，每天待在灌木丛里的时间也越来越长了。他所做的就是让汤姆有时间就和波普一起到山里去找弗莱恩，拼命地回想到底发生了什么。波普说汤姆一定被人打了头部，昏过去了就什么也不记得了。汤姆感到希望很渺茫，可波普还是在努力地帮助他，虽然他不知道波普为什么要这么帮他。有一天波普摘下帽子，揉了揉眼睛，看着汤姆，汤姆知道这种眼神意味着什么。他们不准备继续找了。

接下来的日子，汤姆开始做梦，开始是偶尔做梦，后来变成整夜整夜地做梦，梦里全是迷路后发生的事情。几乎所有梦境的开始，都是一片黑暗，零星闪着微黄的光芒，接着就是在黑暗中潜伏着某种东西，某种长着獠牙的东西，那到底是人还是野兽，自己也说不清楚。那个东西就在那里等着，看着。他把梦的事情只告诉了波普，可说了也没用，梦一直没有停止。有些人开始对汤姆议论纷纷，说他一定知道更多，只是故意不说罢了；或者说他一定隐瞒着很多惊人的秘密，也做了很多愚蠢的事，才导致了弗莱恩的死。人们所说的事情很蹊跷，尽管波普狠狠地训斥过街上的那些人，流言蜚语仍然不绝于耳。

汤姆仍然骑着自行车到处寻找，直到有一天两个轮胎都爆了。他总是在山谷里那条又长又直的路上骑着车子，每次到达十字路口西边的小山坡，都累得满头大汗，龇牙咧嘴。这时候他会停下来，回头看看下面不远处的小镇，拍拍身上的尘土。但他却丝毫看不到希望。于是汤姆开始经常坐在家对面河岸的草丛里发呆，呆呆地看着河水，看着河里静止的身影和头顶飞舞着的夏虫。

转眼间，圣诞节来了，又过去了。有一个周日，教堂给弗莱恩做了礼拜，但是对汤姆来说，那些祷文也只是一点点安慰，其他的什么作用都没有。妈妈还是一如既往的心情低落。汤姆刚回来的时候，妈妈的心情确实好些了，可不久后她看起来更糟糕了，因为对她来说，汤姆回来是远远不够的。她好几次都想回去继续工作，但是都失败了，于是躺在幽暗的卧室里，没日没夜地睡觉，连中午饭都不吃。从劳伦斯来的一个修女，在家里照顾着妈妈，喂了一周的饭。

汤姆从木屑里站了起来，又弯下腰继续工作。在铲这些木屑的时候，突然脑海里浮现出睡前妈妈吻他和弗莱恩的情景，但这次妈妈是站在黑暗中，好像在等待，好像在倾听，周围的空气是暖洋洋的，暴风雨渐渐远去，开始起风了，闪电划过。有了妈妈，自己生活就是幸福的，甚至可以让他不那么在乎亨利的冷酷无情，尽管妈妈生活中并不十分幸福，但他无力改变现状。汤姆突然意识到，是弗莱恩把他们聚集在了一起。这个想法使他停下了手头的事。汤姆口干舌燥，心里很难受，就在这时突然看见一个棕色的蚱蜢摔在不远的地方，然后慢慢地爬上了锯木厂的地板。这像是可怕的风暴到来前的先兆。太阳消失在了云中，突然锯木厂的气氛变得诡异起来。他赶紧系紧了最后一个麻袋的口，匆匆忙忙地离开了。

汤姆像往常一样拖着麻袋，锯木厂外面的小路非常长，他吃力地低着头拖着麻袋，汗水滴到了土里。汤姆看到路边的一个表演场地里，有人在表演节目，但是他不为所动。上了渡船，终于回到了小镇的主街上，透过肉食店的窗户看里面剩下的牛肉、羊肉和猪肉都摆在下面，肉都被切成一小块一小块地摆了出来，中间都用绿色的塑料草隔开了。肉贩回到屋里的时候，被汤姆吓了一跳。

“汤姆！”肉贩进屋的时候喊了他一声。

“我给你拿了木屑，赖利先生。”汤姆说道。

“是的，汤姆，我看到了。其实……啊……我是想让你……啊。”

“你不需要木屑了？”

“不是，不是。我需要木屑。如果还可以的话，你就尽管把木屑拿来给我吧。”

“我会的。”

赖利先生点了点头，就把那些袋子拖到了后面。汤姆静静地等着拿报酬。

“跟你说个事，”从后院回来的时候，赖利先生说道，“马戏团的一个演员早上来过这里，给动物们买肉，也问了我一些木屑的事儿，我觉得你也可以帮他们装木屑。”

接着他从放钱的抽屉里拿了几枚硬币，递给了汤姆。

“你可以问问他，他叫纽曼先生。”

“好的，我会去问他的，谢谢。”

“好孩子，汤姆，好好地……照顾自己。”

“我会的。”

汤姆慢悠悠地走到了公园，看向对面的表演场地。只见那儿停着好几辆卡车和敞篷车，还有几个人撑着一个马戏团的专用帐篷，脏脏的帐篷上满是补丁。汤姆站在那里看了一会儿，就朝渡船方向走去，走在拥挤的车之间不小心滑了一下。

汤姆看到那些人用锤子敲打长长的钢钉，让大象把粗木棍吊到车里。在游戏摊前的一条“之”字形的线上，绑着破破烂烂的红色、蓝色和绿色三角旗，演员们就在旁边说说笑笑。几周以来汤姆第一次从弗莱恩和奇怪的梦中逃脱出来，卡车停着的地方，帐篷快要撑起来了，他想接着往下看。卡车驾驶室后面的车兜里没有托盘和帐篷，而是放着笼子，上面盖着一些褪色的画，画的是小丑、狮子和空中飞人，盖在笼子上遮住笼子里的野兽。汤姆在这些卡车中间来回走着，发现其中的一个笼子里面有一只杂毛的猩猩，只见那只猩猩在卖力地抽着烟。猩猩看到他居然一点也不惊讶，还随手把手里的烟蒂扔在了草丛里。汤姆直瞪瞪地看着那只猩猩，看了足足几分钟，直到猩猩打了个哈欠。汤姆要离开的时候，突然一股难闻的味道钻进了他的鼻孔里。他停了下来，想看看究竟是什么东西。汤姆走到房子的一边，站在那里往墙角里看。先看到的是个铁网，在铁网的后面，还有些直立的大柱子，像树一样，从暗处伸了出来。汤姆慢慢往前走，黑暗中什么都没看到。他暗自想着：这里面一定是空的。可就在这时，里面突然闪出一个东西，走来走去，然后退了回去。汤姆吓得屏住呼吸。

“哇！”他暗自惊叹道。

汤姆站在原地一动不动，等着那头母狮子再次出现。很快狮子从笼子后面走了过来，和刚才一样，沿着栅栏走来走去。汤姆突然发现还有另外两头狮子，就睡在不远处的稻草垫子上：一头母狮子，还有一头公狮子，在睡梦中摇着尾巴驱赶身上的蚊虫。

汤姆死死地盯着暗处，看会不会有更多的狮子。这时母狮子再一次出现在了栅栏旁，停了下来，盯着他看。汤姆屏住呼吸，也看向母狮子，像被迷住了一样。母狮子把他定在了那里，就这样互相凝视着，从母狮子那双略带悲伤的黄褐色眼睛里，汤姆仿佛从中看到了自己。这时母狮子的眼睛看向别处，抬起头，像是在捕捉微风，鼻子一张一张的，汤姆深深地嘘了一口气。母狮子闭上了眼睛，就像刚刚什么都没发生过一样，带着悲伤和忧郁，转身走了回去。

汤姆的心怦怦直跳，不知道母狮子到底在空气中发现了什么。笼子是朝东的，难道是闻到了海的味道？抑或是有什么东西正在靠近？

“小心，孩子！”

汤姆吓了一跳，赶紧躲开身后的两个彪形大汉，两人正抬着一个长木棍向他走来。

“叔叔，我想找纽曼先生，应该去哪里找他呢？”汤姆突然想起了自己来这里的目的，就问了走在后面的那个人。只见那个人用拇指朝另一边指了一下。汤姆看见一个岁数较大又矮又胖的男人，穿着蓝色牛仔裤，戴着牛仔帽。汤姆走了过去，虽然他是来找纽曼先生谈木屑的事，但脑海里全是那头母狮子看他的眼神。

汤姆告诉了纽曼先生自己的来意后，就开始往回走，穿过河流，去赖利先生家里借了几个麻袋。当走到主街的时候，他看到格蕾丝·马瑟从主街的另一头走了过来。在格蕾丝离自己越来越近的时候，汤姆有点紧张，因为他还记得自己回家的那晚，穿着裙子的格蕾丝是多么美丽成熟。他赶紧低下头，希望再抬起头的时候她就不见了。汤姆就这样低着头，而格蕾丝越走越近，一路都在直直地看向他。

“嘿。”格蕾丝说道，说话的时候两个人几乎擦肩而过。

“嘿。”汤姆说道，“啊，你还好吧？”

“还不错啊，你呢？”

他耸了耸肩说：“我觉得很快就会好起来的。人们都这么说。”

“是的，大人们经常这么说。”格蕾丝一边说着话，一边拨弄着自己眼前的头发。汤姆点了点头。

“你要去做什么？”

“从赖利先生家里借几个袋子。”

格蕾丝点了点头，朝着街道的前面望去。汤姆目不转睛地看着她的脸。

“听我说，”格蕾丝轻轻说道，“索尼·斯蒂尔说你坏话了，他说他想揍你，并且他根本就不在乎……”

格蕾丝低头朝地面看着，嗓音也跟着绕来绕去。汤姆点了点头，也低下头看了看没有穿鞋的脚丫子。

“汤姆？”

“怎么了？”

“那些天你跑到哪里去了？你到底去了哪里？”

汤姆耸了耸肩，依旧低着头。

“你不记得了？”

“嗯，不记得了。”

汤姆看了格蕾丝一眼，他很难看出自己的话格蕾丝是否相信，只是汤姆非常渴望格蕾丝能相信他。

“对不起，”格蕾丝说道，“不管怎样，都离索尼远点。”

“我会的，”他边说边耸耸肩，“谢谢。”

“我就是想跟你说这个。索尼很恶心。”

“是的，真是恶心。”

两个人就那样尴尬地站了一会儿。

“那么再见，”汤姆说道，“谢谢啦。”

“没事的，再见。”

汤姆拿着麻袋，沿着街道继续往前走，努力压制住自己回头看一眼格蕾丝的冲动。

十

太阳终于升起来，吉布森停下了车，伸了伸腿，吃了些早餐，摸着饱饱的肚子坐在车里，心想他可以继续赶路了。他把头一靠在车座上，就闭上眼睛睡着了。一觉醒来却发现已经是下午了，口干舌燥，脖子也僵硬了。过了一会儿，他才意识到自己在哪儿，在干什么，想到这，便赶紧发动车，踩下油门，加速行驶，想追回那些耽误的时间。他一直开到晚上，经过了很多小镇，远方有一束微弱的光，从一团浓重的云彩中透了出来。他停下车，站在车门后面，把手放在耳朵上听，却什么都没听到。

“看来还远得很。”吉布森喃喃自语道。他跳进车里，把脚下的油门踩到了最大，一路上追赶着风暴。他知道这样很疯狂，也看到了路边警示牌，知道在路上碰到袋鼠会是什么后果，尽管这样他还是没有减速。指针在最大速度附近来回移动，发动机嗡嗡作响，晚风吹进车里，吹乱了一侧的头发。有时车在快赶上风暴的时候转弯了，有时车就正好在风暴的下面。

“快点，你个大蠢驴！”他大喊着，“我会抓住你的。”

半小时之后，通往小山的路开始陡峭了起来。吉布森开着车奋力地爬坡，登上山顶时才松开油门，慢慢地驶下小山另一边的一条弯弯的坡道，轮子在沥青路上嗞嗞作响。他看到前面不远处的小镇上灯光闪闪，像一颗颗星星，突然飘来一朵云，遮住了点点的灯光。闪电从天空划过，照亮了灌木丛，雷声在头顶轰轰隆隆地响了起来。看到这里，吉布森赶紧把车停下来熄了火。闪电一道接一道，之后就是震耳欲聋的雷鸣，连车上的弹簧都跟着震动起来。他从车里走出来，躺在路上，现在的马路上，白天吸收的热量全部被散发出来了，透过衣服进入了吉布森的身体里。大大的雨滴落在了他的身上，还有四周。一股冷风突然袭来，吉布森打了个冷战，尽管身子下面还是热的。雨滴汇集成了河流。吉布森就那样躺在沥青路上，雨滴打在脸上，他却笑了，被雨水淋湿的时候，他又抬起了双手，就那样躺着，什么都不想。

雨越下越小，最后停了下来，这场风暴的开始和结束都是那么地让人猝不及防，乌云消散了，头顶又是一望无际的晴空了。吉布森感觉这场雨把他最后的一丝不确定和不情愿都冲掉了，尽管还不知道新任务意味着什么，也不知道自己会为此而失去什么，他只知道自己来这里是正确的，他为自己找到了目标。

大约晚上九点半的时候，吉布森又看了看地图，决定向西面的内陆驶去。在黑暗中，他几乎什么都看不清，行驶在寂静的乡间小路时，他集中注意力保持车的平稳行驶，轮子在松松垮垮的路上蜿蜒前行。 经过一个山峰的时候，他慢了下来，向他的左侧看去。下面的乡村一片漆黑，只有几处星星点点的灯光。从地图上看，离目的地不远了，但是没发现任何标志。小路延伸到了山谷里，他想天使岩可能被藏了起来，直到最后，才在拐弯处发现了标志。吉布森开得太快了，只好紧急刹车，还是在超过了标志好几米后才停下来。他停在路中央，车身有点歪，车灯照进了一个空空的牧场里，他就坐在那儿，等发动机安静下来了，才开始倒车。他又沿着山谷开了差不多半个小时，又转了个弯，天使岩就出现在他的眼前。天使岩位于一片高地上，西边靠着一条又宽又黑的河。镇上大约有几百户人家，都住在用瓦楞板搭起的尖顶房子里，前面几米就是格子状的外廊，在小镇的西北部有很多陡峭的山峰，黑黑地耸立在繁星点点的空中，其中的一座山峰明显突兀起来，俯视着整个山谷和小镇。“应该就是那块岩石。”吉布森心里猜想着。

吉布森慢慢地驶进了镇上，环绕着镇子开了一会儿。小镇的路呈网格状，路的尽头都用铁丝网围住，铁丝网都在西侧，而河流在东侧。车灯照亮了猫的眼睛，还有几条狗在守夜。飞蛾像卫星一样盘旋在街灯上。他看到一两个老人坐在外廊上，扇着扇子，除此之外再没看到什么人，好像这个小镇已经被废弃了一样。主街被一片草丛分成了两半，每一边都种着两棵大无花果树。路边上有几张桌子和几把给行人休息的椅子，路边的花圃里没有花。主街上只有一家银行，一个肉食店，一家面包店，一个杂货铺，一家报刊亭，亭前放着一个旋立柱，还有一家酒吧。他想，这个镇上的某个地方一定也会有一个闷闷不乐的牙医和一个慈祥的老医生做上门医疗服务。他也能想象为什么这儿的人出去以后，都不想回来了。就在这时，他想起了达茜，心里愁肠百结，于是把手放在旁座的那本《圣经》上，熟练地抚摸着，直到他渐渐平静下来，继续开车。

吉布森很容易就找到了警局。他拉着行李箱，穿过小路走到门口，敲了敲门。一个五十岁左右、满头白发的高个子男人开了门，只见那个男人穿着一件背心和一条灰色的工装裤。

“你是吉布森？”

“是我。”

“我叫波普·马瑟，我们通过电话。”

吉布森伸出手，和这个人握了握，发现他的手劲好大。他跟着波普走进屋里，身心俱疲，两眼模糊，但是仍然注意到了客厅自助餐桌上放着的那张装裱过的照片。

“你是翻山开过来的，还是坐船过来的？”波普问道。

“啊，走的是山路。”

“那就好，要是你坐船过来，我还担心你赶不上渡船呢。我本打算告诉你这个的。”

吉布森点了点头，一直在盯着照片看，再一次被震撼了。达茜·斯蒂尔和另一个女孩坐在一个房子的外廊上，她们互相搭着对方的肩，赤着的双脚晃来晃去。达茜把头顶在屋顶的柱子上，她的双唇是红色的，脸颊是桃红色的，淡褐色的头发盘在头上，发尾处的颜色更深了，一绺头发在她的脸上轻轻扫过。照片上另一个女孩的肤色要暗一些，脸上的笑容很拘谨，这看起来很严肃，不怎么……动人，但这也可能仅仅是一种错觉。他当然知道，照片要么只是记录零星的真相，要么只是记录这个世界。

“你是不是觉得，这是你见过的最漂亮的女孩子呢？”波普问道，“到现在，都没有特意地去打扮。”

“你女儿？”

“是的，她叫格蕾丝。”

“达茜的事，你告诉她了吗？”

波普点了点头：“昨天，我们通完电话后，我把事情告诉了她。”

“那她的父母知道吗？”

“嗯，他们已经知道了。”

吉布森点了点头，放下了照片，波普替他拿着行李，带他去了一间空房间。从浴室里回来，什么都没穿，他就把头埋在枕头底下，很快就睡过去了。

早上，吉布森看到波普的女儿走进了厨房，坐在椅子上。她的眼睛红红的，显然昨晚睡得非常不好。

“你没事吧？”波普问她。

“没事。”她喉咙收紧，快说不出话了，只是幽幽地吐出了两个字。

“吉布森先生是个警察，”波普继续说道，他的声音压得很低，“他想问你一些关于达茜的事儿。”

格蕾丝点了点头，吸了下鼻子。

“格蕾丝，你爸爸跟我说，你和达茜是朋友。”

她点了点头：“我们是最好的朋友。”

“波普说你们很久没见面了，上次见面是圣诞节的时候。”

“没有，这期间我没见过她。我……我也不知道原因。我去看她的时候，斯蒂尔夫人说她病了。”

吉布森点了点头。

“你知道她为什么……离家出走吗？”

“不，我不知道，她的父母把她看得很严。”

“那是有多严呢？”

“她被……整天关在家里，只有周六才可以出来，而且只能见我。”

“原来是这样。那你们最后一次见面是什么时候？”

“在舞会上，就是汤姆·费里回家的那个晚上。”

“她是不是看起来……一点都……不快乐？”

“是的，”格蕾丝一边说着，一边擦了擦眼角的泪花，“但是她怎么也不肯告诉我为什么。”

“她以前说过一个叫比利的人，或者叫卡尼神父的人吗？”

“她经常说起比利，”格蕾丝回答道，眼睛来回看着吉布森和爸爸，“比利曾带她找过鸟蛋。那时她还小，她的父母还允许她出去。”

“就这些吗？”

“是啊，这跟比利有什么关系吗？”

“那卡尼呢？”

“在达茜小的时候，卡尼教过她《圣经》。”

吉布森看着她，察觉到了格蕾丝对他的问题有一股强烈的抵触情绪。他心想，如果达茜确是被人所杀，而格蕾丝是审判那个罪犯的法官的话，她绝不会心存丝毫怜悯。这让他想起了墓地里的一个石头天使，表情悲伤，歪着头倾听天堂之歌，这歌声调太高，只有他们和狗才能听到。天使的头顶上，蜜蜂闪动着翅膀，像是失恋者颤动的心，然而他们却听不见对罪恶的控诉。他真切地感受到，格蕾丝是个勇敢的孩子。

“我不知道他们跟这件事有什么关系，”吉布森轻声回答道，“我只是想知道，达茜是否……害怕他们，或是害怕别的什么人，就这么多。”

格蕾丝想了想刚才说过的话，“不，”她说道，“达茜从没跟我说过害怕谁，我觉得她什么都不怕。”

吉布森故意不说话，因为他看得出，格蕾丝还有问题要问他，他在静静地等待着。

“是您发现她的吗？”

“不是。”他说，慢慢地摇了摇头，“但是我去过那里。”

格蕾丝抬头看了他一眼，充满了敬畏，好像他知道很多秘密。她希望吉布森还能说一些别的事，更多的事，但是他能感觉到，格蕾丝没有多少勇气继续问下去。最后，她只是微微地点了点头，眼泪止不住地流了下来。

“谢谢你，宝贝。”波普说道，格蕾丝抬头看了看他，擦干了眼泪。波普冲她点了点头，往后推了下椅子，朝门外走去，回头看了看吉布森。格蕾丝眼神里流露的情感很复杂，有悲伤，有负罪感，还有气愤，但是很显然，除了吉布森告诉她的以外，她还想知道更多。

“很抱歉。”等格蕾丝离开，吉布森跟波普说道，“我觉得她或许……”

波普举起手，示意他不要再说下去，“我们现在去见见达茜的家人吧。”

“啊，应该去见见。”

波普点了点头。

“很远吗？”

“不远。”

两个人穿过小镇外面一条没有栅栏的小路，路过一个生锈的铁栅、废弃的院子。路边的牛呆呆地看着他们，嘴里流着长长的口水。

“能给我讲一些关于达茜父母的事情吗？”

“埃兹拉是个不爱说话的人，工作很卖力，不太爱与人交往。费伊年轻的时候是个美人，信不信由你。埃兹拉年轻的时候学习很棒，他父亲对他的期望很高，不幸的是，他的父亲早早去世，埃兹拉不得不放弃学业在农场干活。他们还有一个孩子叫索尼，大名叫约翰，可以称得上是这个世界上最笨的孩子，爱吃东西，爱欺负人。他是农场的下一个继承者。”

他们又往前开了几分钟，波普放慢了速度，拐了个弯。波普指了指前面的斜坡，吉布森顺势朝那儿望去。这家农舍和刚刚看到的那个差不多，离主道有一段距离，门前仅有一条小道相连。农舍的周围全是栅栏，还有一些破破烂烂的棚子。吉布森依照波普的吩咐下了车，打开了栅栏的门，波普把车往前开了一段后，栅栏就被关上了。越靠近那座房子，越觉得荒凉。风把屋里的窗帘吹了出来，一只猫在窗台上晒太阳，听见他们走过来，先是半睁开一只眼睛，随后又闭上了。

“埃兹拉应该是出去了，还没回来，我去找找他。你是否愿意跟费伊介绍下自己？”

吉布森点了点头。波普慢悠悠地去找埃兹拉，而吉布森已经开始做记录了。他踩着歪歪扭扭的梯子，小心翼翼地走进屋里，敲了敲门，不到一分钟费伊·斯蒂尔就过来开门了。吉布森对她礼貌性地笑着，暗地里端详她的长相。不太像达茜，就只有眼睛还有那么一点像，或许是因为她已经不再年轻了。费伊扎个马尾，头发是灰白色的，发质很细。她是从门廊里面走过来的，吉布森发现她的皮肤油腻腻的，还很粗糙，半月形的指甲缝里全是泥，她穿了一件褪色的裙子，透过裙子能看到一对下垂的乳房，乳头像手指头的顶部大小，垂向地面。

“请问您是？”

她的双眼又大又亮，吉布森甚至能从里面看到自己的轮廓和身后明亮的院子。

“我叫吉布森，是为您女儿的事情过来的。关于达茜的事，我真的很抱歉……”

“啊，您还是进屋里说话吧。可是我丈夫……”

“马瑟警官去找他了，我想我得和你们两个谈谈。”

“哦，没事的。进来吧。”

屋里很是昏暗，一股腐臭的味道迎面扑来。经过客厅时，吉布森看见里面有一套高靠背的沙发，沙发上大多都堆满了报纸和旧书，有《澳大利亚邮报》《女人周刊》，有的书上还放着啃剩下的苹果核和橘子皮。天花板上布满了蜘蛛网，地毯都被踩破了，上面全是线头。角落处放着一台巨大的电视机，正播放着很模糊的图像。墙角处有一堆猫毛，有两只猫，不，一共是六只，先是安静地看着他，随后朝他走来，竖着尾巴，走过来蹭他的腿。吉布森把猫轻轻地推走，继续环视屋子里的东西。 墙壁上空空如也，只有沙发的正后方挂着一副镶着金边却已褪色的风景画和一个陈旧褪色的年轻士兵雕像，后面挂着一面澳大利亚国旗，太阳形状的军功章挂在帽子和肩膀上。三枚绑在国旗上的奖牌，就挂在画框下面。回到那张桌子，上面放着一个铬框的彩色照片和一部电话。照片里是小时候的达茜，一定是在学校照的。她的皮肤是棕色的，长满了雀斑，一头乡村孩子才有的被太阳晒得发白的头发。椭圆形的脸很漂亮，她灿烂地笑着，好像是她的笑容正好被摄影师抓拍到了一样。达茜那双清澈的蓝色眼睛望着相机，吉布森越看越觉得迷人。他在想照片是不是最近刚被裱上相框，拿了出来。

费伊指了指饭桌旁的一把椅子，让吉布森坐下。她装满了一壶水，放在火炉上开始烧水。火炉和后面的墙上满是点点的油污，凝固的油污都是黄色的。电冰箱旁边的地板上有一摊黑色的液体，不知道是什么东西。冰箱的制冷机突然停止了工作，只剩下水烧开的声音。费伊·斯蒂尔就站在水壶旁边看着他。

“我能进她房间看看吗？”

费伊·斯蒂尔只是自顾自地用手给自己扇着风。

“哦，我其实……”

“就一会儿，好不好？就看一下？”吉布森用安慰的语气说道。

“那么好吧，”她小声回答道，“从这靠右的房间就是。”

“非常感谢您。”

在这间小屋里，吉布森首先看到的是一张铬质的床架，上面放着一个床垫，旁边是一个衣柜，衣柜的木板都快脱落了。一个白色的梳妆台靠在墙上，上面放着一把梳子和一把刷子，下面则是一把椅子。一个白纱镶边的首饰盒在椭圆形的镜子下面。他打开了首饰盒，一个芭蕾娃娃站在弹簧上，音乐已经不响了，身子也不转动了。首饰盒里还放着一些塑料发带，六七个小球，一些羽毛和一只鸟蛋。他从里面拿出一个猫眼石，放在了口袋里，又顺手打开了梳妆台上的两个小抽屉，里面都是空的。他听到水开了，听见费伊在厨房来回走动。他打开衣柜，里面全是达茜的衣服，就那样挂着。他用手轻轻拂过它们，闻到了一股少女特有的体香。衣柜下面还有抽屉，他打开了第一个，看见里面都是内衣，没什么特别的，于是打开第二个，第三个，里面什么都没有。就在这时，突然听到门前有脚步声，他迅速离开了房间，走向大厅。

埃兹拉是个大块头，就算把笨重的橡胶靴脱掉，他坐下来也让人感到很魁梧。他穿着灰色的工装裤、格子衬衫，戴着一顶走形的帽子，身上还散发着淡淡的牛粪味。吉布森介绍了一下自己，在斯蒂尔示意他可以坐下后，便坐在了埃兹拉的对面。他就这样等着，什么都不说，直到波普和费伊拿着水和饼干从厨房里走了过来。埃兹拉透过黑色帽檐盯着吉布森看，手指来回敲击着椅子。突然吉布森觉得自己很困惑，不知道自己在做什么，要不是埃兹拉死死地盯着他看，他早就跑出去了。

波普和费伊给他们冲了茶，也坐了下来，吉布森开始询问了。在埃兹拉拿起茶杯喝茶的时候，吉布森眼睛直视了他一会儿。

“发生了这种事，我真的很难过。”

“谢谢您。”费伊轻声说道，可埃兹拉却什么都没说。吉布森发现他迅速地看了一眼自己的妻子，看着她把手中晃来晃去的茶杯放下。

“我只是想知道些细节，想搞清楚几件事。”

“嗯，请尽管说，我们知无不言。”费伊说道。

“马瑟警官跟我说过，达茜以前离家出走过？”

“嗯，有好几次了。”

“您知道她为什么这么做吗？”

费伊摇了摇头，突然嘴唇紧绷起来。

“她以前是否有过……有过……自杀的经历？”

“没有。”

吉布森点了点头，埃兹拉紧紧地盯着他，下唇都紧绷起来。吉布森停了下来，过了一会儿又继续问起来：“她迷路的事，你都没告诉过马瑟警官，这到底是为什么？”

埃兹拉终于说话了，嗓音低沉生硬，每个字都好似藏着一把刀：

“她没有迷路，她是离家出走。”

“我们……我们……好吧，我也希望那是她离家出走，你知道的，这样最好不过了。”费伊说道。

吉布森抬起头。波普坐在椅子上，往后靠了靠，叹了口气，挠了挠头。吉布森问他们为什么认为达茜是离家出走，但夫妻俩谁都没有回答。

“您最后一次看到您的女儿是什么时候呢？”

埃兹拉长长地叹了一口气，抬头望了望天花板。

“刚过完圣诞节不久。”

吉布森注意到埃兹拉说完这些话的时候，费伊看他的表情，他已经猜到，埃兹拉是在说谎，他至少隐瞒了一个星期的时间。他看了看夫妻俩，假装在笔记本上写上她消失的时间。费伊咬着下唇，看着他。

“她离开的时候没留下张便条吗？”

“没有。”费伊说道。

“你确定吗？”

“是的。”埃兹拉说道。

“你们吵架了？打她了？”

“没有。”

费伊回答完吉布森的问题后，埃兹拉也低下了头，盯着自己的手看，那双手很大，很粗糙，看上去就像一个雕像的手一样。

“那么，我没事了，非常感谢二位的配合。”

费伊本来想说不客气的，但突然停了下来。埃兹拉跟吉布森握了握手，没有再回答任何一个问题。费伊的眼眶里突然闪烁着几滴泪花，接着就泣不成声了，珠子般的眼泪从双颊上流了下来。

“我很抱歉。”吉布森再一次说道。

他看了看对面的波普，波普示意该走了。于是吉布森站起来走到门口，忍不住还回头看了看。费伊坐在那儿一动不动，再也没抬起头看他们。她的丈夫走了过来，关上了他们身后的门。吉布森和波普出了门，朝车的方向走去，就在吉布森上车的时候，突然看见棚子旁边站着一个男孩，远远地望着他们。波普也看见了他，“是索尼。”他轻声说道。索尼个子不算太高，却长着一个与年龄非常不符的大肚子。他穿着一件很脏的外套，外套前面的扣子是解开的，苍白细嫩的胸膛上挂着闪闪发光的汗珠。索尼把一撮油腻的头发从眼前拨开，用小臂蹭了蹭嘴。波普在车子发动的时候冲男孩挥了挥手，可是男孩好像并不认识他，只是转过身，做他自己的事儿去了。

十一

吉布森和波普坐在天使岩宾馆的酒吧间里，看着休伊·比恩往两个大酒杯里倒满了皮尔森啤酒。两人静静地看着，酒满后不约而同地举起酒杯，吉布森说了声“干杯”，一饮而尽。

“味道真好，”吉布森感叹道，“我觉着咱们赚了。”

他们坐在那儿大约半分钟，谁都没有开口说话。吉布森先打破了尴尬的沉寂。

“听说这儿有一个小孩子走丢了，很替你们感到难过。”

“是啊，谢谢，”波普边叹息着，边盯着杯中的啤酒，“发生了这种事，以后的很长一段时间，这里都不会平静的。”

“回来的那个孩子怎么样了？”

“我觉得还好吧，但他基本上什么都不记得了，当然这样反倒是件好事。只是他说经常做噩梦，谁遇上这种事都会做噩梦吧。”

“噩梦？关于什么的梦？”

“他自已也说不出来。”

“你觉得会是什么梦呢？遇见什么坏人了？”

“你的意思是？”

“也许是，有人绑架了他们，或是对他们做了别的什么事？”

“不，我不这么想。”波普用奇怪的眼神看了看他，说道。

“他们家没跟什么人结怨吗？或者是他们的父母有没有仇人？”

“没有。”

“你确定吗？”吉布森半信半疑地问道。

“只是，亨利和埃兹拉很久都不来往了，他们的孩子也不来往，但是这事不可能是他们干的。”

“他们为什么不来往？”

“好多年前，他们同时喜欢上一个女孩，事情就是这样的。”

“那个女孩是谁呢？”

“她已经死了。可是，埃兹拉真的没有嫌疑。他跟我一起出来找过弗莱恩，找了好几天。”

“也就是说，你很相信他，对吧？”

“我了解他。我相信人性，吉布森。在这儿，如果我们没有证据……”

吉布森点了点头，喝了口啤酒，“我只相信证据。”

波普转向他。

“吉布森，你为什么会来这儿？”波普突然问道，有种打破砂锅问到底的意思。而吉布森慢悠悠地端起酒杯，喝了口啤酒。

“你想知道什么？”吉布森下意识地擦了擦嘴，问道。

“我是说，你打来电话后，我给厄斯金也去过电话。那会儿我才知道是你要来这里的。他说，严格来讲，你是来度假的，也就是说，你来这儿，什么都不需要做。”

“说得没错。”

“那么，你做这些事情是为了什么？”

“那么，你就当作这些事情是我自己愿意做的好了。”

“这个理由好像并不充分，要知道这个地方本来就不属于你。吉布森，你最好说出一个让我信服的理由。如果你的理由不够充分，那么我可以明确告诉你，这儿的人都不会理你的。我得知道这个理由是什么。我也不想这样，但是我不想让住在这儿的人不安。最近发生的这些事已经够糟糕的了。”

吉布森看了看波普，只见他表情非常严肃。吧台后面的休伊突然向吉布森投来了怀疑的目光。

吉布森发出一声叹息。

“厄斯金还说什么了？”

“就说了这么多。”

吉布森点了点头，看向波普，像是在做个什么决定。

“好吧。”吉布森开始说了，“在我十二岁那年，我的姐姐弗朗西斯自杀了，对这事我什么都不记得了，所以只能去凭空猜测。不管怎样，姐姐是我最亲近的人，她可以说是我心目中的英雄，我最好的朋友，真的。有一天，她开着家里的车，走到了灌木丛深处，吞下了一整瓶我母亲的安眠药。她只有十七岁。她给我们留了一张便条，解释她为什么会自杀，不幸的是，我们直到六个月后才发现她的尸体，可是那时，她的便条早就变成了一摊烂纸浆，你想想，几个月中，得下多少场雨，得有多少虫子。”

“我的老天啊，吉布森，我真的很难过。”

“嗯，没事，你知道的，我们都得接受现实。但是我可以明确地告诉你，从那以后，我的信仰开始动摇了。我已经好多年没认真想这件事了，但是当我，当我看到达茜的样子……以前的一切全都回来了。”他顿了顿，喝了口酒，“如果你真的让我走，那就赶我走好了，但是我真的想找出点东西来。我要找的不是她怎么做的，我知道达茜把自己反锁在小屋里，割腕自杀了，而是她为什么这么做，是这个问题一直在困扰着我。我的意思是，如果我能找出其中的原因……或许对弗朗西斯来说已经来不及了，但是对达茜来说或许还不晚。”

波普沉默了好一会儿。

“发生这种事，我真的很震惊。”波普开始说话了，“但我还是不明白，你来这里是想找到什么？你根本不了解这个女孩啊。”

“你说得没错，我不了解她，但是我想改变，我想了解她，哪怕只是一丁点儿，也够了。或许到那时，会有些用处。”

“吉布森，听我说，我不想小镇再出什么乱子了。”波普说道，却没有刚才那么强硬了，“我想你明白我为什么这么做。斯蒂尔一家需要安宁的生活，亨利·甘恩和他的家人也是一样，他们都需要安定下来。已经有太多的痛苦了。如果你一意孤行来这里，去找那些本不属于这里的东西，不管你是善意也好，恶意也罢，我恐怕你这么做会让更多的人牵扯到其中的。”

“好吧，这不是我来这里的本意，我从没想过要伤害任何人。”

他们又喝起了啤酒，仍然谁都没有说话。过了许久，吉布森问了波普另外一个问题。

“那么……你为什么认为她是自杀呢？”

波普看了看他，叹了口气。

“我不知道，可能这正是生活中许多难解之谜中的一个吧，是一种很残酷的秘密。”

“具体的原因呢？总得有个原因吧。”

“大家都那么认为呀。”

“除非有人主动去找。”

“到最后，自然就知道了。”波普重复道。

吉布森摇了摇头，说：“你是个教徒，对吧，波普？我要说的是，我本人不是，或者说不完全是，因为我从不相信正义会无缘无故降临到我们的头上。”

“我也不相信，因为正义来自上帝。”

“好，也就是说，我们能在这个问题上达成一致，或许是你的上帝派我来的，我就是他的使者，你觉得呢？”

波普挤了挤眼，看向他。吉布森能看出来，直到刚才，波普一直都有点小看他，不过好在波普已经意识到了自己的错误。

“或许这里的……原因，我想了几种可能。”

“比如说？”

“她总是离家出走，谁知道她是否遇到了什么事，或见过什么人？”

“我知道你在说什么。你知道验尸官是怎么说的吗？”

“怎么说的？”

“说她还是个处女。”

波普惊讶地看着他：“你确定？”

“我确定。你看起来很惊讶？”

波普没说话，只是下意识地摸了摸自己满是胡须的下巴，点了点头。

“我确实很惊讶。自从发生这事，确实有很多传言和谣言。”

“传言？谣言？”吉布森重复道，“听我说，要是你对达茜的经历，曾有任何的……怀疑，你会让自己的女儿和她做朋友吗？”

“或许不会吧。”

“这不就行了。”吉布森一饮而尽，敲了敲了吧台，让休伊给他倒满。

“现在，”他说，“能跟我讲讲那个叫比利·弗勒德的人，还有照片上的另一个人吗？这些照片是我在她手里找到的。”他把自己在达茜手里找到的照片递给了波普。波普先是呷了口酒，接着就看起了照片，边看边眨眼睛，时不时地摇着头。

“这个人叫亚当·卡尼，”波普说着，指着照片上的那个人，“另一个便是比利了。埃兹拉最近跟我说过，他看见过好几次了，看见比利在他家农场附近转悠，像是在监视达茜，但是，格蕾丝跟我说，达茜和他关系很好。”他把照片放在了吧台上，用手指轻轻地敲击着吧台，再一次摇了摇头。“比利……好吧……老实说，我不太知道，我都好几年没见过他了。据我所知，他只是时不时地到别人家门前要点吃的，就是这样。”

“那么他究竟是什么人，流浪汉？”

波普沉默了很久。“我还是跟你好好讲讲比利吧。”他最后说道。

“好的，太好了，你最好跟我说说，你的表情像是被吓到了。”

波普阴沉着脸，开始讲。

“那是在1951年，比利当时还是个十六七岁的男孩，这儿发生了一起事故，就离这儿不远，安妮，也就是比利的姐姐，被淹死了。”

“怎么会这样？”

“没人知道具体是怎么回事。”

“就是那个让埃兹拉和亨利反目的女孩吗？”

“是的，埃兹拉和这个女孩本来要结婚了，谁想到，亨利却插了进来，拆散了他们，当然这个跟比利没什么关系。不管怎样，谣言都说，女孩怀了他们其中一个人的孩子，当然说这个也没什么意思，谁知道究竟发生了什么。比利本来就是个看起来很奇怪的男孩，可以说很纤弱，在姐姐的葬礼上，他摔断了肋骨，他爸爸没办法，只得把他送进医院，我还去看过一两次。在我看来，他感受到的痛苦太深了以至于他的脑袋都受到影响了，什么事都不记得了，甚至在很长一段时间里，他连自己的名字都不记得。他出院后不久，我又见过他一次，差不多是五年前吧。他面色非常苍白，身体很虚弱，像是刚从战场上回来，但他还是决定要重新开始自己的生活，我很欣赏他有这样的决心。他远离人群，自己一个人住在灌木丛中。而我再次见到他的时候，他已经完全不同了，这也许才是他本来的面目，但是不久后，他就开始借酒浇愁，可能他遇到了和你一样的问题。”

吉布森对波普讲的没什么兴趣，但还是从口袋里掏出笔记本，记录一些重要的线索。

“他的父母还活着吗？”

“他的母亲已经死了，父亲贺拉斯是个传教士，福音传教士。贺拉斯的……师父……就叫师父吧，是个老伐木工，名字是亚当·卡尼，人们都叫他亚当神父。贺拉斯和他的两个孩子，一直都和亚当神父住在一起，直到贺拉斯的女儿被淹死。从那以后，贺拉斯就走了，只剩下亚当还住在那个屋子里。几年前他还住这里，但现在他已经住进了一所养老院，在劳伦斯，我觉得他过得也一定不怎么好。”

“能跟我说说那个房子具体的位置在哪里吗？”

波普点了点头，告诉了他。说完这些，他又沉默了，好像在想，这些年从没去回忆那些事。吉布森努力让自己耐心一些。眼前的这位乡村警察，说起话来总是慢条斯理，好像习惯于让别人听他说，习惯于命令别人，习惯于让别人执行他的命令。吉布森想了想，自己还是不要频繁地打断他的思路，让他自由地说，任他去描述那个人，并表达他自己的想法。

“我还年轻的时候，亚当已经时不时地来这里布道了，那时他还是个门外汉。战争还没有爆发，这里的男人和女人都是忠实的信徒，他们都争相地去拯救自己的灵魂。他是个热情似火又强势的人，甚至还带点阴郁，但他还很年轻，不到四十岁，可最后，他布道的思想越来越偏激，于是镇长就不让他再来了，没有办法，亚当只好站在烈士纪念碑旁，或是干脆就在公园的小河边布道，一直等到人们都围在他的身边。人们为了来听他偏激的布道，甚至都自带了午饭，饿了就坐在旁边的草丛里吃。”

说完这些话，两个人又静静地坐在那儿，波普还咧嘴朝吉布森笑了笑，“关于我是教徒的事情，这个事实，你是对的，吉布森，我按照自己的方式信仰，但是每当老亚当在旁边时，我总觉得很自卑。那个老人确实是上帝派来的，事情很快就变得大不一样，因为战争爆发了。人们不再有心情听什么地狱之火和惩罚了，他们需要的是……希望，是彩虹。亚当也不再布道了。过了很久，他才安定下来，那时的他俨然已经成为了一名和蔼可亲的老者。贺拉斯·弗勒德刚来到镇上的时候，就是个十足的混混、赌徒、骗子、酒鬼……这么说他一点都不过分，直到有一天他听了亚当的布道。据我所知，在比利住进他家里以前，就经常去拜访他。老亚当是这么跟我说的。”

“你想说的是？”

“就在那时，亚当让比利也信了教。如果你认为，只是凭借这张照片，推测出他做过……关于达茜的死……那么我觉得你肯定搞错了，就是这个意思。”

吉布森点了点头，点了支烟。他静静地坐了一会儿，接着又问了波普一个问题：“警官，你觉得那座房子里会发生些什么呢？”

波普还是过了好一会儿才回答他。

“吉布森，我不知道，我真的不知道，埃兹拉是个残暴的人，你也见过了，当自己或家人受到侵犯的时候，他就像只凶残的狗。”

波普站了起来，摊开双手，低头看着吧台，说：“吉布森，我得走了，达茜的遗体就在今天的早班火车上。我想我得去那里，可别再出什么乱子。”

吉布森也合上了笔记本，“葬礼什么时候举行？”

“明天。”

吉布森点了点头，把笔记本放回了口袋里。

“达西是个怎样的孩子？”

“达茜？达茜是……她真是个很不错的孩子。就是太容易兴奋，想象力超乎寻常，我总觉得她和格蕾丝一块玩是件好事，你也看到了，格蕾丝是个安静的孩子。”

吉布森点了点头。

“那么，关于那个叫比利·弗勒德的人，我该从哪里找起呢？”

波普叹了口气，摇了摇头：“我不知道。或许你可以去那所老房子看看。除此之外……我还知道比利几年前还在甘蔗园里做过活儿，后来他就开始酗酒了。我还听说他被抓进监狱好几次，你可以问问那里的人。上次我从他爸爸那里听说，他去了一个叫莱特山的地方，或许他能知道比利在哪里，但是我不太确定，我能帮你的就这些了。”

波普喝完了杯子里的最后一滴酒，往吉布森那边靠了靠。

“要是你找到了他，对他好点。相信我，他是一个比看起来更容易相处的人，让他来这儿见我，他知道我是谁。”

说完，波普点了点头，拿起帽子走到了门口。

“你想让我自己待在这儿？”

波普狡黠地冲他笑了笑：“一会儿再告诉你。”

“嘿，”吉布森朝着他远去的背影喊道，“我昨晚找了很久，怎么没发现岩石里有天使呢？”

“没有吗？好吧，这只是一个玩笑，你很快就会知道真相的。天使只是个名字罢了，人们都这么叫。”

吉布森笑着点了点头。波普离开了。吉布森抬起胳膊，招呼休伊·比恩，他还想要一杯。他慢慢地喝完这杯酒，慢悠悠地走出了酒吧，眯着眼望了望明亮空灵的天。

吉布森顺着大街走了一会儿，到了那间杂货铺，从柜台后面那位肥胖而又健谈的女士那里买了一盒香烟。他也瞥了几眼另外几家店铺，自己昨晚也正好开车路过了这里。他朝着河流的方向走去，那座公园就环绕在这条弯弯的小河外面。他穿过烈士纪念碑，匆匆看了几眼碑上刻着的那些陌生的名字，沿着河岸继续走下去，到了渡船的引桥处，老旧的桥上满是生锈的桥柱。他就这样沿着小镇外围的路一直走，登上了一个小坡，从小坡上可以俯视整个小镇，一个山谷从西北部延伸过来，那条细细的河流在午后太阳的照射下熠熠生辉。远处一条狗汪汪地叫着。他暗自想着，风景是多么秀丽，多么宁静啊。河水突然让他记起了家旁边的那个海港，那时他还只是个孩子，还不懂人世间的这些沧桑。他把达茜的照片掏出来，又盯着看了一会儿，又一次莫名地感到了空虚、孤独，还有一种他无法控制的感觉。他甚至不能责怪波普对天使岩小镇的居民的袒护，也不能归咎于他们对死亡的矛盾看法，并且自己也意识到，不能总是靠别人的帮忙来解决问题。波普已经说过自己的想法了，虽然态度不怎么好，并且只是给他提供了一点线索。他叹了口气，弹了弹手上的香烟，试图想象着达茜正从下面的街上走过来，想象着凶手和受害者一起的情景，但是他没能做到。

吉布森走回到那家咖啡厅，去弗勒德家之前，要先填饱肚子。店里空无一人，他坐在窗户旁边，看着那些死去的昆虫 ，在玻璃与窗框的夹缝中被风吹着来回移动。他点了咖啡，却发现太难喝，只好朝那个笑意盈盈的女服务员又要了一杯茶。同样，他对自己点的饭菜也不抱太大希望。他盘算着该到饭菜做好的时间了，至少应该从后厨里拿出来了，可当盘子端到面前的时候，他却坐在那儿足足看了好一会儿，眼睛睁得大大的，很是惊讶，原来这么丰盛啊。只见盘子里有一块足足一英寸厚的牛排，两个鸡蛋，他还是头一次看见这么黄的蛋黄，还有各式各样的蔬菜和两片新鲜的薄切片白面包。

“麻烦您接一下。”女人微笑着说道。

“谢谢。”说着，他接了过来。

吃完后，付钱时称赞了女人的厨艺，吉布森就离开了。回到车里，他赶紧拿出地图，根据波普画上去的路线，出发了。

花了半个下午的时间，吉布森才找到那个地方。小镇周围的山被一些无名无标的小路环绕着，看起来正好通向他要去的地方。直到他看到小道前面的农舍旁那个邮箱，才意识到自己已经开车经过这里两次了。他在一团尘土中下了车，关上了身后的门，瞥了一眼树林里的那幢建筑物，沿着小路朝那个邮箱走去。

很快吉布森就有点后悔，刚才关门声太大了，周围一片清静，他意识到自己的到来打扰到了这里。一阵微风吹来，树林里的树安静地站在那里。房子里没有人在活动，他也没发现房子的主人。屋檐都生锈了，松松垮垮的，三角形的屋顶也生了红红的锈。后面的棚子和外屋也差不多都是这样。他走到前门处，屋子过梁上有很多黑色的污点，他走过去用手指摸了摸，只见细碎的棕色的碎片脱落了下来。他把手放在裤子上擦了擦，身子无意识地颤抖了一下。

“嘿！”他喊了一声，“里面有人吗？”

一片寂静。

吉布森转动门把手，推门而入，往大厅里看了看，眼睛慢慢适应着里面的黑暗。

“有人吗？”

里面看起来像是被锁起来很久了，也很久没有通风了，可是依旧很凉快。吉布森静静地等着、听着，但除了自己的呼吸声，什么都没听到。他沿着大厅走了进去，边走边看走廊两侧的房间。里面除了厚重的灰尘，陈旧的百叶窗和窗帘，什么都没有。就在这时，一扇门后面的标记吸引了他的注意。标记是用铅笔写的，是在十多年的时间中，用来记录两个孩子逐年增加的身高的。这两个孩子一定是比利和安妮。吉布森用手轻轻拂过这些陈旧的标记，转身走了。沿着大厅走进了客厅，客厅里一扇窗户是开着的，窗户上挂着一个满是污点的破破烂烂的窗帘，窗帘就挂在一根长长的木棍上。过去几年，雨水从开着的窗子吹了进去，窗前的地板已经腐烂了。看到这样的情景，他似乎想起了点什么，但一时又说不出来。他随手拿起了那个窗帘，没想到刚拿到手窗帘就碎成了片。他怔怔地在那儿站了一会儿，皱着眉头，往厨房走去了。厨房里也是空空如也，只是没有那么荒凉。他打开火炉的燃烧室闻了闻。里面的炉灰是凉的，不知道是什么时候留下的。看来波普是对的，这儿很久没人住了。

又匆匆看了几眼，吉布森就准备回天使岩小镇了。脑中的思绪不断干扰着他开车的注意力，一不小心他又迷路了。等好不容易找到回去的路，把车停在警局前面，天色已经很晚了。他又回头看了看身后的群山，往房子的位置望去，夕阳把云朵映成了粉红色的棉花糖那样。过了一会儿，吃过晚饭后，他又走到外面，往那个地方望了望。星星出来了，晚风从东面徐徐吹来，又是个美丽而清静的夜晚。

吉布森沿着小河边朝渡船方向走去。里尔·马瑟很热心地帮忙，告诉了他亨利·甘恩的住处。吉布森怀疑波普是不是很快也会跟来。波普跟他说的亨利和埃兹拉之间的那个过节，让他感到很好奇。波普目睹了两个人由相安无事到矛盾逐步升级，不知道有没有可能消除。

过了十五分钟，吉布森赶到了亨利的家，顺着台阶走上去，敲门之前，从开着的门缝向里面望了望。他能看到亨利·甘恩躺在沙发上睡着了。依旧穿着他的工作服：蓝色汗衫和短裤，靴子上还套着鞋罩。一对破旧的扬声器里传来清脆的歌声《冷冷的心》，唱片却时不时地像卡住了一样走音。等他回头看亨利的时候，亨利已经睁开眼睛了。

"你是谁？"

"我叫吉布森，是个侦探。"

"哦？怎么看起来不像？"

"大家都这么说。"

"你来干什么？是因为我儿子的事吗？"

"不，不是的。我……啊……只是想问点别的事。"

"什么事？"

"波普·马瑟跟我说了比利·弗勒德，还有他姐姐淹死的事儿。"

亨利在沙发上向后靠了靠。

"是什么事？"

"他跟我说，从那以后，你和埃兹拉就不来往了。"

亨利小声嘟哝了几句。

“听着，这跟我儿子有什么关系吗？我只是……”

“或许有关系。”

“或许？这是什么意思？”

“意思就是，我想找出些真相，想把这儿发生的事都连起来。”

亨利疑惑地看着他，但还是从沙发上起身走到厨房里，拿来了两瓶啤酒。

“你来一瓶？”

“不，现在不要。”

亨利耸了耸肩，示意他坐下。吉布森坐了下来。

“你和波普住在一起？”

“是的。”

“是他让你来这儿的？”

“不是。”

亨利点了点头。唱片在余音中停止了，吉布森能听到窗外蟋蟀的叫声。亨利回头看了看，往前靠了靠。

“我想，我知道你的来意，”亨利静静地说道，“我以前也这么想过。但是孩子们的迷路，或者说只有汤姆回来，确实跟埃兹拉·斯蒂尔没有关系……吉布森，他的问题是他是个懦夫，他儿子也是个懦夫。埃兹拉很清楚，要是他敢动我的孩子一根汗毛，我肯定不会放过他的……”

吉布森点点头。他不怀疑他说的话。

“那么他的儿子索尼呢？”

“一样的。”

“你怎么不跟我讲讲安妮·弗勒德的事呢？波普说没人真正看见她落水。”

亨利的手指被尼古丁染黄了。他点上了烟，又把烟盒递给吉布森。吉布森从里面拿了一支，也点燃了。亨利惬意地往后靠了靠。对亨利来说，或许吉布森是在谈论一些无关紧要的事，跟他迷路的儿子没有关系，所以很珍惜这个聊天的机会。

“没有，没人看见她沉到水里，但是这个……我的意思是，她是个有点古怪的女孩。她喜欢自己跑出去，一个人做事。那时她刚怀上了史密斯的孩子。”

“史密斯？他是谁？”

“史密斯和贺拉斯·弗勒德是朋友，是他最好的朋友。他们成为教徒之前就认识了，我觉得是在一个男孩家里认识的。”

“为什么说安妮的孩子是他的？”

“哦，安妮和比利都听他的啊。史密斯总是指使他们干这干那。贺拉斯忙着教堂的事，根本没有时间顾及他们。自从弗勒德夫人过世后，就是史密斯帮忙照顾他们两个。”

“他还给安妮和比利灌输了很多可笑的想法，”亨利说道，轻蔑地笑了笑，“有的很蠢，有的却很……邪恶。”

“都是些什么呢？”

“哦，史密斯总是不停地告诉比利，说他笨，说他没用，不允许他靠近女人，因为女人很坏，并且，他还不停地告诉安妮，说她肯定会和他结婚。无论如何都改变不了，还说安妮的爸爸已经同意了。”

“不是说安妮已经和埃兹拉订婚了吗？”

“是的，没错，埃兹拉向她求婚了，我觉得她也答应了。谁知道发生了什么，反正他们没结成婚。后来，我就开始和安妮约会了。埃兹拉也放不下安妮。现在想想那段日子，我都觉得恶心。不管怎么说，史密斯因为安妮的关系，狠狠地教训了我和比利。他就是那种人。”

“他教训你们？为什么？”

“我怎么会知道？我们并没有带她出去，也没干别的什么事，天知道他想让我们干什么，天知道我和比利是否会有机会把安妮从他的魔爪中解救出来，没准我们会有机会。”

“史密斯现在去哪儿了？”

“不知道，这二十年，我连他的一根汗毛都没看见过。”

吉布森弹了弹手里的烟，下意识地摸了摸下巴。

“比利怎么样了？”

“不知道。我也好几年没见他了。”

这时，吉布森听到外面传来一阵声音，本以为是一种动物的哀嚎。声音越来越大，接着慢慢消失。一个男孩出现在了走廊里。黑色的头发，长得不错，只是眼睛里全是担忧和焦虑，脑袋上有一道疤。男孩看见吉布森坐那儿，就停了下来，他看了看亨利。

“没事，汤姆。我得走了，吉布森……”

“我走了，我……啊，很抱歉，”吉布森小声地说道。赶紧走下小道，感觉自己就像个入侵者，加快脚步往小镇走去，直到他回了小镇，才回头看了看，看向屋子上那扇黑色窗户，不禁打了个寒战。

十二

大约下午三点，人们刚从达茜的葬礼回来，警局里的电话响了起来。格蕾丝在厨房的水壶旁边，看着烧开的水，眼睛还是红红的，泪眼汪汪。波普听到里尔从房间走到大厅的脚步声，电话就挂在大厅的墙上，听她嘟哝了几声后，又是一阵脚步声。

“是雷吉·蒲伯来的电话。”她拿起电话，头从门后面探了出来跟波普说道。

“他有什么事？”

“他没说，只是说事情很重要。”

波普叹了口气，从椅子上起身，走过格蕾丝身旁的时候，随手拍了拍她的肩膀。

“是我，雷吉，找我有事吗？”

老家伙的声音太小了，波普没听到他说的第一句话。

“大声点，好不好，雷吉？我都快听不见你说话了。”

“马瑟，我想见你。”

“为什么？”

“因为那个女孩。”

“什么？你是说达茜·斯蒂尔？”

“是的，你能来这儿吗？”

“为什么现在不能说？”

“不，不能在电话里说！”

波普挂上了电话，听筒里只能听到刺刺啦啦的声音，好像雷吉把电话给挂了。他下意识地摸了摸自己的下巴，心想那个老家伙到底想跟他说什么呢？他从后门上拿下挂着的帽子，走进了厨房。

“宝贝，看来茶水要等一会儿再沏了，我得去见个人，你在这儿乖乖等我回来。”

格蕾丝点了点头。

“好孩子。”

波普驾车离开天使岩，开往蒲伯住的地方，他用手背擦了擦挡风玻璃上的水珠，往窗外看去。阴沉的空中下着毛毛细雨，一团团乌云环绕着不远处的小山。往常他都很喜欢这样的天气，味道清新的雨滴，新雨滋润着土壤，溪水上涨，但是今天的葬礼，让他感到这天气和酷热压抑的夏天丝毫没有分别。

他走到了阿蒂·麦金纳把两个男孩放下的那个十字路口，就在那里转弯朝蒲伯家驶去。不一会儿柏油马路就变成了页岩小路，走在这样湿滑的小路上，波普开得格外小心，小山周围全是这样的小路。头上的云彩好似要压到树上，像是给世界万物都镶了一道边。从树上滴下的水滴，滴到车顶，从挡风玻璃上流了下来，好似无数根手指。在泥泞的道路上蜿蜒前行，波普想到蒲伯兄弟的劳斯莱斯是如何在这样的路上行驶的，即使是不下雨的时候。他路过了弗勒德原来的旧房子，朝大坝的方向开去，大约又开了十五分钟，转了一个弯儿，就看到了蒲伯的房子。他把车开到大门口停了下来，往屋子里看去。蒲伯家后继无人，所以房子都懒得修。墙上的漆得有二十多年没重新刷了吧，看起来都不像是墙了，这都是潮湿的空气和周围森林里的白蚁的功劳。他走出车门，在大门口站了一会儿，顺着院子里蓝色的铁板铺的路走了进去。

“过来吧。”雷吉边说边走到大厅里。波普把摘下的帽子摇了摇，跟在他后面走着。屋子里很暗，还是能看到从屋顶和天花板上透进来的雨水，流在墙上闪闪发光。他能听到雨水滴到木桶里和锅里的声音，屋子里还飘着一股怪怪的味道，但是那股味道不是很难闻，更像是潮湿洞穴或者刚翻新的土壤才有的味道，很快这种味道就消失不见了。

雷吉一瘸一瘸地走进了厨房，拄着拐杖艰难地往前走。波普突然发现，他苍老了很多。他一生都在辛勤劳作，直到近几年退休了，才轻松些，他本想慢慢停下来的，但实在不喜欢那种无所事事的感觉。

“好吧，雷吉，这个天气真是坏透了，我实在不想在这样的天气往外跑。”

“原谅我吧，我的孩子，我也不想这样，”雷吉说道，声音不像在电话里那么刺刺啦啦模糊不清了，“我年纪大了。”

他走到凳子旁，靠着凳子，回头看了看波普。

“我打开天窗说亮话，想跟你说点事。坐下，孩子，想喝杯茶吗？”

“如果你方便的话，非常愿意。”

“现在很方便了。”雷吉嘟哝道。波普笑了笑，看着那个老家伙泡着茶，不忍心打扰他。他的兄弟罗伯特没在家，雷吉一只手颤抖着把泡好的茶递给了波普，另一只手把拿出的汤匙放在桌子上。

“现在，我得说说心里话了。”他边说边往外拉了拉椅子。

“怎么听着像在坦白罪行呢？”波普边说边用汤匙搅着茶。

“是在坦白罪行，差不多吧，我必须得跟你说说这个事儿。”

“那么牧师呢？”波普说道，心直口快，“为什么不告诉他？”

“我不信那个！”雷吉说道，语气强硬了不少，波普瞥了一眼那个脾气暴躁的老家伙，还是跟往常一样，不过放松一点了。

“可是你以前经常去教堂啊。”

“是的。是这么回事，你说得没错，年轻人！但是最近我的很多想法都变了，我决定只把这件事告诉你。”

“我？”

“是的！别逼我改变主意！”

“好吧，抱歉，请您继续。”

“无论怎样，我想了很多，很多很多关于斯蒂尔女儿的事。”

“是达茜？”

“是的。”雷吉说道。

“你知道一些……她做过的事吗？”

“听我说，让我先说完，我正在跟你说的不就是这个事情吗？”

“是的，您继续，我不再打断你了。”

“我和罗伯特都没结过婚，你知道的，整个小镇的人都知道，别问我为什么没结婚，我自己也说不清。但是我们不结婚，不代表我们没有那种……你知道的……需要。你能听明白吗，小伙子？”他生硬地停顿了一下。

“是的。”波普说道，他的心一沉。

“罗伯特是个安静的人，但是他做事有自己的一套办法，他会找那些女人……对他挺友好的女人。你懂我的意思吗？”

“是的。”

“我从没那么干过，”他边说边摇摇头，“只是……我不能这么做。无论如何，几年前我们走在路上，在车里，看到一个年轻的小女孩走在路边，伸出手想搭顺风车。哎呀，我和罗伯特异口同声地说道，多年轻的小家伙，她自己在这儿干什么？于是我们停下来，让她上车。我不确定罗伯特是怎么想的，但是看到那么年轻的女孩，他把头低了下来。女孩给我们编了个故事，但是我知道她是谁。罗伯特不知道，但是我知道。我以前见到过她，和她妈妈一起，我知道她是埃兹拉的女儿。无论如何，她自己想来我们家做客，依据罗伯特那调皮的个性，当然很乐意了，我也默认了。她就像颗闪亮的小星星，给我们讲她的故事，惹得我们都捧腹大笑。"

"还发生过什么？"

"她在我们这里住了好几天，还给我们做饭吃。她做完饭，晚上还给我们背《圣经》。她会背《圣经》，你知道吗，整篇整篇地背。别的没什么了，就只有《圣经》，背得非常清楚。"

"还发生了什么？"波普轻声说道。

雷吉顿了顿，用手绢擦了擦嘴巴，苍老的手一直在抖动，无名指和小指都僵硬得使不上劲了。

"我偷看过她洗澡，"雷吉说道，嗓音都颤抖了，"就这样，只发生过这一件事，我连续偷看了三个晚上。还有就是，孩子，我觉得她知道我在看，我很肯定，但是她从没说过。"

他拿着那根拐杖不断地敲击着地面，从他沧桑的眼里流出一股热泪，下唇止不住地颤抖。

"就这些？你从没……做别的？"

"没有，没有别的了，只是偷看。"

"那么罗伯特呢？"

“不知道，我说过，他和我不一样，我了解我的兄弟，他从不会……不像我这样的。”

“她来这儿多少次了？每次都住多久？”

“自从第一次来了以后……差不多来过有六七次吧。有时住几天，有时住一周或者两周。”

“你不担心她的父母会找吗？会不会替她担心？”

“当然，年轻人，但是我忍不住，你明白吗！现在带我去你的警局吧，马瑟，重重地惩罚我吧！”

波普叹了口气，看着眼前的这个老人，把整个事情整理了一下。

“那么圣诞节以前呢？那时你见过她吗？”

雷吉没有回答。

“雷吉？”

“是的，天哪，我在考虑该怎么说。”

“那是汤姆回到镇上之后的几天，你也能看出来，我那几天都没睡好，有几天我都是晚上开车，觉得会在路上碰见那个更小的男孩。不知怎么了，她就像第一次那样站在路边，我想带她回她的家，马瑟，我发誓，但是她想去别的地方，我就顺从了她的意思，然后……”

“你把她带到哪里去了？”

“我们直奔悉尼去了。”

波普一边叹息着，一边摇着头。

“好吧，我想我听明白了。那么她怎么样？她看起来……很不开心吗？”

“不，我不这么认为。不过有那么一两次，我总觉得她哪里不对劲，但是她却不肯说。”

“她说过让你担心的话吗？”

“没有，我们聊过很多事，大多都是好事，但是她问过我死后会去哪里。”

“你怎么说的？”

“我说我不清楚，也说了可能去天堂吧，还说我死后想上天堂。我们又讨论了天堂是什么样子，我还以为她有独特的想法，谁能想到……”

“你把她放在哪里了？”

“我们迷路了，我也不太清楚我们到底在哪儿，但是她自己跳下车，还谢了我，就走了。”

“就这些？”

“就这些了。”

波普叹了口气：“雷吉，你早点儿告诉我该多好。”

“我知道。”

“你想说的就只有这些吗？”

雷吉点了点头。

“好吧，你不必担心自己是否犯了法。”

“你不准备逮捕我？”

“你犯了什么法？”

“你来审判我吧，小伙子！你告诉我就行！”

“我告诉你，她现在已经死了，但是我不认为你跟我说的这些造成了她的死亡。”

“你是这么想的？”

“是的，我就这么想的。”

雷吉的愁容瞬间散去了不少，但是他的下唇还是在哆嗦。波普也说不清他是为他不值，还是有点鄙视他。

“雷吉，但是你得保密，别再跟别人说了，尤其别让埃兹拉发现，那样会很不好的。”

“不会说了。”

波普喝完杯子里的茶水，站了起来：“我得走了，我家里还有个女孩等着我照顾呢。”

雷吉点了点头：“达茜把格蕾丝当成最重要的朋友，要是她不知道的话，找个时间给她讲讲吧。”

“我会的。”

波普环顾了下四周，“这个房子不能住了，雷吉。”他说道。

“是啊，”雷吉很同意，话语里有些兴奋，看起来如释重负，“它都快沉到我们耳朵下面了，我们死了也不会有人住进来了，就这样吧。”

波普走到门前停了停，戴上帽子往雨中望了望。

“罗伯特去哪儿了？”

“去了镇上，天黑之前他就回来了。现在他晚上也看不清楚了。”

波普象征性地笑了笑，摇了摇头。

“那么好吧，再见。”

“好。”

波普好像又想起了什么，突然转过身来，“雷吉。”他说道。

“嗯？”

“你还记得以前见过的那只大猫吗？”

“哦，孩子，别再提这件事了，大家拿这事跟我开的玩笑够多了，比让我吃个热乎乎的晚餐次数还多。”

“再给我讲一遍，我不会笑话你。”

雷吉警惕地看着他，耸了耸肩。

“别人怎么看我不管，我只相信自己的眼睛，我确实看到了一只大猫，灰色的，确切地说是头狮子，长得很大，眼神相当凶残，这么凶神恶煞的野兽我还真是头一次见，但我确实看见它，我很确定。要是你连自己的眼睛都不相信，你还能相信什么？要是那样的话，我都不能相信天空，不能相信树林。那个可怕的东西只看了我一眼，我的心就吓得凉透了。”他抬起头，想看看波普有没有被逗乐，但是没有。

“你怎么突然问起这个？”

“我也不知道……我想或许……”

“你觉得它带走了男孩？不可能，”雷吉边说边摇着头，“它们从不伤害人类的，它们只是会吃牛和袋鼠，就这样。”

波普点点头，轻轻拍了拍老人的肩膀，转身就走了。走到一半的时候，又回头望了望。雷吉还是站在走廊上，一只手放在屁股上，一只手扶在门框上，只见他的胸脯剧烈地起伏着，像是刚冲刺完百米跑。波普想，他将会不久于人世。他冲老人摆了摆手，老人也冲他摆了摆手，步履蹒跚地走回里屋，关上了门。

波普在回天使岩的路上，看到乌云开始散去了。阳光从云间照了出来，照向了山谷里的土地，像聚光灯一样，齐刷刷地照了下来。听了雷吉的故事，他却不知道怎么办，甚至不知道该怎么看待这件事了。这些都困扰着他，但这个故事却让他有了一种奇怪的兴奋感，好像他稍微了解了达茜，可以稍微调节下那死气沉沉的葬礼的气氛：牧师念着无聊的悼文，埃兹拉和费伊神情麻木，索尼阴沉着脸，闷闷不乐的。他当时就站在格蕾丝身旁，一只手搂着她，另一只手撑着伞，心想这两个女孩都值得拥有更好的东西。他还记得多年前安妮·弗勒德的葬礼，战争刚刚结束，那时的波普既是个退伍的老兵，又是个乳臭未干的警察。那个葬礼更像是一个庆祝，是他所见过的最让人感动的一个葬礼。

波普顺着小路直行，雷吉的故事，葬礼和那只神秘的大猫不停地浮现在脑海里，直到转了个弯，看到路边站着个小女孩，而她的脚边站着三只小狗，肚子都被草丛打湿了，所以肚子的颜色要比其他的地方深得多。他踩了刹车熄了火，从车上走了下来，雨后的空气很是清新。女孩就站在一个关闭着的门前，柱子上还挂着个信箱。他能看到远处山坡上的房子，一块标志牌挂在信箱上，写着：小狗，免费。

波普朝那个女孩走过去，见到她牵起了挂在三只小狗脖子上的绳子。他猜女孩也就六七岁的样子，脚上没穿鞋子，胳膊很瘦，都被晒黑了。女孩用两只手握住这些绳子，小狗们互相挤着对方，很不情愿地走过来。

“你好。”波普说道。

“你好。”

“这些小狗是你的吗？”

“是啊。”她边说边害羞地点点头。

“这些是什么狗呢？”

“它们是杂毛狗。”

波普被逗乐了："你爸爸都这么叫它们吗？"

她点了点头："还有妈妈也这么叫。"

女孩抬起头，眼睛透过齐刘海望向他，波普冲她笑了笑，女孩赶紧把头撇向一边，往地上看去。

"这个是男孩，剩下的那两个是女孩。"她指着那三只小狗，随后就把手指头放进了嘴巴里，好像她有什么东西在那里。小狗们舔着自己的爪子，女孩说的最小的那只小公狗，自己走在路边的草丛里趴了下来。

"它比姐姐们要安静多了，是不是？"

"是啊。"

"我喜欢它。"

波普把那只小狗抱了起来，仔细地看了看，只见它耳朵上和尾巴上的毛，要比身体其他部位颜色深。小狗用温热的粉红色小舌头舔了舔波普的脸。他把小公狗放在姐姐们中间，从钱包里取出一张崭新的五元纸币，递给小女孩。

她摇了摇头："不要钱的。"

"我知道，但是这钱无论如何都要给你。"

女孩冲他笑了，睁着惊讶的大眼睛。波普看到女孩前面的两颗门牙都掉了，这让他想起了格蕾丝这么大的时候。女孩伸手接过了钱，用手拿着钱的一个角，好像拿着的不是一张纸币，而是一面锦旗。

"非常感谢你。"女孩说道。真是个有礼貌的小姑娘。

"不用客气。"

两个人看着小狗们打闹了一番，谁都没再说话，钱依旧在女孩手中，但是她好像忘了这个事。周围一片寂静，天慢慢变黑了，女孩家的屋子后面长满了高高的薰衣草，映着镶了金边的乌云。前门后面有个人在来回走动，最后停了下来，从门缝里往外看。

“你想全部留下来，是不是？”

小女孩点了点头。

“我知道有人真的能很好地照料他的，我保证。”

她又点了点头。

“小狗会得到爱的。”

女孩很不想把小狗给他，但她知道必须给，一个小农场不可能一下子养这么多狗的。女孩看着他，波普能感觉到，她开始明白他的意思了，当然波普也明白，就算自己说得再多，也不能抚平女孩内心的伤痛。她用脚趾来回推着沙砾，胳膊放在身后。

“那么再见了。”

“再见。”她轻轻地回答道。

波普在改变主意以前，赶紧抱起那只小狗，放进车里，好像小狗很快就会哭似的。波普冲小女孩挥手告别的时候，只见她牵着剩下的那两只小狗，小狗们紧紧地跟在女孩的身后，好像两匹小马。她举起手朝他挥舞，但很快就放下了，波普一直从后视镜里看着她，直到车拐了个弯，而小女孩也从草丛里闪了过去。

十三

格蕾丝坐在一个旧舢板篷的后面，傍晚最后一抹夕阳透过铁墙上的锈孔洒落在她身上。格蕾丝就像藏在魔法盒里准备演出大变活人的女演员，泪水从脸颊上流下来，双眼透过泪水，呆呆地盯着流过的河水。她的膝盖蜷缩在胸前，撑着下巴，她就那样坐着，并不是真正地想看什么。一个男孩朝她走来，格蕾丝朝着那个男孩望去，感觉男孩越来越近，心里开始讨厌起这个贸然入侵的家伙。可男孩只是在对岸。格蕾丝猛地一下认出了他，是查理·佩里。只见查理戴着一顶学徒帽，穿着牛仔裤、蓝色的无袖法兰绒衬衫，深褐色的胳膊上有黑色的文身。就在这时，查理摘下帽子，脱下牛仔裤和靴子，接着脱下衬衫，刚想往水里跳的时候，突然发现格蕾丝就坐在舢板篷的阴凉里。查理停了下来，微笑着朝她这边看了过来。格蕾丝假装没看见他，只是向旁边微微转了转头，装作在看另一个方向。查理好像正对着格蕾丝的灯笼裤傻笑，既然对方无动于衷，自己就干脆跳到河里。没等他的头从水面露出来，格蕾丝赶紧站起身来，拔腿就跑，头也不回地穿过大街，跑进公园里。当她跑回警局的时候，看到爸爸正趴在厨房储物柜的门前，手里还拿着一小片肉。

“你这是在做什么？”

波普抬起头，看着格蕾丝狼狈的样子，强忍着笑意。

“我这里已经有只任性的小狗了……要是再来一只，那就太热闹了。”

“小狗？谁家的？”格蕾丝跪在地板上，朝波普身后望去。

“我们家的。今天下午买的。我记得你妈妈并不讨厌狗，还有就是可以和你……”

“我挺喜欢小狗的，”格蕾打断了爸爸的话，说道，“让我看看它。”

“看吧，只是它好像对我的鱼片并不感兴趣。”

格蕾丝起身走到爸爸身后。储物柜里又黑又冷，满是土豆和洋葱的味道。

“它藏到碗柜里了，”波普说道，“我觉得就躲在那个大炖锅的后面。”

格蕾丝低下头，脸几乎贴着地板了才看到那只小狗。只见它就在碗柜的后面，眨着深黑色小眼睛盯着自己。

“你吓到它了吧。”

“可能是车子吓的。”

“是的。”

格蕾丝开始哄小狗出来。波普很诧异女儿的柔声细语。他悠闲地坐在厨房桌子上，看着女儿哄小狗出来。过了大约十分钟，她抱着一只颤颤发抖的小狗站在了他面前。

“它现在没事了，可能是饿了，或是想妈妈了吧。”

格蕾丝又轻轻地抚摸了小狗。波普双手托住腮，看着眼前这一幕。格蕾丝朝冰箱走去，把牛奶倒在一个浅碟子里，放在小狗前面，小狗很快走过去，慢慢地喝了起来。

“今晚有马戏团的表演，”波普轻轻地说道，“跟我一块儿去怎么样？”

格蕾丝没有抬头，“我不想去。”她说道。

“那好吧，”波普说道。等了一会儿，“听说达茜很喜欢马戏团，是吗？”他假装若无其事地说道。

“是啊，她很喜欢，她还想加入马戏团，成为一个杂技演员那样的角色。”

“这么说，要是她在这儿，说不定会去看的。”

“是吧，应该会去看的。”

“为什么你不想去呢？我觉得我们一起去看，是个不错的主意。”

格蕾丝点点头，但是波普能看出来，她还是不怎么情愿。

“波普？”

“嗯？”

“有一天我听到个故事。”

“什么样的故事？”

她深吸了一口气，几乎是一字一顿地把故事讲了一遍。这个故事是休伊上周喝了啤酒后告诉她的，在小镇上传得沸沸扬扬。大概是说，在一个周六的晚上，有个长得很像达茜的女孩子，来到了西边的小镇上，就在草丛后面的一个床垫子上和小镇酒吧里的每一个顾客都发生了关系。所有的人都参与了，不管什么肤色，年纪如何，也不管长什么样子，而这些和女孩子发生关系的人，只需支付口袋里的零钱，结束之后，女孩子把所有的零钱都带在了身上。这样持续了一段时间，很快就没人来做这种交易了，于是女孩就在一个夜晚离开了小镇，手里还拿着那个装满肮脏的钱的瓶子，就像是在大街上乞讨得到的钱一样。

“你怎么想的？”格蕾丝问道，“为什么会有人这么说她？”

波普看着女儿，一时不知道该说什么好。格蕾丝目不转睛地看着爸爸，此刻波普左右为难，一方面女儿确实是长大了，可他又不忍心看到女儿那么难过的样子，不想告诉她这个世界的本来面目，即使她本应该知道这些。

“孩子，你最了解达茜，她是你的朋友。”

“她是我唯一的朋友。”

“我不认为这是真的。”

“或许真的发生过吧。”

“再怎么说，你知道达茜的优点，也知道她的缺点，对吧？”

格蕾丝点了点头：“只是有时候她喜欢做傻事。”

“你是对的，女儿。只有真正了解一个人的缺点，还依然喜欢她、爱着她，你才能算是那个人的好朋友。这么看来你是达茜的好朋友，谁都改变不了这个事实，谁也别想让你改变主意。别人喜欢瞎说，那就随他们去吧，反正你永远都会站在她那一边。”

格蕾丝想了想爸爸说的话，又点了点头。

“小格蕾丝……”

“嗯？”

“你和达茜一起去过蒲伯家吗？”

“没有。”

“达茜曾经有没有跟你提起过，她去了那里？”

“没有。”格蕾丝说道，脸上浮现出一丝疑惑，“为什么这么问？”

“啊，没什么，老雷吉说……说他见过达茜，就这样。”

“哦。”

父女两个看着小狗在空碟子周围转来转去，舔干净了最后一滴牛奶。

“你真的不想留着它吗？”

“不想，它会长大的。”

波普点点头：“我觉得汤姆会喜欢它的，或许可以帮助他忘记些烦心事。那个肉贩子会让汤姆继续装木屑，所以应该养得起，你觉得呢？”

格蕾丝耸了耸肩：“或许吧。”

“你帮我把小狗带给汤姆？”

格蕾丝抬头看了看：“为什么要我去送？”

“因为我让你去的，你总不能只有达茜一个朋友吧。”

格蕾丝皱着眉头叹了口气，过了一会儿，还是同意了。

“好孩子，那一会儿见，要是汤姆不想收养这只小狗，就把它带回来，我会找到收养它的人家。要是汤姆想收养，就让他吐口水①，这条狗就永远是他的了。”

“这很棒。”格蕾丝说道。

“对了，你还得问问他，今天想不想看马戏团的表演。如果去的话，我们出发的时候，顺便去他家喊他一起。”

“好吧。”

格蕾丝抱起地上的小狗，用一只胳膊围住，另一只手打开后门，顺着小路往下走。她慢悠悠地走在去汤姆家的路上，非常享受小狗身体传给她的温度，还有它那来回跳动的小心脏。她走到他家的门口，打开前门，敲了敲，约摸半分钟后还是没有回应，她更用力地敲了敲，冲着过道大喊：“有人在家吗？”

只见右手边的门开了个缝，汤姆的妈妈从门里看到了她。汤姆的妈妈头发紧贴着头皮，面色苍白，双眼下面有深深的黑眼圈。

“什么事？你是谁呢？”她有气无力地问道。

---

① 吐口水，相当于拉小指，是一种小孩子间互相承诺的方式。——译者注

“我很抱歉，甘恩夫人，我不是故意吵醒您的。”

埃莉·甘恩把睡袍拉了拉，正着身子走到门前。她眯着眼打量了一番格蕾丝。

“是我，嗯，我来找汤姆。”

“宝贝，你叫什么名字？”

“格蕾丝，格蕾丝·马瑟。”

“波普的女儿？”

“是的。”

“欢迎你来我家啊。我刚才还觉得，在哪里见过你。”她伸出手，用手背摸了摸格蕾丝的脑袋。

“你是汤姆的朋友吗？”

“嗯，是的。”

“他是个好孩子，他也会长得很帅，他的爸爸就很帅。虽然人品不好，但确实长得很帅。”

“啊……真的啊？”

“是的。所有的男人，都会很喜欢你这样的女孩子，既年轻又漂亮。千万不要让他们得逞，不小心有了小孩，会伤透你的心。”两行泪水顺着汤姆妈妈的双颊流了下来，说着她往后走了几步，转身进到了房间里。

“我不知道汤姆去哪里了，”她说道，嗓音很轻，随后就关上了门，“或许他……或许他出去了还没回来。”

格蕾丝眨了眨眼睛，镇定自若地穿过房子，沿着后面的台阶往下走。她找遍了整个院子，没有找到汤姆，正准备回家的时候，突然听到有人在背后叫她名字。原来汤姆在一棵赤素馨花上，正在往下爬。

“你好。”说着，汤姆已经站在了地上。

“嗨。”

“你来这里有事情吧。”

“一只小狗，波普让我来问问你，是否要收养它。”

汤姆沉默，表示接受了。格蕾丝把小狗递给他，汤姆直瞪瞪地看着小狗，好像这是一个很难解决的问题。

“波普说，如果不想要的话，也没关系。”

汤姆看了看格蕾丝，又看了看小狗。

“波普还说，如果真的想收养它，就要吐口水保证，要对小狗好一点。”

汤姆皱起了眉头：“为什么？”

“我也不知道，他说你要是这么做了，那么这条狗就得永远跟着你。”

“啊，好吧。”

“所以，你想要小狗是吗？”

汤姆点点头：“是的。”

“太好了，小狗喝牛奶，你也可以喂些肉或别的什么。波普说你可以跟肉贩子要一些剩饭给它吃。”

格蕾丝转过身，准备回家，但是当她走到墙角处的时候突然停了下来。

“对了，波普还让我问问你，想不想看马戏团的表演，要是你没钱的话，他会给你买票。”

“会去的，我给纽曼先生送木屑的时候，他给了我一张门票。”

“那好，一言为定。”

“你去吗？”

“我还不知道呢，我……不太想去。”

“你知道吗，那里有狮子，你该看看的。”

格蕾丝点点头，站着等了一会儿，但是汤姆什么都没说，只是全神贯注地抱着小狗，突然一丝嫉妒油然而生，她有点后悔把小狗交给他了。她转过身去，开始往家走。

汤姆看着格蕾丝渐渐远去的身影，她赤着双脚走在路上，左腿上有很多长长的锯齿状疤痕，米色的疤痕在略显深色的皮肤上非常明显。镇上的人都知道她小时候被狗咬过，所以非常害怕狗，但是汤姆想知道更多。他还想告诉格蕾丝一些关于达茜·斯蒂尔的事，但是他又不知道该说什么、怎么说。当格蕾丝的身影快要消失在路上的时候，汤姆还在自顾自地想着，这条有疤痕的腿把另一条腿衬托得更加完美。

“代我跟……跟你爸爸说声谢谢。”

她半转过身，稍稍回头望了他一眼。

“我会的。”

格蕾丝走后不久，汤姆去了小镇。他看到对岸的马戏团已经开始了表演前的准备，于是抱着小狗，加快了步伐。他穿过吉布斯大街，走到库伯杂货铺的门口停了下来。路边的杂草已经很高了，他突然想起了自己和库伯夫人的约定，心里不由得一阵害怕，本来说好了，要来拔草的。店铺前面的一扇玻璃也被打破，缺的玻璃又被木板封住了。汤姆走进店铺，库伯夫人正拿着一个大拖把拖地，旁边还放着一个大木桶。

“您好，库伯夫人。”他说道。

“你好！”库伯夫人一边回答，一边抬起头来，“你叫什么名字啊？”

“托马斯·费里。”

“托马斯·费里，托马斯·费里。”库伯夫人把手放在额头上，好像在努力想着有什么事情曾经让这个孩子帮忙，可是一时却想不起来了。

“就是汤姆！”

“这是我欠您的钱，”汤姆说道，这时，库伯夫人认出了他。“还有一点利息，”汤姆递给了她二十美分，“对不起，我才想起来。”

“托马斯，你不欠我的钱，我确定，但是你爸爸好像欠了一些。”

“那好吧，这算是我替他还的。”说着，汤姆把硬币放在柜台收银机的旁边，可突然闻到了一股臭味，原来是冰柜里放着两个发了霉的火腿。装着饮料和牛奶的冰箱已经不制冷了。汤姆把手放在玻璃上，竟然是温热的。

“冰箱坏了吗？”

“不知哪个浑蛋，把电给断了，我也不知道，可能是该交电费了吧。我觉得很快就会有电的。”

“原来是这样。”汤姆说道。

库伯夫人一不小心滑倒在地上，坐在那里，竟然哭了起来。

“别动，库伯夫人，我来扶你。您能先帮我抱着小狗吗？”

库伯夫人接过小狗，仔细地端详着，还啜泣着。

“小狗叫什么名字？”

“我还没取名字呢，我刚刚得到的。”

汤姆把发霉的火腿包进报纸，从冰箱里拿了出来，尽管很受不了这个味道，还是尽量不让库伯夫人看出来，他把报纸拿到门外，扔到了垃圾桶里。

“窗户怎么碎了？”

“几周前，有人朝玻璃上扔石头，马瑟警官说是汪达尔人干的，可恶的汪达尔人……”

汤姆帮库伯夫人擦完了地，走到外面，把所有拔得动的杂草都清理了，扔到了垃圾桶里面。做完这些后，他在库伯夫人家的水池旁边洗了洗手，朝四周看了看店里的存货。

“库伯夫人，您这里有卖狗粮罐头吗？”

“就在那儿，汤姆，就在你头顶上。上周一个伐木工买了好多，就剩下一点了，你想拿多少就拿多少吧。”

“我只要一两罐就可以了，我带钱了。”

“不要钱的，你想拿多少就拿多少吧，也不值什么钱的，你是个好孩子……又那么小……”

看库伯夫人的样子，好像又要哭了。她抱着小狗，汤姆走过来，拍拍她的肩膀。

“对不起，汤姆，”她说道，“我是个愚蠢的老女人。”

“不，您不是的。”

汤姆坐在那儿，和库伯夫人聊了一会儿。他们聊起了天使岩、库伯先生，还有世界万物，只是随便聊聊。库伯夫人沉默了一会儿，最后她抬起头，望着汤姆笑了。

“你知道吗，汤姆，”她说道，“我不想做杂货铺的生意了。”

“是吗？”

“是啊，这是真的，从现在开始，我想卖点别的。”

“是吗？你想卖什么？”

“这三十五年来，没有顾客的时候我就做针线活儿，主要是做小垫布。我从外面进货的时候，也买回来很多。我想卖小垫布，还有别的东西。”

“这是个不错的主意。”

“是吧。”她边说边眨了眨眼睛，“人们都想要一块好的桌布，就像三明治得放在碟子上一样，蛋糕也得放在垫布上，不是吗？”

“别担心，”汤姆边说，边缓缓地摇了摇头，语气很严肃，“全澳大利亚的人都会来买的。”

“我也是这么想的！他们肯定会买的！”

“我们可以叫，天使岩垫布。”

“是啊，”库伯夫人有气无力地说道，“或者是天堂垫布。是啊，这真是让人想想就兴奋的事情。”

库伯夫人兴奋得快要过来拥抱汤姆了，可她却好像很快就忘记了刚才说的事情，拍了拍汤姆的后背，又只是低着头，开始思考些什么。小狗开始呜呜地叫了起来，汤姆向她借了个开罐器和一只碗。库伯夫人什么也没说，起身走到自己的住处，一会儿便拿着那两样东西回来了。

“谢谢您了。”汤姆说道。他打开狗粮罐头，把里面的食物倒进碗里一点，把碗放在地板上，把小狗放在碗的前面。

“它在吃了！”汤姆说着，心里感到一种难以言喻的快乐，好几年没有这种感觉了。

“哎呀，真好！得给他取个名字啊。”

汤姆点点头：“要不您给起个吧？”

“还是算了吧，我最不擅长这种事了，你还是自己想想，该叫什么好呢。”

汤姆点点头，可是想了很久，依然没有想出合适的名字。他跟库伯夫人告别后，就朝渡口走去了。现在是下午茶时间，想到要带着小狗一起回家去面对亨利，他心里就有点害怕。于是他就坐在那里等渡船，决定看完马戏团的表演，吃完晚饭再回家，想办法把小狗藏在院子里。

渡船过来的时候，汤姆忽然看到船上有很多小镇的人，也准备去看马戏团表演。有几个大人跟他打招呼，有些小孩只是惊讶地望着他。船靠岸的时候，汤姆第一个冲了出去，门都还没有完全打开，船主指着汤姆的后背骂了几句。汤姆没有直接去表演场地看那些搭好的帐篷，而是走到场地边，去看笼子里的狮子们。就要到狮笼旁边的时候，他发现三个男孩坐在一排栅栏旁抽着烟。汤姆停了下来。三个男孩子中，有一个他从来没见过，另一个男孩他认识，只是比他大好多，最后一个便是勒纳德了。勒纳德看到汤姆的时候，跟旁边两个男孩说起了悄悄话，他们沿着栅栏的坡道滑了下来，快步穿过敞篷车和拖车。

“你就是汤姆·费里吧。”那个比他大好多的男孩子先开口说道。

“是我。”

“就是那个把自己弟弟弄丢的人，是吧？”

“不是我弄丢的。”

男孩们耸耸肩，意思是汤姆在狡辩。

“你的狗叫什么名字？”

汤姆低头看了看小狗，看着那双像人眼一样纯净的淡蓝色眼睛，一个名字突然出现在了脑海里。

“哈姆。”汤姆说道。

“叫哈姆？”

“是的，就叫哈姆。”

“这个名字是什么意思呢，难道是饿了，可以随时吃掉它的意思吗？[①]”男孩的朋友嘲笑着汤姆。

“不是的，这个名字，原本是一只可以飞的猩猩。”

“可以飞的猴子？”两个男孩惊讶地看着他，好像他疯了一样。

“是的，就是飞到太空的那只猩猩。”

“哦，是这样？老天保佑，难道这不是一条狗吗？”

“也许，下一次去太空的，就是狗了。”

“那你为什么不给它起个狗的名字，真该死。”男孩用手指着汤姆严肃地说道，“为什么非得是该死的猴子的名字。”

汤姆耸了耸肩，说：“我不喜欢狗名儿，它是条俄国狗。”他把小狗放在草地上，小狗只是在汤姆的脚边打转，不像是会走远的样子。

“不过，这条狗长得有点像澳大利亚牧羊犬。”另一个男孩说道。

“是的，这是只澳大利亚牧羊犬。”刚才的男孩说。汤姆突然想起了他的名字：查理·佩里，在伐木队工作的时候，见过他一两次。

“还有一种狗，比澳大利亚牧羊犬还大，是袋鼠狗。”查理继续

---

① 哈姆和汉堡包的发音比较相似。——译者注

说道。

“看看它长得多结实。”

“它的脑袋长得像澳大利亚野狗，说不定是这三种狗的混血。”

“没准是。”另一个男孩表情严肃，点着头表示赞同。

“我开玩笑的，笨蛋。”

“我知道你在开玩笑。”

“伙计，你最好小心点。”查理边说边看着汤姆。

“要是让小混混们看到，别怪他们对你的狗不客气。”

“我觉得他们不会的。”

查理从耳朵后面拿出一根烟，点上后叼在嘴里。

“还是小心点。”他耸了耸肩。

“不劳烦你操心。”

三个人看着小狗对查理的牛仔裤脚又闻又咬。不久后，勒纳德就回来了，这次索尼跟他一起，在距离汤姆十米左右的一个马戏团卡车旁边停了下来，盯着他。索尼吸了口烟，就扔到地上。汤姆抱起了小狗。

“那么，再见。”汤姆跟查理和另一个男孩说道。

“嗯，再见。”

汤姆朝着表演场地中心走去，主帐篷已经撑起来了，四周的柱子也都缠满了彩灯条。他懒得理会索尼和勒纳德，径直朝人多的狮笼那里走去。笼子的前面盖上了一块帆布，但是汤姆还是溜到了里面。他借着微弱的光，盘着腿坐在草丛中，把哈姆放在膝盖上。空气里弥漫着狮子的味道，很浓。笼子边上的栏杆上系着灯泡，照亮了整个笼子。汤姆惊讶地发现，原来笼子这么浅。三头狮子在笼子里走来走去，看到汤姆也只是稍微地停了一下，轻描淡写地朝他所在的方向扫了一眼。狮子们闻到小狗的味道时，鼻子一动一动的。汤姆看到狮子正努力地呼吸栏杆外面的空气，感觉着空气里的味道，并不断地变换着方向，直到它们认为外面是安全的。

汤姆专心地看着狮子，大概有十分钟。狮子们有的用头在同伴的肩膀上蹭来蹭去，还有的在笼子栏杆上绑着的长木头上蹭痒。有时候会打哈欠，露出锋利的牙齿，有时会伸出粉红色的舌头，舔同伴的脸。在汤姆看来，这是狮子们在彼此安慰对方，看着看着汤姆竟然入迷了。

“多么希望能和你一起看狮子啊，弗莱恩。”汤姆低声说着。

有一头狮子突然大声咳嗽了一下，汤姆感觉到哈姆的身子也随之抖了起来。汤姆低头看了看，只见哈姆的耳朵竖了起来，正用深色的眼睛专注地望着笼子。汤姆并不认为哈姆会害怕，也许是因为别的什么原因，这只是一种动物间所特有的默契。他盯着哈姆看了好一会儿，把它的身子转过来，打开它的嘴巴，往它的嘴里吐了一大口口水，小狗很不情愿地舔着自己的下巴。

“以后你就得跟着我了，永远。”汤姆轻声说道。

“这个国家很久以前有很多动物，你知道吗，那是很久很久以前的事情了。”汤姆听到这声音，不禁吓了一跳，立刻转身去寻找声音从哪里发出来，声音听上去像是一个蹲在右边暗处的人发出的。汤姆很肯定的是，自己进来的时候，那个人还不在这里。只见那个人穿着长袖白衬衫，袖子一直卷到胳膊肘，系着一条黑色的领带，一件夹克挂在手臂上，一顶宽边低帽檐的帽子，长长的帽檐遮住了大半边脸。汤姆只能看见那个人的下巴，还有从笼子里反射到他眼睛里的光。

“啊，你怎么会知道？”汤姆问道，突然回过神来。

“是啊，”男人点点头，“狮子们的精神仍然没有变，如果用眼睛看着它们，如果你能找到正确的呼唤方式，狮子会跟着你的呼唤走的。”

汤姆看着那个男人，不确定他说的到底是真是假，也许本来就是在跟他开玩笑。

“我不知道自己是否有能力让狮子们跟我走，”汤姆说道，“真的不确定。”

“你知道吗，在狮子的世界里，”他继续说道，并没有在意汤姆刚刚说的话，“只要闻闻水旁边的气味，这些动物就能辨别出自己所在的位置。它们可以用爪子、骨头，还有鼻子去感知外面的环境。”

汤姆惊讶地盯着他：“这是真的吗？”

男人慢慢地点点头，咧嘴笑的时候，露出一排洁白的牙齿。

“在非洲，像你这么大的男孩，会杀死狮子，把心脏挖出来吃，这是为了壮胆，为了壮胆！”

男人大笑起来，但是这其实没什么可笑的，汤姆感到很不安。

“都是像你这么大的男孩！”男人又说了一遍，笑得更厉害了。

汤姆低下头，看着脚下的草。

“你想看狮子表演吗？看看它们是怎么被驯服的？”

汤姆本想回答男人的问题，这时，一阵更大的声音传来，打断了他。

“孩子，你不能在这儿打扰狮子。”

汤姆抬头望去，只见一个身材壮硕的马戏团工作人员就站在帆布里面。

“我没有，只是看看。”

“好吧，再看的话，你就得付钱了，别在这儿了，真是的。”

汤姆跳出来，转身跑开了，刚才被工作人员羞辱一番，耳朵和双颊也不禁热了起来。他没有停下来去看一眼那个坐在角落里的男人的样子。马戏团的播音器开始发出声音，是纽曼先生告诉大家可以进场了。汤姆强忍住泪水，把手伸进口袋里，手里紧紧地捏着那张来之不易的门票，朝马戏团的大帐篷跑去，另一只手抱着哈姆。

汤姆收集的木屑被均匀地撒到了金光闪闪的环形场地中。红木、松树的味道，头顶上帆布发霉的味道，混合着女人们的香水味，汤姆顿时觉得有些头晕。他在中间的一小排座位中随便找了个位置就坐下，把哈姆放在膝盖上，四处张望起来。在环形场地的另一边，他看到了马瑟警官坐在了前排，胳膊交叉放着，格蕾丝就坐在旁边。他没看到查理、勒纳德和索尼，待纽曼先生拿着麦克风走到场地中央，他才看到他们几个，就站在两排看台架子中间昏暗的地方，很靠后，再往后点就是帐篷的边缘了。帐篷边上的灯光闪来闪去，现在只能看见环形场地了。纽曼先生的声音很大，一字一顿地讲着话，每个字都拖着不可思议的长音，介绍着第一个节目，在这里，好像全世界就只剩下了纽曼先生一个人。

马戏团的节目表演非常吸引人。首先登场的是个杂技演员；接着是一个骑矮种马的小女孩；在下一个节目中，两个小丑假装喝醉了，拿着皮带抽打着对方；还有一个穿着亮闪闪表演服的年轻女人，吊在一个铁环上，摆出各种姿势，并不时地上下翻着跟头；接下来，一个扮成鬼的男人，从瓶子里掏出绳子，身边有只猴子，飞速地顺着绳子往上爬，眨眼间就爬到了一片漆黑的帐篷顶；演员又换上了斗牛士的服装，准备和两头牛决斗，有意思的是，这两头牛都是狗扮成的。这些表演都结束以后，纽曼先生骑着一头大象，再次来到环形场地的中央。是汤姆昨天看到过的那只大象。只见纽曼先生从大象的背上跳了下来，用一根长棍把大象的两条前腿抬起，后腿分别立在了红色和蓝色的柱子上，他数到十，大象就吸干了木桶里的水，突然喷到了旁边一个毫无防备的演员身上。滑稽的场面让大家笑得合不拢嘴，还有人使劲吹着口哨。在一阵喧闹中，大象下台了，又上来了一个人，汤姆一眼就认出，他就是昨天见到过的那个演员。只见那个演员拿了几片燃烧纸，放在嘴里，嘴就可以喷火了。喷火表演后，他又拿起了一根长柄鞭，快速挥舞着，打灭了台上燃烧着的蜡烛。演员问是否有人愿意上来配合他表演，可是没有人敢走上去。于是他走到场地边缘处，在格蕾丝和波普坐的地方停了下来。顺着舞台脚灯走下去，伸出手邀请格蕾丝，好像是在舞会上邀请她跳舞一样。格蕾丝很不情愿，坐在那里一动不动。这时聚光灯照在了格蕾丝的脸上，汤姆看到了她所有的不情愿，他屏住呼吸，心里默默地祈祷。波普弯下腰对着格蕾丝的耳朵窃窃私语了一番，好像说了很久的样子，她终于站起身来，把手放在了那人手上。汤姆能看到索尼和勒纳德边看边偷笑，一股愤怒油然而生，恨得咬牙切齿。演员向观众示意，要掌声鼓励格蕾丝，可这时，一个抽着烟的演员却走到了环形舞台上。他假装没看见挥鞭演员，或者装成没有意识到自己打断了挥鞭演员的表演。挥鞭演员先让格蕾丝站在舞台一边，让那个贸然闯上来的演员过来。

“你在叫谁？是我吗？”那个演员沉静地指着自己的胸脯问道。

只见挥鞭演员勾了勾手指，让吸烟的演员站在环形舞台的中央，并弯下腰。吸烟的演员开始焦躁不安起来，在舞台上到处跑，挥鞭演员大声呵斥，要他停下来。只见那个演员开始吸着那支烟，吞云吐雾，好像这样就能把自己吹走，不用再听挥鞭演员的号令。一眨眼的工夫，挥鞭演员就用鞭子把烟从涂着鲜艳唇彩的双唇中间打掉了。

接下来轮到格蕾丝了。挥鞭演员和她一同走到舞台中央，把一根烟放到她双唇中间，缓慢地后退了几步。汤姆紧张得心怦怦直跳。尽管他已经看到了挥鞭演员的技术是那么纯熟，还是不敢相信这是在表演，因为格蕾丝根本不知道接下来会发生什么。他几乎是从座位上跳了起来，自己都不知道到底是在干什么，身后有人被挡住了视线，不停地叫他坐下，可汤姆也管不了那么多了。周围好多人都在喊他的名字：“汤姆·费里，汤姆·费里。”

挥鞭演员也发现了台下的骚动。汤姆红着脸坐下了，双腿突然像灌了铅似的，心想，还好，在暗处不容易被发现。挥鞭演员转向格蕾丝，而格蕾丝双唇夹着烟站在舞台上，下巴微微抬起，眼睛闪烁着光芒，好像是在祈求挥鞭演员放弃表演，或是已经做好了最坏的打算。汤姆被她的美丽深深吸引住了，以前从来没有发现她这么美，也没发现她原来这么勇敢，尤其是突然被叫上台表演的时候，格蕾丝的恐惧感幻化成了一种完全不同的感觉。

挥鞭演员慢慢地瞄准，稍微放松了一下胳膊，观众们瞬间屏住了呼吸，表演场内鸦雀无声。汤姆也把心提到了嗓子眼，几乎捂住双眼，不敢看。挥鞭演员啪的一声，那支烟被挥舞的鞭子打飞到了空中。格蕾丝一动不动地站在那儿，紧紧地闭上了双眼。待她睁开眼拿下还夹在双唇中的烟蒂看了看时，如释重负地笑了。

黑暗中的汤姆看到格蕾丝安然无恙，也微笑起来，看她披着一头闪闪发光的黑发，静静地回到座位上。刚坐下，波普就轻轻拧了下她的胳膊，又在耳边窃窃私语了一番，亲了亲她的额头。

精彩的表演引起全场观众一阵欢呼，口哨声、叫好声此起彼伏，不绝于耳。过了大约一分钟，纽曼先生用麦克风神神秘秘地低声宣布接下来的表演是狮子和驯狮员，这时才略显安静。两边的幕布缓缓拉开，舞台中央出现了三只狮子，每只狮子都站在一个底座上，被关在一个椭圆形的笼子里。驯狮员戴着面具，先让狮子们从一个底座跳到另一个底座上，随后是钻铁圈。接着，驯兽员打开了一只狮子的嘴，看上去像是要把自己的脑袋放进去，在场的每一位观众都屏住了呼吸。节目的最后，他引导其中一只小点的母狮子大声吼叫，狮子露出了锋利的牙齿，跳过了他事先放好的火圈。汤姆虽然有些意犹未尽，内心还有点小小的失落，但仍觉得这是自己见过的最不可思议的事情。

舞台的灯光再一次亮起，所有的表演节目都已经结束了。人们一边讨论着精彩的节目，一边拖着沉重而缓慢的步子回家。汤姆顾不得回味刚才精彩的表演，从人群中挤了出去，快步跑开了。他径直往家跑，没有理会索尼或其他人。回到家后，他把哈姆放在了洗衣房，就溜进自己的屋子里。此时亨利睡在电视前面的沙发上，身边散落着许多酒瓶。汤姆走过去关了电视，看了看继父，其实自己没有多么恨他，只是不知道对他到底是一种什么样的感觉。亨利睡在这儿，至少妈妈终于可以好好睡一觉了，妈妈在过去的几周里都睡得不错，这让他很开心。汤姆弯下腰，捡起了亨利的烟，放回到了烟盒里。又找到了一盒火柴，放进了亨利装烟的口袋里，然后跑到洗衣房，把哈姆抱到自己的房间。

汤姆在床上躺了好一会儿，胡思乱想着，还没到十一点，隐约听到亨利醒了。接着就是一阵谩骂，一张汉克·威廉姆斯的唱片又响了起来。大约唱了三首歌的样子，亨利又开始大骂，汤姆在房间里听得清清楚楚。他悄悄地从床上爬了起来，透过门缝，想看看亨利的样子，只见亨利站在大门前面的台阶上，使出全身力气，把一张黑色的碟片扔到路的另一边，碟片滑到了河里，顺着河水漂走了。亨利在那里站了一会儿，身子微微地抖动着，随后走出了大门，朝镇上的方向走去。汤姆对他要去哪儿一点也不感兴趣，只是默默地回到自己床上。

汤姆终于进入了梦乡，可噩梦又回来了。这一次，是他站在一块空地上，旁边是满是树木的斜坡。漆黑的夜晚，月亮升起来，给万物披上了银光闪闪的外衣。刚开始是汤姆自己，后来树林边上有个赤身裸体的人走来，身上的肌肉一颤一颤的，像个恐怖的牵线木偶。那个人一只手里夹着个面色苍白的小男孩，另一只手拿着一把黑色的大猎枪，头上和脸上都蒙着破旧的黑色纱布，只露出双眼，纱布像是给病人包扎伤口用的，透过纱布，能看到一口又大又锋利的牙齿。梦里，汤姆迈着沉重的腿转过身，不顾一切地赶紧逃命。

十四

吉布森很早就醒了，离开警局的时候天都还没亮，小鸟已经在树林里叽叽喳喳地叫着，太阳刚刚爬到了山顶，给小镇的西边蒙上了一层金色的薄纱。大约早上八点半，他就已经站在了一个叫伍德本的小镇的警局门前了，警局里的警察喝醉了，唠唠叨叨说个不停，但还是跟吉布森说了些关于比利和他经常开的那辆大卡车的事情。

“比利在森林里砍树，有好多年了，幸运的话，你会找到他的，当然这还得看他愿不愿意见你，反正我是这么觉得。”

说完这些，警察从桌子抽屉里拿出一片纸和一支铅笔，他画了个大体的路线图，隔着桌子递给了吉布森。吉布森谢过后就径直离开了，买了杯咖啡，坐在小河边的一张露天餐桌上，他呆坐在那里，抽着烟。毛毛细雨时不时地从头上飘落下来。

他继续驱车西行，乌云黑压压地沉了下来，天空瞬间变得雾蒙蒙，打开车灯看得都不是那么清楚了。

“难受，”他自顾自地抱怨道，“怎么这么难受。”

一路往西走，快爬上山坡的时候，乌云慢慢散去，天空瞬间亮了不少。再往前一段，吉布森发现这里的土地异常干旱，像是好久都没下过雨了。他在一个叫特菲尔德的地方停了下来，吃了点东西，顺便和店里年轻的女服务员闲谈起来。刚在河边喝咖啡的时候，天上明明飘着细雨，可女服务员说这里已经好几个月没下雨了。她一边说着，一边惊讶地睁大眼睛，好像看到基督复临或天使探视。她还说这儿因为干旱，经常发生森林火灾，一直烧到了小镇的西部。听她这么一说，吉布森突然觉得自己刚才的话，在当地的人看来一定是荒谬至极，他边想边盯着女服务员穿着蓝色制服的背影，心中突然泛起了十八岁小伙子才有的那种冲动。也许，是因为这里空气太好了吧。

吉布森又仔细查看了一下警察画的地图，并对照下自己的地图。警察的地图中，森林里全是纵横交错的小路，有的断断续续，有的是大火烧出来的。就算比利住在这片森林里，也够找上好几个星期的。

最终，吉布森还是出发了。空气里阵阵微风吹过，轻轻地拨弄着森林大火后笼罩的烟雾。在驶往森林的路上，没有看到绿色的贝德福德。不一会儿，他到了地图上的那片森林，开始一边对照地图，一边把眼前的路都试着走了一遍。有些路上杂草丛生，不时有茂盛的灌木和长草挡住车子前方的道路，还有些路走着走着就到了尽头。行走在树木丛生的森林里，苍白的天空时隐时现。他顺着大火留下的灰烬往下走，一边的土地被烧得黑黢黢，另一边的树木依旧茂盛。乌鸦站在烧黑的木桩上，看着他慢慢驶向森林深处。

只要在路上看见人，吉布森就走上前去，问见没见到过比利或绿色的贝德福德。有人说他在几周前、或是几个月前见过他，有人甚至问他是不是警察，比利又犯了什么事。吉布森说自己不是警察，只不过有重要的消息想告诉比利。或许长得真的不怎么像个警察，人们很愿意相信他的话。人们说了一些比利经常出现的地方，而吉布森就沿着这些方向寻去，在路边遇到一位老人，于是停下车来询问。老人说从没见过比利，但他说出了一个很特别的地方。吉布森让老人在地图上把那个地方指出来，随即钻进了车里，沿着老人指的路继续往前走，这时吉布森的双手已经脏得不成样子了。

大约一个小时之后，他终于发现了老者说的那条小路。吉布森一直找到下午，发现燃油表的指针已经告诉他，只剩下一半的油了。这时他不得不停止寻找，顺着地图上的路，要回到镇上了。吉布森盘算着要花多久才能回去，正当他抬起头往车窗外望去的时候，却看到了一个绿色的东西。他眨了眨眼睛，又眨了眨眼睛，直到看出那是一辆车子，停在在树林中。他的心开始怦怦直跳，从杂物箱里拿出史密斯威森手枪，别在后背的腰带里，打开车门，小心翼翼地走了出去。

待吉布森走近车子，耳朵里听到的全是车的噪声，渐渐地鸟叫声开始清晰，随后就是从水沟方向的某个地方传来发动机的声音，水沟就在绿色卡车的不远处。他继续往前走，鞋子在坚硬的土地上嗞嗞作响。绿色的小燕雀在他旁边飞来飞去。当他走到那辆贝德福德旁边的时候，小心翼翼地把手放在上面，生怕这是一个幻觉，一碰就会彻底碎掉。他舔了舔嘴唇，又赶紧用胳膊擦干，突然感觉到自己是这么紧张。他走在卡车的一侧，透过车窗往里看，车里的摆设很普通：一个瓦楞纸箱，还有一叠纸。车座、方向盘和变速杆因为用的时间太久，被磨光了，想要开走它，看样子需要一番力气。忽然他看到了一把来复枪放在车里，已经很旧了。吉布森试着开车门，发现已经上了锁，于是走到另一侧车门的旁边，发现也是锁着的。他走到车尾处，看见卡车的车斗里，整整齐齐地堆放着半车木材。

吉布森又下意识地舔了舔嘴唇，朝声音发出的地方走去，这声音听着像是小型的发动机。周围的树木大都是铁皮桉和红木桉，树干都很硬，很黑。他一边走，一边看着烟雾环绕在树木的中间，除了发动机发出的声音，周围一片沉寂。这时所有的鸟儿都停止了歌唱，发动机的声音也渐渐弱了下来。吉布森停下来，往上看了看，又往前走了几步后，身体周围也开始弥漫着烟雾。烟雾像一股淹没了整个乡村的巨浪，阳光都变得诡异起来。刚才阳光照射下的黑色身影，也一点点地模糊起来。

“比利 · 弗勒德！”

无人应答。吉布森觉得他的声音听上去很小，也很不像自己的声音。顺着小山谷往下走，他发现一棵被砍倒的树上插着一把斧头。斧头的一半都插在了树干里，在斧头旁边，放着一堆新劈开的木块，木块旁边放着一个陈旧的砧板。篝火已经成为灰烬，灰烬的旁边放着一个变了形的麻袋，还有一只被剥了皮的袋鼠。袋鼠的头已经被砍掉了，切口处的血液已经凝固了，上面爬满了长长的黑蚂蚁。

“比利 · 弗勒德！”他又大喊了一声。

烟雾越来越浓了。几分钟前吹来了一阵微风，空气稍微清新了些，吉布森突然想起那个女服务员说的森林火灾。他站在原地，等了一会儿，又喊了几声，突然在不远处出现了一个人，很散漫地在树林里朝他走来。

“你在叫我？”那人说道。

只见他的前额很宽，两鬓青筋暴露，颧骨又厚又高，胡子又黑又硬，头皮紧绷着，好像盛不下他的脑袋。头上顶着细长的头发，要是洗干净，肯定很不错。他的衣服很脏，戴着一顶破旧的毡帽，用棕色的线缝补过。这样看上去，根本猜不出他的年龄，其实他和吉布森差不多大，中等身材，但是满身肌肉，肩膀上扛着一把锋利的分割机，另一只手里拿着一把来复枪。吉布森心猛地一颤，在想这把枪是不是他绕回到卡车里拿的，除非他有两把。

“你在叫我？”那个声音重复道。

“你是比利 · 弗勒德吗？”

“是我。”

弗勒德把枪靠在树上，把分割机从肩膀上拿下来，头朝下放在地上，他双手交叉，放在了分割机的把手上。他面无表情，但是吉布森从他眼中读到了疑虑。

“你是贺拉斯·弗勒德的儿子？”

“可以这么说。你是谁？”

“吉布森，”他说道，“警察。”

吉布森看见一阵阴影在他脸上一闪而过。

“你想干什么？”

“跟你谈谈。”

弗勒德走过来，在离吉布森还有几米的地方停了下来，他开始警惕起来，把手放在了枪上。

“谈什么？”

“达茜·斯蒂尔的事儿。”

弗勒德盯着他，皱了皱眉头，往后退了几步。

“喝茶吗？”

吉布森听到这句话，不禁愣住了，一时竟不知怎么回答。

“嗯……如果可以的话。”他回答得很古怪，过于正式，好像属于另一时代，他自己都想笑。可弗勒德好像并没有意识到，他把分割机放在了来复枪的旁边，又找了几根树枝开始生火。吉布森慢慢地坐在树干上，眼看着他生火，并把半锅水放在了树干上。

“达茜怎么了？”弗勒德边说边把锅放在火焰上。吉布森注意到，比利的一根手指被砍掉了，还有一条很长的疤痕从手腕一直延伸到胳膊。

“你认识她？”

“是啊。”

“你最近见过她吗？”

“没有。”

“你确定？最近你没去她家的农场？”

“没有。我没去过农场，那里有狗。”比利伸出舌头，喘着粗气。

“那你上次见到她，是什么时候？”

“得有段时间了吧。老埃兹拉在我后面放狗，我只好跑了。”

“达茜看见你了吗？”

“没有，我从树后面看到她，她应该没看到我。”

吉布森点点头，咽了咽口水。

“比利，这件事发生在什么时候？”

“我忘记了，”比利边回答边摇了摇头，“也许是去年？”

吉布森点着头，往下看着那堆火。当他抬起头的时候，发现比利正盯着他。

“先生，她怎么了？”他说道，“发生什么事了吗？”

“是的，”吉布森轻声回答道，“她死了。她……自杀了。她自杀了。”

他屏住呼吸想看比利的反应，但却没发现任何虚假的表情。

“死了？”两行热泪从他的双颊流了下来。

“是的，自杀，亲手结束了生命。”

比利僵住了，情绪激动得说不下去，一脸难以置信的表情。

“她为什么这么做？”

“我不清楚，我的姐姐，跟达茜一样，也自杀了。”

“你想找出原因？”

“是啊，我确实是想找出原因。煮茶吧，比利，这样会好受些。”

比利好久都没说话，只是轻轻地点了点头。水烧开的时候，他把茶叶放了进去，煮好茶，又把茶水倒进了锡质的杯子里，从口袋里拿出一个纸袋，纸袋里有些糖，他往杯子里倒了一些，又从地上拿了一根细树枝，在杯中搅了搅，就把杯子递给了吉布森。他搅拌着剩下的茶水，也把糖加了进去，直接抱着锅喝了起来。

比利喝茶的时候，吉布森的眼神一刻也没有离开他。他的前臂有很多伤疤，被细细的锯末盖住了。他的手很大，从灰尘下能看出他的皮肤很白，因为营养不良才那么白。还有他的指甲很厚，很黄，看上去很久都没剪过了。吉布森突然有点可怜他，却只是可怜，莫名其妙的。

“比利，你出来很久了吧，一定很孤单吧。”

比利没有回答。吉布森本以为他根本没有听见，可是沉默了一会儿，比利微微地点了点头，眼神中充满了迷茫。

“不觉得，”他轻声说道，“我喜欢这样。”

“达茜写过一本日记，日记中有很多关于你们在一起的时光。”

“她给写下来了？”

“是的，这对她很重要。”

比利点了点头，说：“对我来说，也同样重要。”

开始起风了，烟雾更浓了。

“森林大火是不是靠近了？”吉布森问道，有点警觉地抬头望了望。

“没有，离这儿远着呢。”

比利低头望着地面，沉默着。吉布森又问了好几个问题，他没有一点回应。吉布森还问到了走丢的孩子们，但比利只是微微地摇了摇头。

“她其实没有死，对吧，吉布森先生？”他最后恳求地问道，“你一定是在跟我开玩笑。”

“不，我没有开玩笑。”

“你见过她？你见她的时候，她已经死了？”

“是的，我见过。”

比利开始哭了起来，无奈地接受了这个现实，他原本就混乱的思维更加无所适从。吉布森伸出手，拍了拍他的肩膀。

“比利……如果你做过任何……坏事，你得告诉我，我会帮你的。”

比利还在哭着，绿色的眼睛瞥了一下吉布森，吉布森只好收回了搭在比利肩膀上的手。

“警察先生，我年轻的时候可能真的做过坏事，但是现在已经不记得了。我故意把袋鼠放到别人家的牧场上吓唬人，我知道的，但是我真的不是傻子。我心里想的事情，自己都清楚，也知道我从没伤害过那个小女孩。她是上帝派来的天使，要是有人敢伤害她，上帝肯定饶不了他的。你告诉我她已经死了，但是我……”

猛地，比利抬起头，望了望树林，记下了好像是从树林里传来的密语。吉布森看着，心想也许是袋鼠们跟他说了什么悄悄话，是袋鼠给他指了那条路，给他看过什么东西。

“我已经赎罪了，”比利继续说道，“和十字架上的那个人一样，就像耶稣一样，你明白吗？”

吉布森点了点头：“在医院时。”

“是啊，”比利轻声说道，“那个人无处不在。从那以后，我就再也没有做过傻事，再也没有。”

当吉布森问出最后一个问题时，树枝燃烧的声音突然响了一下。

“比利，你还记得一个叫史密斯的人吗？”

比利惊讶地睁大了眼睛，身体开始微微地颤抖。他直直地在那里站着，没再说一句话，而是捡起了来复枪和分割机，从空地上离开了。吉布森从后面紧跟着，可最终还是让比利走了，因为无论怎么找，都看不到他去哪儿了。

“比利！”吉布森大声地喊着，朝烟雾弥漫的丛林望去，却没看到有人的踪影。风又吹来了更多的烟雾，好像头上桉树的小白花也被这浓重的烟雾压了下来。白色或粉白色的花朵在周围落了下来，像雪花一样。除了微弱的柴火燃烧的声音，周围寂静得令人不寒而栗。吉布森觉得自己好像站在教堂前面，把眼前的空地看成圣坛，站在十字架前，等待着什么东西的出现。酒已经变成了血、面包、肉，神还会展示一切神秘事物的本质。他在那里站了几分钟，烟雾环绕着树木，直到他猛地发现，好像有一团灼热的火焰在向他靠近。这时他才发现，花根本就不是花，只是浮尘，此时火焰已经离他很近了，看上去就在对面的小山上。

身为警察，吉布森的直觉告诉自己，不能转身逃跑，他暗骂自己没有听进去波普的劝告，说话那么直接，在比利的伤口上又撒了一把盐。他快步走回到卡车的旁边，卡车依旧停在那里。吉布森往驾驶室里看了看，仿佛听到了一阵笑声，但是很快就确定了，那是他的幻想，只有火焰席卷着树木发出的嗞嗞声是真实的。或许一百米之外，有一团黄色的火焰正在跳跃着，向他靠近，浓烟挡住了阳光，吉布森赶忙跑到他的车里，用尽全身的力气，发动了车子，转了个弯，沿着小路飞奔下去。

吉布森一直往前开，天快黑的时候，才回到了早上下雨的地方，他不由得担心起来，不知道火焰是否吞噬了比利。冥冥中，吉布森觉得比利会安然无恙。这时，他的一双眼皮跳了几下，一阵倦意袭来。吉布森强打起精神，又开了大约十五分钟，还没有看到小镇，他就朝森林不远处的一栋建筑物驶去。那是一家破旧的丛林锯木厂，低矮的围墙上排列着生锈的圆形锯片，像是为武器准备的弹药。到达之后，他从车上走了下来，想借着灯光看看锯木厂里都有些什么。在这里，他发现了很多生锈的工具，磨锋利了一些，也大概能猜出来这些是做什么用的。吉布森在想，也许可以试着生一堆火，但他担心引起周围人的注意，最终还是放弃了。他回到车里，躺在后座上，把车窗摇下来一些，望着空中明亮的星星，望着夜空中的整个银河系，看着看着，就慢慢睡着了，开始做起了梦。

梦中是一片晴朗的天空。灼热的夏日，万里无云，在他身后是一个墓地的铁门，门前有许多新的坟墓，每一座坟墓后面都有一个土丘，是人们用铁锹堆起来的。墓地里有已经裂缝的墓碑，也有没干透的十字架。树汁像凝固的雨滴，形成了白浆或绿浆。一个小男孩驾着马车从墓地的门里穿了过来，他忍不住跟了上去。马车上拉着一个棺材，棺材上面盖着白布，他随着马车走到一大群人聚集的地方。

“谁死了？”吉布森小声地问身后的人。

“不知道，”那个人回答道，“但一定是个伟大的人，要么是个重要的人，或者既伟大又重要。”

只见那个人靠在一把铁锹上，这时吉布森才注意到，他就是刚才那个挖坟的人，可他们刚才明明都站在那儿，赤裸着上身，皮肤上有一层细细的白色灰尘。

棺材上的白布被掀起来，吉布森发现，那个棺材没有盖子。在长长的队伍里，他跟着别人缓慢地往前走，过了好一会儿，才走到大车旁边。棺材里面躺着一个美丽的年轻女孩，双手在胸前合十，黑色长发就放在脸颊两旁。女孩穿着丝绸长裙，裙边有蕾丝和绑带，嘴唇被涂成了紫红色，双颊也被涂成了红色，看上去就像个新娘。她双眼紧闭，脖子上挂着一个夜光石。走了一段路之后，四个强壮的大汉把棺材从马车上抬了下来，放在一个木质的棺材架上。他们抬着棺材架，又往坟墓里走去，正要把棺材放进去的时候，突然听到吉布森在后面大喊。

“住手！难道不该说点什么吗？该死的牧师去哪儿了？”

挖坟的人这时已经走到了墓地的一旁，要开始填土了。

“牧师没来，”那个人冷冷地说道，汗水打湿的脸上泛起了一丝红润，“因为这个葬礼是给一个有罪之人举办的。”

“她的罪名是什么？”

“自杀。”

吉布森盯着棺材里的年轻女孩，一时不知说什么好。

“说点什么吧，”那个人说道，“要是你想说的话。”

“我不知道该说什么……”

“要是你胡言乱语的话，”另一人说道，“她的罪名又多一个。”

正当吉布森觉得孤立无援、不知所措的时候，他看到了自己的父亲。父亲就站在人群的外面，望着他。起初，父亲的脸被帽子完全遮住了，从他冷漠的眼睛里，吉布森读出了一丝快意，他像往常一样，嘴角微微扬起。父亲伸出食指，一弯一弯的，像一只虫子，一次次让他过去，就像老师在教训一个淘气的学生。

吉布森努力地把视线从父亲身上移开，带着一股愤怒，朝墓地走去。可还没等他说什么，甚至还没开始舔嘴唇，四个人就把棺材架扔了下去。一阵尘土刮了过来，吉布森坐在了地上，他抬头望着灰蒙蒙的天空，好像已经晕过去了，又好像在祈祷。他看到棺材上的薄纱像翅膀一样飘了起来，阳光一闪一闪的，原来是一群天使。天使们看起来很冷漠，吉布森忍不住去诅咒，接着自己又回到了刚才的地方，四个男人又重新站在了墓穴边上，手里抬着棺材架，这次他抢先一步跳了上去，试图阻止棺材落下，就在这时，他突然醒了，出了一身冷汗，第二次的叫喊声依旧萦绕在耳旁。

十五

睡梦中的汤姆，依稀听到了小狗的呜咽，声音很小，汤姆还是很快就发现，小狗的声音是从床底下传来的，原来哈姆钻到床下去了。于是他趴到床底下，哄小狗出来。小狗走出来舔了舔他的手指，在滑溜溜的地板上跑来跑去。汤姆又陪它玩了一会儿后，起床把哈姆带到外面去，让它在沾满露水的草地上撒欢。此刻，被关了整整一晚的小狗正在享受着自由时光，看着小狗欢乐的样子，汤姆心里不由得想起了一些事情，有了一些想法。

看起来亨利不在家，汤姆对他去哪里不感兴趣，只是心不在焉地想了一下。洗了澡，换上衣服，他走到妈妈的卧室外推开门，往屋里看了看。只见妈妈僵直地躺在被窝里，他能听到她的呼吸声，看到她微微转动身体。

“妈妈？”

“嗯……”

“我给您拿点什么吃的吧，您需要吗？”

“不用。”

妈妈转过身子，没再说什么。汤姆轻轻关上身后的门，也转身离开。

清晨，太阳快要升起来，空气却冷飕飕的，深黑色的河面上，凝着一层冷雾。汤姆朝小镇走去，去小镇上的渡船那边，兴奋得和身旁的哈姆一样。快到渡船口的时候，他不禁往下看了看，却伤心地发现，整个马戏团都搬走了，只剩下几辆挂着晾衣绳的敞篷车。他坐在离渡船口不远处的一个柱子上，往下看空空的表演场地，心里落寞得有如刚刚错过了火车。他抱起哈姆，低下头，把自己的脸贴了过去。

“我得找到他们，”他低声说道，“也许这样有点傻。他们会不会被人追杀，或遇到别的什么事了？要么是找到了去海边的路，想要游回家。”

小狗只是在他怀里扭来扭去，没有回答。

又坐了一会儿，他还是决定再去找找看，希望可以发现他们的一些踪迹。只是，现在他也不知道该从哪里找起，就连最后一丝寻找的兴奋，也在慢慢消退。

对面的坡道就是渡口的尽头。汤姆没看到有车过来，而渡船也一动不动地停在那儿。没发现船主，船舱里没有他的影子，也没有烟斗里冒出的烟。他很想跳下去，游过小河，可是又一想，自己现在有哈姆了，不能这么鲁莽，他不能冒险，也不能让哈姆……“死”这个词突然掠过脑海。即使没有说出来，只是在脑子里一闪而过，这已经让他像那个矮胖的杂技演员在表演的时候一样，紧张得心已经提到了嗓子眼。

汤姆无聊地踢着路边的小石子，又等了半个小时，突然发现一个载木材的搬运车从山里出来了。渡口瞬间就热闹了起来，渡船在水里溅起了朵朵浪花。卡车很快就驶到了渡口，汤姆沿着坡道，走向那辆木材搬运车。渡船开始发动，黑色的烟从管道中冒出来，甲板上都弥漫着烟雾。船主透过旋转的烟雾，看了一下汤姆，那长长的胡须像是飘在晨风中的一面旗帜，他走过来关上了卡车后面的门。汤姆走到卡车旁边，在周围转来转去，呼吸着树干上新鲜树汁散发的味道，用手摸着坚硬的树皮。司机关上了驾驶室的门，微微闭上了眼睛，等待着渡船出发。汤姆走到渡船的扶手边，坐了下来。当渡船出发的时候，汤姆紧紧地抱住哈姆，然而让他欣慰的是，哈姆似乎对空气中的新鲜味道非常感兴趣，并没有乱跑乱窜。船开到河中央时，一直震动不停的小引擎却突然停止了跳动。汤姆觉得船正在下沉，铁链也发出了低沉的拉拽的声音。他转过身想看看究竟发生了什么，却惊讶地看到，老船主嘴里叼着烟，眉头紧皱着，朝前走来。他径直走到汤姆面前停了下来，皱着眉头望向他，一股浓烈的烟草味熏得汤姆晕头转向。

“你叫汤姆·费里，对吗？”

“是啊。”

“为什么你不听我的话？我告诉过你，不要着急，先等等。”

汤姆无言以对。

“我只是不想有人溺水、受伤，我那样要求很过分吗？”

“不过分。”

“既然不过分，那么，我不想看到任何人受伤，就这样。不仅仅是你，谁都不行。”

汤姆点点头。

“从现在开始，你要小心点。”

“我会小心的。”

“我打开舱门，让你下船的时候，你再下船，明白吗？”

“嗯，明白了。”

“那好。”

船主又盯着汤姆看了一会儿，嘴里不停地吸着烟，接着转身离开了。没多久船又发动起来了。

终于到了对岸，汤姆一直等到船主打开门，才走到坡道上去。他转过头往船上看去，船主已经走回到船舱里，他的任务完成了。汤姆疑惑地朝船上望了望，那辆木材搬运车也从船上开了下来，径直地开走了。留下的一地木屑和扬起的灰尘几乎模糊了汤姆的视线，他停下来使劲揉揉眼，待尘土和木屑落在地上后，汤姆继续往表演场地走去，就在场地的另一边，他突然发现，环形舞台所在的地方，因为周围的草丛都被压塌了，木屑也撒落了一地。他走着走着，看到撑帐篷的钉子和柱子在地面上留下的痕迹，地上还有些垃圾和几堆大象的粪便。

汤姆爬到表演场地上的大看台，朝下看马戏团留下的痕迹。他很想找个人分享下自己看到的狮子，还有那个戴帽子的怪人对狮子们的怪诞论调，但随着太阳越来越高，已近中午，仅剩的几辆敞篷车也已经准备要开走了。马戏团一个管事的人从卡车上下来，清理了一下那些掉在地上的垃圾。汤姆看了一会儿，偷偷地溜进表演场地的房子里，朝锯木厂走去。大约十点多，他有点饿了，但现在还不想回家。他就这样沿着河边，漫无目的地走着，走进了锯木厂的院子。院子里堆着木材和生锈的机械，停着木材搬运车、拖拉机、卡车，无一例外都非常陈旧了。这是他这么久以来，第一次这么认真地审视锯木厂的一切，也许是因为今天太无聊了。他又在锯木厂中闲逛了十来分钟，一边踢着路边的石子，一边紧紧地牵着哈姆。突然传来一阵声响，又渐渐地平息了。他停了下来，东看西看，直到再一次听到这种声音，不过比上次要模糊些。声音好像来自于离这儿不远的篱笆，那个地方堆起了一垛椭圆形的木材。汤姆抱起哈姆，悄悄地往声音发出的方向走去。在一堆木材的后面传来了同样的声音，不过这次声音更大了。他在拐角处停了下来，沿着墙边朝前面仔细望去。

只见索尼手脚着地趴在草丛里，查理·佩里跪在他后面，有节奏地嘟哝着。他把一本什么杂志放在索尼背上，一边盯着打开的图，屁股一边一前一后地扭动着，而索尼紧紧地皱着眉头，好像在学校被老师叫到黑板上解题一般痛苦。

汤姆简直不敢相信自己的眼睛，刚想转身离开，他看见查理停了下来，身体就那么弓着，保持了几秒钟。只见查理甩了甩头，身体不自主地战栗着，接着就离开了索尼。汤姆在一闪而过的一束光线中看见一行液体滴落下来。

汤姆傻傻地看了一两分钟，就在这时，索尼突然抬起头，正好和汤姆对上了眼，恐怖的一刻来临了，汤姆僵住了，反应过来后他拔腿就跑，跑了大约五六分钟，慢了下来，回头看看是否有人跟了上来。汤姆继续往前，朝渡口方向快步走着，每过一分钟都回头看看。谢天谢地，船没过多久就来了，他登上船后，船主一个字也没跟他说，只是望着他登上船。终于放心了，于是他坐了下来，开始回想刚刚看到的那一幕。看起来不是什么好事，但又有那么点滑稽可笑。他突然意识到，原来自己是如此不了解这个世界，不了解世界背后的秘密，想到这儿，一股挫败感油然而生，他不禁伤心起来。

汤姆低着头，紧绷着下巴，朝小镇走去。他本想去找库伯夫人，可现在又不想去了。像往常一样，他沿着教堂的方向走去，一直走到杂草丛生的修道院花园里。哈姆在草丛里跑来跑去，而汤姆索性坐在修道院旁边的码头下面，看着小狗在灌木丛中玩耍，忽隐忽现，活脱脱一只丛林小野兽。

汤姆从口袋里掏出一支亨利的香烟，用火柴点着，深深地吸了一口。他低下头望着流水，看着水中打转的漩涡，漩涡拍打着岸边，缠绕着码头下的金属柱子。他又深深地吸了一口烟，头开始晕了，于是把脑袋夹在膝盖中间。过了一分钟，他抬起头，突然发现弗莱恩就站在他的面前，就站在水上，他紧张地赶紧用手把眼前的烟扇走。

“对不起，伙计。”汤姆的心里，下意识地想说出这样的话，但弗莱恩渐渐消失了，一会儿就无影无踪，只剩下闪闪发光的水面。他突然想起了对弗莱恩的承诺，就像教堂里的钟声一样，不绝于耳。

“我保证，弗莱恩，我保证一定会回家的。”

汤姆又坐了很久，坐累了，起身慢慢往家走，心里像揣着一块沉甸甸的石头。回到家时，他发现波普·马瑟坐在前门的台阶上，来回把玩着自己的双手，他的心情更加沉重了。

“有什么事情发生？关于弗莱恩的吗？”

“不是的，不是的，孩子。我来这里是因为亨利，他昨晚惹了点麻烦。我和妻子仔细地考虑了一下，决定把你先接到我家去住一段时间。等到亨利……从那里出来。”

“他惹了什么麻烦？”

“喝多了，遇到了些麻烦，得把他关起来……这样对他有好处。”

汤姆点点头。波普看到汤姆的脸色瞬间轻松起来，又浮现出一点骄傲的表情。波普突然惊奇地感觉到，自己是多么喜欢眼前这个男孩。

“但是关于……”

“关于什么？我什么都没听到过，”波普边说边翘起手指，“什么都没听到，我已经跟亨利说了。”

汤姆点点头。

“好孩子，那么现在，你帮我劝说下你的妈妈，好吗？”

第一次去警局住所的时候，汤姆就喜欢上了那里。他喜欢那里庄严的氛围；喜欢那里的木地板和高高的天花板；喜欢那里用砖头砌成的房屋，因为这样的墙更坚固，更安全，不像自己家那种挡风板做成的房子。汤姆总想着，要是妈妈也睡在里面，该多好。他继续探索着，开着门的房间被他看了个遍，关着门的房间也随手摸了摸房门，格蕾丝的房间关着门。这个家里面一共有十二个房间，没加上洗衣房、后门和走廊。他有点羡慕并向往，心想，这么大的房子，对波普一家来说真是太大了。

警局办公地点和警局住所之间连着一条走廊，在警局门前，汤姆看到一个书架，上面满是书。他把手指放在书架的书上，来回摸索着，找到一本厚厚的字典。他拿下字典，盘腿坐在了地板上，把字典摊在膝盖上，开始看了起来。他开始找“狮子”，字典里的解释是：一种生活在非洲或南亚的大型深灰色猫科动物。他想南亚离澳大利亚有多远？又翻了几页，“迷路”，字典的解释是：丢失了，由于某种原因，不知去哪儿了。他就坐在那儿，呆呆地看了很久字典上的释义，又想起索尼说的那个词，就开始在字典上查。“荡妇”，释义上面写着，是妓女的意思。于是他就开始找“妓女”，上面的解释是：指一些以性交易来赚取钱财或谋生的人，多指女性。看不懂“性交易”和“谋生”，便在字典中又找到了解释，这下终于明白了。把字典合上，汤姆又想起了妈妈，想关于妈妈的所有事情，又想了想他听过的达茜那些事情，经过一番比较，他突然感到无比欣慰。他查了最后一个词，一个今天早晨在码头的时候，一直浮现在脑海中，挥之不去的词。在字典里，对于“幽灵”的解释是这样的：人死后无实体的灵魂，被想象成在世间游荡，或让人们难以忘怀。这就是字典上对幽灵的解释。字典上说的是，“被想象成”，汤姆不禁想，是不是刚才看到的索尼和查理的事，也是自己的想象呢？他低头看了看字典，合上它，放回到书架上。神秘，整个世界都充满了神秘。

汤姆不知道自己晚上该几点睡觉，更让他烦恼的是，格蕾丝整晚都没跟他说一句话。如果格蕾丝不想他住在这里，即使自己确实很喜欢这里，即使波普也非常想让他住在这里，他也会下决心离开这里的。

夜已经很深，汤姆却刚刚睡着，他做起了同样的梦，只不过，在这个梦里，那个人没有脸，从树林中走出来，在后面追他，他一步不停地跑着，甚至觉得，可能要一直这样跑下去。

十六

吉布森小心翼翼地走到车外面，揉了揉脖子。天色尚早，看样子昨晚雨下得不小，顺着锯木厂屋顶流下的雨水滴到地上，形成了许多小水坑。他弯下腰，喝了几口水坑里的雨水后，走到后面的树林里小便去了。吉布森发现林中的小山坡脚下，围着一群小袋鼠，它们在树林里边走边吃身边的草。他离袋鼠很近，近到能清楚地听到它们走路的声音、尾巴拖在地面的声音、吃草的声音。吉布森撒尿溅到一片叶子上，袋鼠们灰色的脑袋几乎是同时抬起，又一起往小山深处跑去，消失在了深处的迷雾中。

开车走了一会儿，已经是上午了，吉布森看到了一个指示牌，通往劳伦斯。这时他突然想起波普曾跟他讲过一些关于亚当·卡尼的故事。他停下车，认真研究了一下方向，很快就找到了养老院，在那里停了下来。

养老院寂静而阴暗，除了不知从哪儿冒出的护士们的聊天声外，再无其他的声音了。吉布森在走廊边站着，房间里面传出来呻吟声和叫喊声，他往周围看了看。这个地方，跟妈妈住的疗养院很相似，顿时一股负罪感油然而生，他心里愧疚极了。他调整心情，往护士服务台走去，好不容易平静了下来。走到服务台前面，他出示自己的警官证，向护士询问了亚当·卡尼在哪里。其中一个年轻点儿的护士自告奋勇带他去见亚当，于是吉布森跟着年轻护士走过一段很长的过道，进了一个厢房，一路上笨拙地回答着护士意味深长的问题。

护士把他送到门口，待护士离开，吉布森把门打开透透气。屋里传来一阵咒骂声，嗓音狂躁而颤抖，像断断续续的鸟叫声。门刚打开的瞬间，迎面袭来一阵老人屋子里的臭味，那是夹杂着粪便和疾病的味道。他赶紧捂住鼻子，往屋里看去，阴暗的房间渐渐明亮了起来。只见房间里有一个空床，另外一张床上躺着瘦骨嶙峋的老人。他走进房间，关上身后的门，朝有人的那张床铺走去。只见那个老人双眼紧闭，好像他已经躺这儿很多年了。他的肤色苍白，皮肤几乎跟纸一样薄，他的生命就勉强包在这纸一样的皮肤里，太阳穴处布满了深蓝色的血管。亚当瘦得皮包骨头，仿佛这就是他仅有的全部生命。两鬓的静脉血管是深青色，胳膊上缠着厚厚的纱布，纱布的一头系在了床头的木板上。

“卡尼先生，亚当·卡尼？”他轻轻地问着，可没有回应。

“亚当·卡尼。”他提高了音量，可那边好像还是没有听到。

吉布森静静地等待了一会儿，生怕老人又要发牢骚。在这个屋子里，吉布森觉得自己就像幽灵一样在椅子上坐着。

“神父……亚当？您能听见我说话吗？”

老人眼皮一动一动地睁开了，眼神像孩子般涣散地看着吉布森。吉布森盯着他，看了一会儿，这情景让他想起了妈妈，好像一个晚上在小床里准备进入梦乡的婴儿，他的全部生活只是在当下，他心中有一堆的希望和许诺，但它就像远在天边的土星一样，跟他一点关系都没有了。

吉布森以前也被要求做过类似的事情，站到床边，像一个并不虔诚的怪异的牧师。作为这个社会的法律代言人，他听到了最后的忏悔，忏悔那些早已远去的罪行，也听到了要求制裁那些犯下罪行的人的呼吁。有时他只需带上一双同情而明辨是非的耳朵，去静静倾听，这就够了。很多人想在自己最后的时光里，在冷酷的审判到来之前，哪怕在自己还有一点尊严的时候，诉说自己的伤痛，从而得到慰藉，可事实却并不能让他们如愿。

亚当·卡尼看起来并不需要这些。他刚刚还眨了眨的眼睛，再一次闭上，好像睡着了。吉布森从窗户旁边拉过来一把满是灰尘的椅子，坐在他的旁边。床榻旁边的不锈钢柜子上除了一个塑料大水罐和一个已经停了的表，什么都没有。吉布森把手放在柜子最上面抽屉的把手上，拉开，只见里面除了一堆袜子和内衣以外，还有一副旧老花镜，一块表面发黄、带有裂痕的旧手表。第二个抽屉里，除了几条宽长裤，就再也没什么了。而拉开第三个的时候，却赫然发现一个木盒子，木盒子上还贴着某个已经破产公司的标志。他把盒子从里面拿出来，放在膝盖上，打开盖子。只见盒子里面是各种各样的纸片，还有一个被拆了的旧相机，相机散落的零件上已经沾满了灰尘和蜘蛛网。零件旁边放着一小摞照片，堆起来有五厘米那么高。吉布森本想拿下照片上的橡胶绳，没想到还没等他伸手，橡胶绳自己就断了。他拿起最上面的那张照片，借着光看去，边看边轻轻地吹起了口哨。那是一种穿着刻板服装、表情呆板的教堂信徒的照片，里面很多张都有达茜·斯蒂尔。达茜站在树旁，站在空地里，站在河岸上。还有一些照片是站在一个古老的木头教堂旁边照的，教堂就像一张包围着达茜的白纸。有些已经看不太清楚了，照片上达茜的脸很苍白，表情跟她的身上不怎么合体的衣服一样，让人感觉到别扭。后面的照片里，有好几张都是她在河里游泳的照片，裙子湿到腰部，还依旧灿烂地笑着。吉布森很快发现，在很多照片中达茜都拿着同一样东西，一个用树叶包裹起来的东西，因为相机照得很不清楚，他没看清楚那到底是什么。

吉布森低下头看了看卡尼，把手放在他肩膀上，先是轻轻地摇了摇，然后又用力摇了几下。眼前的这位老神父肚子咕咕叫了几声，只见他摇摇晃晃地坐了起来，他的两只眼皮又开始跳来跳去，看起来有话要说。吉布森焦急地等待着，甚至有点紧张。

“水……”卡尼最后有点烦躁地说道。

吉布森拿起那个大水罐，到处找水杯。实在是找不到水杯了，便直接把大水罐里的水小心翼翼地倒进了亚当那两片干裂的嘴唇里。卡尼把水咽下去后，脑袋又回到了枕头上，几分钟后，他好不容易睁开眼睛朝天花板看去。

“亚当神父？”

老人的双唇颤抖着，“你在叫我？”他用微弱而颤抖的声音开始说话了，“你是个拥有灵魂的人吗？……或是个肮脏的幽灵……来这儿折磨我？”

“我是人，”吉布森说道，“不是幽灵。”

“不是老天派来，接我离开人世的？”

“不，我不是，我叫吉布森，是个警探，有点事情想问问你。”

“什么事？”

“关于达茜·斯蒂尔的事。这些照片都是你给她拍的？”

老人皱了皱眉，微微点了点头。他又闭上了眼睛，看上去这次不会马上睁开。

“是啊，是达茜，我见过她……从很久以前，从……”他的声音越来越小。

“她眼神……很沉静……我似乎看到了上帝……看到了上帝的脸……上帝的计划……跟伊甸园一样……那时候世界还很年轻。”

“你想……记录这些东西？用相机？”

卡尼什么都没说，他开始喘粗气，好像这个问题困扰到他了。吉布森知道他将不久于人世了，随后他拿出一张模糊的照片。

“那么这些……是些什么？它们是做什么用的？”

卡尼紧张地看着这些照片，看完又躺了回去。

“这本是不可以拍的……那些总是环绕着她的……天使……守护者……时间的吞噬者……上帝本身……我也不清楚。”

“你把其中的一张给了达茜？”

“她来找我……来求证，想知道我教她的那些东西是不是对的。世界上有太多你看不见的东西，这就是我所拥有的。”

“但是，那到底是什么呢？”

老人又开始喘息起来，接着是一阵咳嗽，一阵一阵地咳嗽。接着，吉布森发现老人的嘴角居然闪过一丝微笑。

“你知道吗？”老人又开始诉说，声音低沉得像是在说悄悄话，“在一个清晨，我发现了一个粉红色的箱子……在河边……我就在那里露营，想好好休息一下，就在西边。那天的天气和最近差不多……她的眼睛也是这种颜色，像个天使。我一路带着她去了天使岩……但是她一点都不哭……一点也不。我把她给了费伊，费伊收养了她。费伊是个好人，可以养好达茜的。”

紧接着，老人又是一阵咳嗽，吉布森身子前倾看着他。

“我去叫护士吧。”

“不，不用了，他会自己来这儿的。”

“谁会来这儿？”

“无所不能的主。”

“哦，好吧。”

“那么你呢，孩子，我看得出你有心事，有一些需要坦承的事情。”

“没有，真没有。”

“好吧，我从你的脸上看到的，很清楚。”

“没有吧，”吉布森认真地摇着头，说道，“没有的事。”

老人的眼睛慢慢开始湿润，嘴唇也颤抖着，他抬起手，嘴唇不停地发抖，想必老先知想对这个世界再发表一番言论。吉布森等待着，可老人什么都没说，又把手放回了原先的地方。过往的流年、岁月、阳光、暴风、雨露，所有他说过的文字，都镌刻在了那张苍老的脸上，依稀可见。他时间不多了。吉布森内心一震，突然很想逃出这里，他担心随时都会有幽灵来向他索命。

经过护士站的时候，他和从里面走出来的护士擦肩而过。

“这究竟是怎么回事？”护士问道。

“什么究竟是怎么回事？”

“我不是在开玩笑，怎么突然间大家都来找卡尼先生？你是第二个找过他的人了。”

“第二个？那么第一个是什么时候？”

“大约一个月以前吧。”

“是个男人？”

“是的。”

“长什么样，你还记得吗？”

“啊，穿的衣服破破烂烂的，我都不想让他进来，但是他告诉我，卡尼先生拯救过他的灵魂，我这才让他进来。”

吉布森把手伸进口袋，拿出那张比利和达茜的合影。

“是这个人吗？他来过这里？”

护士盯着照片看了很久，摇了摇头。

“不是。”她说道，“比这个人老很多。”

吉布森开车回天使岩的时候，一路都在想，到底是谁先他一步去看了亚当·卡尼？或许是史密斯，或许是贺拉斯·弗勒德，也说不定两个人都不是。他一遍遍回味着卡尼说的话，一遍遍翻看散落在车座上的照片。他相信卡尼讲的达茜的身世，但有的照片确实太怪异了，怎么解释都说不通。确实，照片说明了一部分问题，但还有一些他说不清的东西。他努力地回想波普跟他讲过的关于贺拉斯·弗勒德在女儿溺亡后搬去的小镇的名字，他边想这些，边拿出笔记本，把本子放在方向盘上，用笔把问题记了下来，写这个的时候，他的手轻微地抖动着。

到了天使岩，吉布森就把车停在了主街上，朝警局走去。看见波普正准备关门往外走。

“你怎么像刚从一场森林大火里跑出来似的，看上去糟透了。”

“谢谢关心。”吉布森说道。

“你找到他了吗？”

“是啊，找到了。”

“真的吗？这么顺利？有没有问他关于走丢的男孩的事情？”

“是啊，问了，他说没见过。”

波普叹了口气，点着头：“那么达茜呢？他说过达茜的事吗？有线索了吗？”

“啊，没有，但是他……听到达茜的死讯后很震惊，可怜的家伙。”

波普点点头。

“不管怎样，事情已经发生了。怎么样了……葬礼进行得怎么样了？”

“还好吧，本以为你会在的。”

吉布森什么都没说。波普把钥匙放回了口袋，清了清嗓子。

“听我说，吉布森，要是你还想在这儿……”

“别担心，我会找别的地方的。”

“让我把话说完，只是因为格蕾丝需要安定下来，回到她从前习惯的生活中去，如果她老是看到你……”

“我明白了。”

“好，谢谢了，吉布森，我很感激你。我知道一个你可以去的地方，要是你感兴趣的话。”

“说说看。”

“教堂后面的女修道院有空房间，那儿有厨房，有你需要的一切东西，去那儿看看吧。我会跟神父塔奇说的，要是你觉得可以的话。今晚过来一起吃个饭吧，怎么样？”

“很好，这听起来很不错啊。”

“嗯，那就这么定了。”

波普指了指路，吉布森突然冒出了一个问题，“听我说，”他说道，“你知道一个叫史密斯的人吗？”

波普突然停了下来，转过身。

“知道一些他的事情。”

“这个人跟贺拉斯·弗勒德有关。”

“是的，我认识他，贺拉斯走的时候，他也跟着走了。为什么突然问起他？”

“我跟亨利聊起他了，好像因为安妮的事，他惩罚过比利和亨利。我提到他名字的时候，他说你也认识史密斯。”

“吉布森，你到底在说什么？”

吉布森深呼一口气。

“我觉得他回来过，是他抓走了那个小男孩。”

“你说他怎样了？”

“我说，是他发现了两个小孩，并且避开了搜救的人，随后又放走了那个大一些的男孩，因为汤姆不是亨利亲生的。”

波普往周围看了看，感觉自己在做梦一样。

“那个男孩已经死了，吉布森，”他说道，声音低沉而有力，“你没跟他爸爸说过这些胡话，对吗？”

“那么告诉我，如果他已经死了，为什么没有找到他的尸体。”

“谁说一定会有尸体？山谷里到处都是矿井，就算没有掉到井里，那些狐狸、野狗也会叼走的。要是掉进了河里，很可能就会顺着水被冲到海里。这就是我们没有找到他的原因。”

“但是……”

“你说他来过，我们一百多人都找不到的孩子，他一个人就找到了？只是为了报复亨利？这是我这么多年来听到的最荒唐的胡话。他为什么不能像个男人一样，当面找亨利理论呢？”

“因为他想让亨利尝尝失去最爱的人的滋味。”

“亨利以前伤害过他吗？”

“我告诉过你，因为安妮的死，史密斯才报复亨利的。难道你不知道史密斯曾无数次地对安妮说，她以后会嫁给他吗？”

波普没有回答，但是吉布森知道，他回答不出来。

“吉布森，你听我说，”波普说着，往前靠近了点，“要是我周围有这种人，难道我自己能不知道？要是他这么做了，难道会没有人看到？会没有人来向我报告？”

“未必。”

“未必？这简直荒谬至极！吉布森，我告诉你，你这么做就是在浪费时间。”

“我不认为这是在浪费时间。如果我是对的，事情是我说的那样，这也就意味着，有另外的理由可以相信，这个孩子还有生还的希望。”

波普疲倦地点点头：“那么你有什么证据呢？吉布森，有证据才有说服力。”

“达茜写了一些日记。她说有人在树林后面窥视。她说的是史密斯，我能感觉到。”

“日记？你怎么从没跟我说起过？日记在哪里？”

吉布森从口袋里掏出日记，递给了波普，并指出具体的位置。

“她还说什么了？”波普读完后问道。

“没什么了。”

“这不能说明什么的，吉布森，你也知道，这说明不了什么。唯一的魔鬼不在这儿，而在你的脑袋里。”

“那好吧。”

吉布森突然想起手上还有从亚当·卡尼抽屉里拿到的照片，于是他转身回到车里去找。在那些照片里，亚当·卡尼还很年轻，有一群追随者。吉布森挑了张最清晰、最好的照片，拿给波普看。

“看这张照片，警官，你只要告诉我哪位是史密斯就好了，我就想知道这个，要是他在照片里，麻烦帮我指出来。”

波普从兜里掏出一副眼镜戴上了，找起来很费劲，他用了好长时间，才找出那个叫史密斯的人。

“这就是史密斯，”他说道，“就是这个。”

吉布森看了看，点了点头。

“谢谢，”他说道，“非常感谢。”

波普非常严肃地看着吉布森，警告他不要到处乱说，接着走回了车里。吉布森目送他离开，就去了咖啡店，点了些吃的，他快饿坏了。经过路边的店铺时，他发现至少有三家店铺的玻璃被打碎了。他很好奇，于是在鲜肉店门前停了下来，把头探进店里，店里鲜血和木屑混合而成的奇怪味道扑鼻而来。

“伙计，谁打碎了你的玻璃？”

“啊，是亨利·甘恩，他喝醉了，不用太担心，那人需要发泄，警官已经把他抓走了。”

“啊，好的。”

“想要买点什么？”

“啊，是啊，牛排看着不错，来一块。”

肉贩拿起一块排骨，称了一下，包了起来，吉布森付了钱就离开了。

吉布森沿着大街继续往前走，在咖啡店买了一块三明治，朝着波普指的修道院走去。没过多久，就找到了教堂与河流之间的那座修道院。他试着推了推正屋的屋门，门没有锁。走到里面，他四下看了看，发现了一间小礼拜堂、一间图书馆，还有各种各样的办公室。正屋两边的厢房，要么是厨房和餐厅，要么是修女们睡觉的地方，而洗衣房、浴室和主屋不在一起，修在了主屋的后面，由一条石子铺成的小路连接着。院子的侧面是一条河，在中间有一个花岗岩的水槽，里面装满了水，还有一个浮球，一些浮阀装置，让水槽的水不会溢出来。能看出来，草坪曾经被修剪得很整齐，可现在已经乱得不成样子，长满了大蓟和藿香蓟。洗衣房的后面是块三角形的地，以前一定是花园，外面围着一圈桃树和柑橘树，里面却长着齐腰高的杂草，还有南瓜和佛手瓜茂盛的藤蔓。他走到花园尽头的那个防波堤上，准备坐下来吃三明治，不过他先点上了一支烟。面前的这条河流看上去还比较宽，像一湾湖水。一个生锈的梯子被绑在了岸边的地桩上。他实在想象不出，修女们是怎么爬下梯子去游泳的，想破脑袋也想不出是什么样子。

吉布森回到厨房打开电冰箱，把牛排放在了里面，发现抽屉里有一罐茶包，还有沾满灰尘的水壶，便烧开了水，给自己泡了杯茶。他走到修道院中间的大楼梯上，坐在女修道院长的桌子旁边喝了起来。房间里温暖、明亮、寂静。过了一会儿，喝进去的热茶变成一股暖流，贯通全身，阳光下的灰尘，也活跃起来，跳起了轻柔的华尔兹。从窗外望去，能看见一排排小镇的屋顶，远处的岩石在灌木丛中高高地耸立着，杰克山就在这块大岩石的后面，山谷的西面全是陡峭的悬崖。面前有一个通往屋顶书架的楼梯，可惜书架上的书都已经被拿走了，所有的知识都被连根拔掉了，所有的神秘都烟消云散了，所有的过去，所有的解释，都已经远去。

吉布森把照片都拿了出来，又看了看波普指出的那个男人。只见那个人长得又高又黑，穿着一身黑色的西装，但是除此之外就没什么引人注意的地方了。或许自己还没完全从昨晚的梦中清醒过来。看着照片，他突然想起了自己的父亲。就是照片中的这个人，莫名其妙地勾起了自己对父亲的回忆。父亲是个只顾自己、从不考虑别人感受的人。照片上男人的那种眼神，几乎不看镜头，这使得他和照片中的其他人产生了莫名的距离感。这种眼神不太像自己的父亲，因为父亲总是热衷于他做的事，热爱聚会，喜欢成为众人关注的焦点。

吉布森把照片放下，揉了揉眼睛，把手放在桌子上。桌面很光滑，边缘的皮革也完好无损。打开桌子上的第一个抽屉，是空的。另一个抽屉里面有一些纸片、破铅笔，抽屉里沾满了墨水渍，在抽屉的最里面，他发现了一个笨重的黑色电话。吉布森往身后看了看，找到了后面的壁脚板，上面正好有插座，于是他把电话线插了进去。电话放在了桌子的前面，吉布森静静地看了一会儿，好像只这一会儿，电话就会响起来。电话并没有响，他拿起话筒，好像电话对面也会有人这么做，要么是个修女，没准还是上帝亲自打过来的。可他听到的声音，和很久以前妈妈在海滩上让他听的贝壳里的声音一样。他挂断了听筒，把电线从插座里拔了出来。

下午，吉布森把放在警局的东西都搬到了这里，自己住进了修道院的一间屋子里。天还没完全黑，他又走了出去，坐在上午看到的那个防波堤上。树林里刮来一阵微风，树叶沙沙作响，听着感觉像是厢房变成了一个剧院，演员正在穿着戏服窃窃私语。他点上一支烟，走到厨房里，把锅放在煤气灶上，蓝色的火焰不久就把锅烧热了。他从冰箱里拿出白天从肉贩那儿买的牛排，化一下冰，等到锅足够热的时候，他就把牛排扔进了热锅里，厨房里弥漫着牛排的香味，他都要流口水了。等着牛排做熟的时候，吉布森坐在桌子旁边，从新南威尔士州地图上寻找莱特山的位置。

十七

晚上，汤姆又被同样的梦惊醒，只是这次没有之前那么害怕了。他四周看了下，时间还很早，房间里一片漆黑，十分安静。借着清晨从窗户里透进的微弱的银白色光束，汤姆可以依稀看到家具的轮廓：床头、衣柜、梳妆台。他想接着睡一会儿，可是怎么也睡不着，只能一下下地眨着眼睛。大厅另一头的卧室里，传来了一阵短促的呜咽声，于是他便从床上跳下来，跑到格蕾丝的卧室去看个究竟。

格蕾丝笔直地坐在床上，满脸泪花。

“什么事？发生了什么？”

“外面……有个……人。”她含含糊糊地说。

“在哪儿？”

“就在外面！无花果树的下面！”

汤姆走到窗边，向外望去。

“那里什么都没有，”他转过来看着格蕾丝，认真地说，“你一定又是做噩梦了。”

“不是的，他真的站在那里！什么也没穿，闭着眼睛站在那里。”

汤姆不知道该说什么好了。他想起格蕾丝在马戏团的时候，那么勇敢而活泼，背着手，等待着鞭子打过来的样子，那么英姿飒爽，他不愿看到格蕾丝被吓坏的样子。

“要不……我把你带到你爸爸妈妈那里去？”

“不要，”她把头靠在床头，眨着眼睛小声说，“不要，也许你说得对，是一场噩梦。”

他们互相对视了一下，然后汤姆转过身来，径直朝门口走去。

“你去哪里？”格蕾丝哭着问。

“去外面看看。”

“不可以！别去。”她还没说完，汤姆已经在外面了。汤姆听到格蕾丝在后面跟着他，从大厅走进了厨房，又走出了后门，不久，两个人就一起光着脚站在了屋外的湿草地上。这里是一片原始的草地，带着晶莹露珠的草一直伸到无花果树的树干上。

“那里什么都没有。”汤姆一边摇头一边说道。

“那里有个人，”格蕾丝小声说，“你难道感觉不到……有东西在吗？”

两个人静静地站在那里，也许是因为汤姆相信了格蕾丝的话，也许那里确实是有些神秘的东西，只是一会儿的工夫，汤姆感觉到有一双眼睛，在目不转睛地盯着他，仿佛是在小镇后面的山坡上，那里种着很多这样的无花果树，而黑暗似乎是无法穿越的。谁也无法知晓那里会有什么，汤姆此时感到了后背冒着一股凉气，头发也都竖了起来。也许真的有人站在外面，只是不在无花果树下罢了。

“我要回去了。”格蕾丝在汤姆身边，牙齿不断地打战。汤姆又看了一眼无花果树，跟着格蕾丝回到了屋子里。回到自己的卧室不久，汤姆沿着大厅去了格蕾丝的卧室，房门没锁，汤姆探头进去四处张望。格蕾丝已经回到了床上，盖在身上的被子拉到下巴，她咬着嘴唇，望着门外，仿佛在等着汤姆的出现。汤姆站了一会儿，径直走到窗户边，拉下百叶窗后，就来到了床脚，手扶在床边的柱子上。

“波普说，有时候梦中见到的东西就跟真的一样。”他轻声说道，“但是他们……他们伤害不了你。”

“这不是梦，”格蕾丝喃喃地说，“我以前见过那个人，他并没有死。”

“什么时候见到的？”

“我们出去找你和弗莱恩的时候。”

汤姆皱了下眉头，而当格蕾丝不再说话的时候，他起身想要离开房间。

“汤姆？”

“什么事？”

“波普如果问你，是否想跟我们一起去钓鱼，如果你不想去，你不需要答应他，我会帮你说服他的。”

“去哪里钓鱼？在……灌木丛里？”

“是的，一直往西走。”

“知道了。”

“你可以不去的。”

汤姆点了点头，就离开了卧室。

“汤姆？”格蕾丝又叫了他一次。

“什么事？”

“请关门。”

“噢，非常抱歉。”

几个小时之后，太阳已经高高地升起，汤姆看到格蕾丝蓬着头发站在大厅里。清晨的阳光透过窗户洒在格蕾丝身边，而当格蕾丝转身朝他走来的时候，透过薄薄的睡衣，汤姆看到了她两颗深色的圆圆的乳头。他们擦身而过，格蕾丝匆匆地走向了浴室，而汤姆也意识到他的举动被格蕾丝察觉，不由得脸颊红得发热。汤姆只好走到厨房的桌子旁边，强装着微笑，朝马瑟夫人打了个招呼。

“我想带孩子们出去走走，”波普站在烤面包机旁边说，“钓几条鱼，顺便出去透透气，你觉得怎么样？”

格蕾丝低着头，专心地吃面包，没有要回应波普的意思。她自从进了屋，甚至没有去看下汤姆是否在屋子里。汤姆几乎要说出拒绝波普的话，如果这时候格蕾丝给他一个眼神，他会立刻拒绝波普，可是汤姆等了一会儿，也没有发现格蕾丝的面部表情以及眉宇之间传递出任何信号。

终于，汤姆结结巴巴地说：“我……我想去。”

“真是个好孩子，格蕾丝去不去呢？”

“我不是孩子了，我已经经历过了血腥的成人礼。”汤姆说。

“噢，真的抱歉。那我们这位可爱的少女，是否愿意跟我们同行呢？”

格蕾丝又瞥了一眼汤姆，汤姆低着头，脸朝着盘子上的那一块黄油点心。

“那好吧，就这么定了。”

“真乖，那我们下午就出发。”波普把盘子拿到水槽里，却坚定地看着格蕾丝，说：“噢，可爱的少女，我想你要暗示的已经够多了。”

“对不起。”格蕾丝轻轻地说。

波普微笑着看着汤姆，转身离开了。

汤姆匆匆瞥了一眼格蕾丝，发现她根本就没生气。但也看不出她究竟是怎么想的，她的脸颊微微发红，一直面无表情地盯着波普丢在桌子上的报纸。

“对不起，刚才……刚才的事。”他说道。

格蕾丝微微耸了耸肩，拿起吐司咬了一口，咬出了一个半圆，漫不经心地咀嚼起来。汤姆松了口气。他看到格蕾丝的双颊好像比之前更红些了，但自己也不能确定。两个人就这样尴尬地坐着，谁都没再说话。

马瑟夫人给汤姆的妈妈喂完饭，走了回来，格蕾丝也吃完了吐司，用手擦了擦嘴上的碎屑，准备站起来离开。还没等她站起来，马瑟夫人恰好又离开了房间，汤姆再次打破了沉默。

“昨天，我看到有人去了修道院。”

格蕾丝惊讶地抬头看着他。

“我知道的。”她说道。

“啊，你知道他是谁吗？”

“是啊，是吉布森先生，他是个警察。”

“他来这儿干吗？”

“他……他是为达茜的事情来的。”

“真的啊？”

格蕾丝舔了舔手指上残留的一点果酱，站了起来。

“是真的。”

“你觉得他会不会帮着找找弗莱恩呢？”

格蕾丝僵住了，看着汤姆：“你认为他仍然……活着吧，是吗？”

“我也不知道，或许吧，我得去修道院问问那个人是怎么想的。”

“最好别去。”

“为什么？”

问完这个为什么，他们的目光跨过饭桌，碰到了一起。格蕾丝盯着他看了好久。

“还是我来问他吧，”最后她说，“我去找他，帮你问问。”

汤姆帮马瑟夫人忙了一上午，累了就坐在妈妈的床边，在她醒着的时候跟她聊天，在她睡着的时候照看着她。马瑟夫人在房间里进进出出，有时她也会因某事大声笑着，汤姆的妈妈也会露出一丝苦笑。阳光很快就照进了开着的窗户，汤姆微微闭上眼睛，眼睑变成了微红色。每当妈妈评论一些事情的时候，总是要往外面看看，好像她第一次见这些东西。

格蕾丝答应汤姆，去找了吉布森，回来后，她告诉汤姆说，她没有找到，吉布森的车也不在那里。吃完午饭，汤姆帮着格蕾丝和波普往旅行轿车上装钓竿和食物，不久三个人就出发了。往山谷里开了大约有一个小时，波普把车停在路边，三人下车徒步前进，又走了一个小时，穿过了一排桉树，走进了有一条河流的绿色山谷。河流窄而深，一直蜿蜒到山谷深处。波普停了下来，在树林边缘转过身，扔掉手上的行囊。

"你不是说，我已经忘记来这里的路了吗？"波普大声朝格蕾丝喊着，格蕾丝早就跑到前面去了。她笑了笑，从自己包里拿出一个平底锅，放进河里，装满河水，小狗哈姆就跟在后面跑来跑去。汤姆朝周围看了看。天空很是明净，土地很是沉寂，树上有只古怪的乌鸦，阵阵微风吹过，头顶的树叶沙沙作响。

"我以前来过这儿。"汤姆说道。

"你来过？"

"是啊，亨利带我们来过一次，那时弗莱恩还很小。"

波普点点头，拍了拍他的肩膀。

格蕾丝踉踉跄跄地端着一锅水从岸边走来，汤姆帮着波普找了好多树枝来生火。波普划了一根火柴，放在那一小堆金字塔形状的树枝上，格蕾丝把锅放在火堆的中央。他们三个人就坐在了树荫底下，等着水烧开。水烧开后，波普拿出妻子做的水果蛋糕，每人分了一点，泡好茶，喝了一杯。

他们把钓竿准备好之后，就开始沿着河流往上游走，走到了河流发源处的那个池塘。整个下午都在钓鱼，但是一无所获。天色渐渐晚了，他们步履蹒跚地走向帐篷，坐了下来，静静地看着日落。波普重新生了火，格蕾丝又往锅里装满了水，在等水烧开的时候，格蕾丝竟然睡着了。当她醒来的时候，看到波普和汤姆已经泡好了茶，并且都快喝完了，他们正准备去装另一锅水。茶的香味和烟雾环绕着她，火焰像是一只红色卷毛的小猫。吃过晚饭后，太阳已经完全下山了，他们各自躺进自己的睡袋里，静静地倾听着夜晚的声音。过了一会儿，波普把手从睡袋里伸出来，往汤姆旁边靠了靠。

“我很抱歉，孩子，”他轻声说道，“我觉得你来这儿，对你来说也许是一件很难过的事情。”

“没事的，真的。”

“真的吗？”

“嗯。”

“真棒。”

汤姆安静地等着。波普看起来有话要说，只是没想好从哪儿说起。

“你知道吗，”他终于开口了，“那天，我跟亨利好好谈了谈。他很后悔自己做过的事，他喝醉的事。他本性不坏，汤姆，就是心里太难过了。”

汤姆点点头。

“你得理解这个，小弗莱恩对他来说，意味着什么，对你妈妈来说也是一样的。就是小弗莱恩……才让他们在一起。而我和马瑟夫人有时也会吵吵闹闹，但是我们都深深地爱着格蕾丝，要是格蕾丝发生了什么意外，我觉得我们的状况，也不会比你妈妈和亨利好到哪里去。”

汤姆看了看熟睡中的格蕾丝，点点头。

“可他也是我的弟弟啊。”

“是的，我明白，我明白。你想，要是有一天，你的妈妈……她起来了，她会支持你的，当然直到……我还告诉亨利，他还拥有你这么一个好孩子，要他多照顾你。”

“你真这么说了？”

“是啊。”

汤姆看着自己的手指，过了好久，才接着说下去：“我认为亨利不……我认为他不……我认为他根本就没想当我的爸爸。”

“汤姆，我不这么想，”波普严肃地说道，“但是，要是他真这么想……那么一定是傻了。”

波普躺回到自己的睡袋里，闭上双眼。

“晚安，汤姆。”他说道，“我得睡了。明天再接着跟你说……等我们抓到一些大个的鱼以后……好吗？”

“好。那么晚安。”

“晚安。”

这是一个无风的夜晚，夜空里挂着一轮满月，汤姆盯着月亮看了好一会儿，慢慢睡着了，这一夜，他没有做噩梦。

十八

天还没亮，被河水环绕的天使岩还沉浸在睡梦中，吉布森出发了。微微亮起的日光赋予了小镇一种朦胧未知的美。他望了望前方那块岩石，想起了波普曾经说过的话：只要看到阳光照射在岩石上的样子，你就会明白人们给小镇取这个名字的原因。岩石后面有帆状的东西，这可能被人们误以为是翅膀，而下面的一块岩石很像一个天使的头。此时阳光强烈了起来，眼前这一幕开始发生某种微妙的变化。他现在能看到一张脸了，但是要说这张脸是天使般的脸庞，那未免太牵强了，最多就是天使头部的大体轮廓，或许天使把头埋在胳膊里，脸被遮起来了吧。他突然想起了什么，那是以前看过的东西，很久之前的事情了，他已经记不起那东西具体是什么，或在哪里见过。他驾车悄悄地驶出小镇，阳光更加强烈了，刚才的那种想法也瞬间消失了，那块岩石也变回了原来的样子。

吉布森度过了一个平静的早晨，可是当那辆霍顿车驶进山中的时候，发动机却突然变得很热。他只好停停走走，让发动机慢慢冷却下来。在他每次停下车的时候，他都要去附近的山沟，如此反复好几次，终于找到了一条小溪，岸边上长满了杂草，岩石上也长满了苔藓。他把瓶子里装满水，大口喝了起来，就这样坐在岸边看着清冽的泉水，看着河床上的绿色水草。他把手放在凉凉的河水里，心想天使岩以及整个世界，真的都不尽相同，好像只有打破表面的假象，揭开黑暗中的本质，才能发现藏在里面的秘密、肮脏和冷血。他突然想起了墓地的那场梦，梦里的那个地方，那个吉布森，是不是真正存在着，就在某个地方。他往周围看了看，什么都没发现，只有树和天空，如此寂静，如此空灵。当然，也不完全是。于是他甩了甩手上的水珠，往斜坡上走去。

走出山里，吉布森就把车停在了路边，发动机也不那么热了。

整个下午，吉布森都开着车飞奔在路上，下午五点钟才停下来，走到路边休息了一会儿。在他的印象里，好像已经有一个多小时没看见别的车了。四周一片寂静，只能听到自己的小便落在地上的声音，还有熄了火的发动机发出的声音。前面是一座长满桉树的小山丘，山周围环绕着一圈圈轻烟，像是有未烧尽的树木。经过小山上的树林时，吉布森发现树林下面长满了灰黄色的灌木，把剩下的灰烬变成了土的颜色。车开到另一座小山的顶峰时，他看到山下有个小镇。小镇上遍地是桃树、橄榄树，地上铺满了赭石，深蓝色的天空像一个斗篷一样，披在了小镇的头顶上。

吉布森把车开进去，小镇只有两条平坦的路。他把车停在了一个公园后，就躺在车后座上睡了起来，他实在是太累了。

吉布森梦见达茜走在自己的前面，她先是走到树后面，后来又穿过天使岩荒凉的街道。吉布森一直在后面跟着她，总是差那么一点，却怎么也赶不上。他从来没有这种离达茜如此之近的感觉，这种感觉不断冲击着他，他几乎无法呼吸，却又觉得这一切都是值得的，即使窒息也在所不惜。

吉布森醒来的时候，嘴角还是微微笑着，心想自己怎么会如此准确地想象出一个自己从没见过的人的样子。透过车窗，他看到了满天繁星，在黑色的夜空中既明亮又清晰。他本以为看到这番情景会感到更加孤独，但他却没有这种感觉。他又闭上了眼睛，希望接着做刚才的梦。

一觉醒来，吉布森就看见一个瘦得皮包骨的土著小男孩正在敲他的车窗。他双眼蒙眬，还没完全清醒，就从口袋里掏出一张纸币，通过窗户上面的口递了出去。男孩拿了钱就走了，一边笑着，一边喊他的伙伴。十分钟之后，吉布森从车里走了出来，在公园的公共厕所洗漱间里简单冲洗了一下，接着走进了一家酒店，点了鸡蛋、排骨和培根，一边听着酒店老板的抱怨，一边吃着早餐，就像个旅行忏悔者。待他吃完东西回到车旁边的时候，又发现了刚刚那个小男孩，还有站在不远处的他的两个小伙伴。

"伙计，你的轮胎瘪了，"小男孩指着车轮胎说道，"我只是想告诉你一下。"他伸出手，咧嘴大笑起来。

吉布森微微笑了笑："不是你们搞的鬼吧？"

"不是我，伙计。"

"你敢发誓吗？"

"我发誓，要是有半句谎言，天打雷劈。"男孩往手里吐了口口水，伸出手来和吉布森握手。

"那么好吧，"吉布森说道，"我相信你。"他从钱包里拿出另一张纸币，递给了他，"好了，记住不要一次花完。"

三个男孩看着吉布森把轮胎换上，又向他挥手告别，望着他把车开走。走了几个小时，吉布森来到了另外一个小镇，小镇在一条棕色河流的岸边。吉布森把车开到主街上时，看到一支送葬队从教堂里走出来，看上去镇里大多数人都出来送葬了。吉布森在一个饭店旁停下来，想等送葬队走过去之后再前行。

一个老醉汉走了过来，倚在饭店外廊的柱子上，一直等着吉布森朝他这边看过来。吉布森还真没见过太多能醉成这样的人。老醉汉顺着台阶走下来，停在了车窗旁。

"就是个葬礼，"他说道，"不会很久的。"

"是啊，"吉布森叹息着说道，"我被他们挡住了。"

“你被挡住了？”

“是啊。”

“哎呀，那可糟糕啊！”

“没事，莱特山离这儿多远？”

“莱特山？”

“是啊。”

“哦，离这儿不远了，小伙子，”那个人边说边眨了眨眼睛，“过来喝上一杯吧，这对你有好处，我有点兴奋。”

吉布森看了看那边的送葬队伍，问老人：“谁死了？”

“一个老傻瓜……叫斯普拉特……说实话，我还以为他早死了呢！”

老人皱了皱眉，继续喋喋不休地开着玩笑，跌跌撞撞地沿着台阶往酒吧间里走去。吉布森摇了摇头，开始有点羡慕起老人无忧无虑的生活。

送葬队终于走出了大街，上了一座桥，朝着河对岸走去。吉布森跟在他们后面，看着送葬队拐进了一条小巷子，小巷的另一边是一片墓地。他想象着以前亡故的灵魂，飘浮在空中，等待着复活，双眼在长眠后重新睁开，好像时间根本就没有流逝。想到这里，他踩下油门，绝尘而去。

刚走出小镇几英里，吉布森经过了一个路标，他偶然从后视镜里看了一眼，见上面赫然写着：莱特山，并指示在相反的方向，吉布森发现自己走错了方向，无奈地摇了摇头，调转车头又回到小镇，停在刚才那个饭店的旁边。老醉汉看到他的时候，笑得合不拢嘴。

“我都告诉你了啊，离这儿不远！”他幸灾乐祸地说道。

“乡巴佬，”吉布森嘟哝着，从车上走下来，朝他走去，说：“我找一个叫史密……叫贺拉斯·弗勒德的人，”

“贺拉斯·弗勒德？”老醉汉转过身朝酒吧间里喊着，“嘿！你们谁知道贺拉斯·弗勒德？”

灰暗的酒吧间里，有人回应了他。

“有这么个人啊，不过是很久之前的事了。”

“我听说他住在蓝宝石镇，跟我们小镇挨着。”

“就是那个牧师。”

那个老醉汉一句句地转述酒吧里的人说的话，好像吉布森是个有听觉障碍的人。

“不在这儿住了吗？”

“不在这里住了吗？”老醉汉又朝着酒吧里喊去。

“不住这里了，好几年前就搬走了。”酒吧间里有声音回应着。

“不在了，伙计，酒吧里的人说好几年前就不在这里住了。”

“他老婆和女儿都死了。”里面有人说道。

“老婆和……”

“是的，我听见了，给你。”吉布森递给那个人一张十元的纸币，“拿去喝酒吧。”

老醉汉拿了钱，放在太阳底下照了照。

“哇，好极了！”他说着，好像是故意这么说的，“你真善良，伙计！”

吉布森开车去往墓地，放眼望去，小镇上全是石头天使和塑料花，过了好一会儿才看到墓地。他低头盯着墓地看了一会儿，又抬头望着墓地的栅栏，还有栅栏对面的空地。他周围没有人，没有人跪在墓前拿着装饰花虚情假意地哭丧。老人葬礼上的哀悼者都紧紧地围着那个尚未填土的墓，老人的儿子、孙子、重孙子都站在旁边看着。会有那么一两个人偶尔看向吉布森，但是他们有更重要的事情去做，很快就没人关注吉布森在干什么了。这时，吉布森也把注意力转回到了墓地上。

在一块墓地上，葬的是一对母女。妈妈比女儿早去世好长时间。女儿的墓碑上写着：溺亡，安妮·弗勒德。这些字被刻进了石头里。把“溺亡”这两个字刻在名字旁边，意味着她从此和溺亡脱不了干系。溺亡改变了所有的事情，而在女儿短暂的生命中，一切都仿佛随之溺亡了。

吉布森回过神来，发现送葬队已经离开了。他们所到之处，卷起了一阵阵尘土，尘土又随着他们的离开落了回去。他用手擦了擦眉间的汗水，把汗水甩进了泥土里，转身离开了弗勒德家的墓地，心里希望他们在另一个世界里，可以得到更多的仁慈和爱。

小镇外面的乡村，几乎清一色地种着围篱树，除了这些树，土地是一片荒芜。对于吉布森来说，这是他第一次在陌生的地方走了这么远。路远处的海市蜃楼，好像和土地融为一体了，这是烟雾和镜子变出来的戏法。乌鸦盘旋在路中间的腐尸上，时不时把坚硬的喙伸进腐臭的肉里，在吉布森快要靠近它们的时候也不肯飞走。乌鸦一定在想，这个人会停下车把这堆腐烂的尸肉据为己有。又往前开了大约十几分钟，吉布森看到了一个破路标，路标上写着：蓝宝石。于是他调转车头停了下来，站在高处，看着下面的小镇，景色尽收眼底。蓝色的天空一直伸展到远方，西南方向延绵着一条狭长的平地，但是上面却荒无人烟，只有飘着沙尘的缕缕微风，在拂过土地之后就不见了踪影。这里没有能让人一眼就看出来的村庄，看到的只有茫茫的荒野，没有一点诱惑力。找不到裸体美人，找不到珠光宝气的宫殿，找不到满是香氛的喷泉，更找不到可以瞬间发财的宝藏。于是吉布森回到车上，在荒无人烟的路上又开了一个小时，那个叫蓝宝石的小镇终于出现在了眼前，他看到不远处有一些弯弯曲曲的建筑物，可又走了快十五分钟，才到那里。前面的路到了尽头，在小路尽头二十米左右的地方，散落着十几个铁皮棚屋。吉布森停下车，疲惫而焦急地往周围看了看。房屋周围的土地经阳光照射显得格外坚硬和明亮，零零散散地长着一些带刺的荆棘。地上散落着星星点点的小黄花，花茎随风而动。吉布森从车上走下来，把手放在脑袋后面，伸了个懒腰，走到最近的那座房子敲了敲门，可是没有人回应，接下来敲的几个房门也都没有回应，小镇已经空了，死一般的寂静。他不知道应该怎样形容此时的心情，应该是如释重负，还是失望透顶？

他又近距离地检查了每个棚屋，里面除了灰尘就是蜘蛛网。有一些棚屋可以很明显地看出最近有人住过，他仔细地检查了屋主留下的物品，看不出这些东西是属于弗勒德还是史密斯的。吉布森走到西边最后一个棚屋里，这座棚屋和其他的棚屋还是有些距离。门是锁着的，窗户上还拉着窗帘，一些老旧的工具倚在后墙上，除此之外，别无其他。他用一把旧铁锹铲开了后门上的锁，跪在走廊上，看到屋里的地板上落了一层厚厚的灰尘，通过里面灰尘的厚度，吉布森推断，至少有几个月，甚至几年都没有人进来过这里。他走到屋里，拉开窗帘，让光照进来。屋子里只有一间房、一个壁炉、一张桌子，橱柜在屋子的一边，而床在屋子的另一边。放壁炉的壁炉架上有两根生锈的铁钉，壁炉架是用铁轨的枕木改造的，粗糙的木头上面放着一个烟斗、一个烟丝缸和一盒火柴，烟丝缸是空的。吉布森拿起烟斗，烟斗很平滑，摸上去凉凉的。他隐约有点失望，又仿佛在期待着或许还能从房子里面找到其他一些有价值的东西。

烟斗是他在这间屋里找到的唯一可以证明某种罪行或行为的证据，也正是这个烟斗让他觉得这个屋子没那么死气沉沉。他走到橱柜旁边，打开橱柜。里面的锅碗瓢盆不是破旧的罐子、变形的木头，就是破成碎片的餐具，一看就是几十年前的。在食品储藏室里，他看到了好几个已经快空了的罐子，有面罐、茶罐、糖罐和盐罐。他往床边走去，床上面铺着灰色的军用毯子，床旁边放着一个小桌子，桌子上满是灰尘，桌子上的罐头盖里还有一截没烧完的蜡烛。他坐在床上，把手伸到枕头底下摸索着，但是什么都没找到。他打开桌子上的抽屉，发现里面有一本用皮带绑住的《圣经》和一个格子花纹的饼干盒，盒子上的格子花纹都快被磨掉了。他打开《圣经》，扉页上用深色的墨水写着主人的名字：史密斯。

吉布森长长地嘘了一口气，一页一页地翻着又薄又有点脏的书页，他的手有点颤抖。他发现有一页的文字里有下划线，随后的很多页里都有下划线，书里很多章节都有潦草的注解、感叹号和问号。谚语下面画着波浪线，像《约伯记》《耶利米哀歌》。这么看来，史密斯是个很整齐的人。

吉布森把《圣经》放下，打开饼干盒的盖子，里面有一捆两英寸厚的纸，一条棕色的带子绑在上面，他能看到这些纸上都写着密密麻麻的字。他解开绳子，从第一页开始读，接着是第二页，读起来像是一些论文，读到中间的时候才进入一个论点，但他还是没有搞明白主题是什么。文中还有大量的脚注和旁注，数不清的叉号，反复地引用其他的作品，还有很多冗长的句子，看得吉布森都晕了。他往后翻着剩下的纸页，发现一个名字反复出现，有时候这个名字会被画上红色的下划线：贺拉斯·弗勒德。史密斯在弗勒德的名字周围写上文字，有解释、批评、抨击，能看出这两个人之间有很大的嫌隙。吉布森努力地想，但还是想不出他们分歧的原因到底是什么，直到他翻到了一页，而这一页恰好是整个故事的开始页，使得整个故事的来龙去脉开始清晰起来。

安妮·弗勒德就是这个故事前半场的主角，独一无二的主角。史密斯用了很长的篇幅写她，所有的描写都是关于他对安妮的那种扭曲的爱，痴狂溢于言表。他又翻了几页，发现安妮的一张照片被粘在其中的一页上。那是一张泛黄了的照片，都发霉了，但是吉布森还是清晰地看到了安妮的长相。他想安妮肯定长得像比利，却惊讶地发现，安妮居然和达茜有些像。

他盯着照片看，突然一张叶片形的纸从里面滑到了膝盖上。他捡起了纸片，看了看，还没有从刚才的事里缓过来。这张纸上用深色的黑墨水写满了字，内容是这样的：

“还没等他说话，一个犹太教主走了进来，说：‘你的女儿已经死了，为什么还来打扰我？耶稣听到刚才的话，就对犹太教主说了，不要害怕，只需相信。即使别人都不跟从他，他也会原谅的。救赎彼得、詹姆斯和詹姆斯的弟弟约翰。’他走到犹太教主的屋子里，看到了情绪激动的人们，看到了人们都在号啕大哭，于是对众人说，是什么让你们如此痛苦，还要哭？这位少女没有死，她只是睡了。众人嘲笑并讽刺他。他让所有的人都出去，只留下少女的父亲和母亲，并让他们跟他一起走进了少女躺着的地方。他拉着少女的手，说道:‘闺女啊，我正在召唤你啊，快站起来吧。’少女立刻站了起来，走起路来。她只有十二岁。众人惊得目瞪口呆。他警告众人不要告诉别人这件事，还嘱托众人喂女孩吃饭。”

吉布森来回看着这些文字和安妮·弗勒德的照片，脑子里不住地思考着。他想史密斯也许已经回到天使岩了，已经见过卡尼那里达茜的照片了，随后又亲自去看达茜，然后就发狂了，因为安妮的死，他要去报复亨利。但是他不太理解为什么达茜也被卷进了史密斯恶毒的复仇计划中，也不能完全体会他的偷窥对达茜到底造成了多大的影响。

吉布森认为，他对史密斯的怀疑是正确的，他知道史密斯一定对失踪的男孩做了些什么，想到这儿，他更加急切地翻着剩下的书页，想要找出一些有关弗莱恩的线索，找出史密斯到底是在哪儿找到了弗莱恩。一个在这些书页前半部分反复提到的名字再一次浮现出来——新伊甸园。新伊甸园！看到这儿，他能隐约猜出，贺拉斯·弗勒德在离开莱特山和蓝宝石后，肯定去了这儿。他继续往下看，终于找到了文中对新伊甸园的描述，又翻看了大约半个小时，找到了更多信息。于是便把纸捆了起来，朝外面走去。

吉布森把这捆纸放进了车里，走到周围去看到底有没有一个小男孩的坟墓。吉布森把周围都找遍了，却没有发现，他深深地舒了一口气，慢慢悠悠地走到西边的小山上，想看看站在山上都能看到什么。北边只有一些星星点点的防野狗的栅栏，吉布森又往其他三个方向看去，结果一无所获，根本就没人去过那儿。站在山上看那些铁棚屋，它们就像玩具一样，而只要走到这山峰上，就会觉得自己跟巨人一样了。或许这就是为什么史密斯和弗勒德会来到这里，并享受这里秀美而永恒的空虚的原因吧：在这儿，他们更能相信自己比别人伟大，离上帝更近。吉布森仿佛看到了他们，看到了其他人就像他们一样，跪在顶峰上飞扬的尘土中，五体投地，对着遥远的天空高高举起《圣经》，好像圣火会突然出现，赋予《圣经》更多的意义。或许这就是此地的魅力所在吧。

吉布森走回空空的小镇，坐在霍顿车的盖子上，打量着主街上来回奔波的蜥蜴。此时太阳也慢慢下山了，小鸟在废弃的屋檐下飞来飞去。刚刚爬上去的那座山，一个小时后全都变成了淡紫色和品红色。太阳快要接近地面了，即使微不足道的小东西，此时也拖着长长的影子，像颜料撒在上面。夕阳的余晖刻画出无数大建筑物的轮廓，在天空中划过。吉布森看到了雄伟的山、巨大的遗址、庞大的帆船，熠熠生辉，随后一点点消失在了灰色的夜空中。

天已经很晚了，吉布森的眼睛也实在太累了，根本不能在黑暗中开车去新伊甸园。他不想在车里过夜，于是下车去找可以睡觉的地方。他在一间屋子里找到了一个还不错的床垫子，把它搬到一个安装着小铁炉的屋子。他生起火，把一罐豆子放在锅上热一下，吃过后，就用绳子把门绑上了，躺在那儿静静地倾听从火炉里传来的声音，那种声音虽然微弱但是慰藉人心。他想起了他的妈妈、姐姐和达茜，在黑暗中自言自语了起来。

“女孩们，我想我有眉目了。”他说道。

吉布森听到远处一条野狗在疯狂地叫着，但是却没有狗回应它的叫声，他躺在床垫子上，等着其他的狗回应，慢慢地进入了梦乡。深夜里，前门突然开了，门一下下地撞在棚屋的墙上。他一下子醒了，盯着开了的门看了大约有一分钟，没有反应过来，心中不由得害怕起来。外面的风好像吹起了什么东西，可能是一个罐子吧，那个东西砰的一声碰在了屋子的墙上。他被这个声音吓到了，赶紧站起来，走到门口，用绳子重新拴上门，然后从自己的包里拿出左轮手枪和子弹盒。他拿着枪躺了下来，把手指放在冰冷的扳机上，每一秒过得都异常艰辛。他的手紧紧地握住手枪，枪筒指着天花板，他反复地装子弹、卸子弹，直到手都麻木了，他只能听到子弹的咔哒声，像是一只丑陋的机械虫在叫。

十九

清晨的山谷被盖上了一层银色的薄纱，好像趁他们睡觉的时候，造物主造出了一湾新奇的内陆海。波普和两个孩子轮流到河边隐蔽的地方洗澡，让自己清醒起来。早饭是麦片粥，还有牛奶和糖浆。吃完早饭，太阳已经爬到了东部的山峰上，他们从茶杯里升起的水雾中，看到了小彩虹。三个人拿起钓竿，往下游走去，晨雾慢慢变薄了，温暖而明亮的阳光洒满小路。又走了大约二十分钟，终于到了一个地方，波普认为这里能钓到鱼。于是他们停了下来，开始钓鱼，但还是很不走运。最后，波普放下钓竿，叹了口气，卷了支烟，找了一个舒服的地方抽起烟来。格蕾丝就坐在他身边。

“看起来今天下午或晚上可能会下雨。”他说道。

格蕾丝点点头。尽管没看到天上有云彩，格蕾丝还是认为爸爸的天气预报是合理的，她往周围看看，又点了点头，波普看她没有疑问就接受了，笑了。

“就在那儿。”波普夹着烟的那只手指向一座高高的山峰，这座山峰在不远处的群山中，显得格外突兀。在这些山的后面或里面藏着阴霾，而格蕾丝能看到的只是一小抹白色的云，她一边点头，一边望向汤姆。汤姆坐在一棵树底下，而哈姆就在他的脚边，他们的影子倒映在水里。汤姆出神地看着河对岸，眼睛里泛着光。格蕾丝不清楚他到底在想些什么。

过了一会儿，他们继续顺流而下，一直往前走。格蕾丝一边盯着天上的云，一边看着汤姆。中午时分，天空卷起了朵朵厚重的云，黑压压地压向山峰，遮住了阳光，汤姆一直往前走。一阵凉风吹起了格蕾丝的长发，她深深地吸了一口凉气。

“暴风雨就要来了，”波普说道，“我们最好先避一下。”

他们径直走向了最近的山，想找个避雨的地方。波普指着一些露出地面的岩石，让大家朝岩石走去，格蕾丝发现一个凹进去的地方，足以容纳三个人避雨，即使有树倒在上面也无大碍。他们在里面坐了下来，波普把油布外套披在了三个人身上，准备好迎接暴风雨的来临。空气像是充上了电。汤姆把哈姆抱在胸前，感受到自己的心脏跳得厉害，尽力让自己冷静下来。天阴了下来，伴随着电闪雷鸣，天空乌云密布，他们感觉暴风雨就在自己的头顶上。格蕾丝焦虑地看着波普，而波普淡定地望着外面，稳如磐石，嘴角还挂着浅浅的笑容。汤姆看了看格蕾丝，冲她眨了眨眼，而她勉强挤出了一点笑容。一股狂风席卷了山谷，把尘土和叶子的碎屑吹进了他们的眼睛里，鸟儿们也匆匆忙忙地寻找避雨的地方。他们听到大雨正在一步步地靠近，不一会儿大雨就来了，雨声、雷声和闪电夹杂在一起。波普还开玩笑说，这是鸟叫声的表亲，像水流在鹅卵石上的声音，说着便把手放在了女儿的肩膀上。突然传来一阵震耳欲聋的声音，好像天空伸出了一把巨大的电钥匙，正准备打开地面。闪电吓坏了格蕾丝，她赶紧闭上眼睛，感受到蓝色的锯齿状闪电一道接一道。过了大约有十分钟，暴风停了，雨也停了，最后只剩下树上滴下的雨水，啪啪地滴在波普的外套上。

“没事了，我们毫发未伤吧？”

“是啊。”

“是啊。”

他们站在那儿，呼吸着凉爽的空气，看着暴风雨伴随着雷声的轰鸣，离开了山谷。

“要是这都叫不醒鱼儿，我真不知道什么能叫醒它们了。”波普说道。

他们走到河边，沿着河岸走了一段路，找到了河流的急流处，急流过后河面开阔，水流缓慢了起来。太阳从云朵后面爬出来，满是岩石的池塘边升起了一缕缕烟雾。他们放下手中的东西，停下来，朝左右看了看。

“如果我是鱼，我就在这儿生活。”汤姆说道。

波普笑着表示同意，在自己带的行李中找来找去，拿出一瓶啤酒。

“汤姆，把它放进河水里，可以吗？”他边说边把啤酒递到他手里，“别吓着鱼儿啊！”

“不会的。”

格蕾丝继续往下走，直到在岸边找到一块树荫。河里面伸出了一块大岩石，挡住了河流的去路，阳光照在上面越发地波光粼粼。格蕾丝把一块面包挂在鱼钩上，紧接着就把鱼钩和鱼饵扔进了水里，而波普已经安装好钓竿，在对面的池塘里钓起了鱼。格蕾丝坐在岸边，等着鱼儿上钩，听着森林里的阵阵微风，水流过岩石的汩汩声，等得都要睡着了。她望着汤姆沿河岸一直往下走。汤姆还是有点笨拙，尽管长得很快，但他仍然是个男孩，一个亲切而温和的男孩，不像索尼或查理他们，或其他任何她见过的男孩。格蕾丝只是静静地看着他，一丝伤感掠过心头。她想帮助他，但是又不知道怎么帮。

“有鱼上钩了吗？”她喊道。

“还没呢。”

过了一会儿，汤姆抬起头，好像还要说点什么，但是什么都没说，只是沿着河岸往下走，他的小狗紧紧地跟在他的脚边。

波普一直坐在那儿钓鱼。格蕾丝头顶的树荫都移走了，她的胳膊晒得有点红了，波普还是一条鱼都没钓到，鱼连鱼饵都没咬过，汤姆也一条都没有钓到。

“都是好渔夫，只是少了点运气啊。”波普自言自语地说着，扔下钓竿，不钓了。他走到格蕾丝那儿，坐在她身旁。太阳开始下山了，河面变成了一个舞台，黑色的水面像抛光的地板，鸟儿在水面上飞来飞去。微风停了，周围的一切也随之停了下来，除了河水依旧在流，鸟儿依旧在飞。格蕾丝把鱼线重新扔到水里，突然发现水面一阵抖动，接着溅起了几朵水花，一条金色的鲈鱼一跃而出。格蕾丝高兴地往岸上拉鱼，拉了很久鱼就是不肯上岸，直到那条鱼累了，格蕾丝才把它拉上岸。她把鱼拿到波普眼前，像吊钟一样在波普面前摇来摇去，等着波普夸奖她。鲈鱼乳白色的鱼鳞在夕阳的余晖中熠熠生辉，它不停地喘着气，想要喝水，像一个沙漠旅行者。

“是不是收买了圣彼得，才让你钓上来这么一条大鱼？”波普挑了挑眉头问道。

格蕾丝摇着头，咯咯地笑着说道：“没有啊。”

她把那条鲈鱼放在地上，从鱼嘴里拿出鱼钩，展开波普放刀具的方形皮革包，从里面拿出刀子。她按住鱼，在鱼的眼睛和脑子之间割下去，接着又剖开鱼，发现它的内脏很精致，里面的肉都是白色的，上面还盖着一层银白色的皮。她把内脏挖了出来，扔到河里，又走到河边把手上的脏东西洗掉。波普已经开始找木头生火了，汤姆走过来，想看看究竟发生了什么事。格蕾丝走到波普弯腰生火的地方，把鱼递给了他。

“帮我刮刮鳞吧，”她说道，“要是再钓到一条，就给你。”

“谢谢啦，”波普边摇着头说道，边冲她笑着，“要是你钓到了，还是给汤姆吧。”

汤姆走过来坐在篝火旁，和波普一起，静静地等着格蕾丝再钓上一条。格蕾丝站在金色的夕阳里，昆虫在她身边围了个圈，格蕾丝所有的注意力都在钓鱼上，没有理会它们。

“看看，”波普几乎是情不自禁地感叹道，摇着头，“这就是奇迹，都不知道该用什么词来赞美。”

汤姆看着波普，知道波普是什么意思。他们望着格蕾丝，让他们惊讶的是，还不到五分钟的时间，她又钓上了一条鱼，这条鱼比刚才那条更大。可这之后，无论她怎么努力，都钓不到了。

“两条足够了，女儿，”波普说道，“过来，坐下吧。”

这时，夕阳带走了最后一抹余晖，他们把鱼做熟吃掉了，坐下来，心满意足地盯着篝火。波普递给格蕾丝一个罐子。

“格蕾丝，给我卷支烟怎么样？”

“你是要看赛狗还是赛马？”

波普没有回答，只是忧郁地看了看她。

“汤姆，去把河里的那瓶酒拿来吧。”

汤姆走到河边，把下午放进去的酒拿了出来。波普从他手中接过酒，打开它，往自己杯子里倒。

“记住，”波普指着瓶子说道，“亨利的问题不在于喝酒，亨利的问题在他自己身上。啤酒是好东西，累了一天，喝这个最好不过了，过来，尝尝吧。”

波普把酒瓶递给了汤姆，汤姆喝了一口。

“尝起来怎么样？”

汤姆擦了擦嘴：“不怎么好喝。”

波普笑了：“格蕾丝也是这么说的。”

格蕾丝把卷好的烟递给波普。

“谢谢，亲爱的。”

波普能从格蕾丝的表情看出，当着汤姆的面让她做这做那，这会让她有点难堪。他坐那儿边抽烟，边喝酒。格蕾丝爬进了睡袋，把头放在他的大腿上躺下了。不一会儿，格蕾丝就闭上了眼睛，嘴巴张开，腿来回地抽动着，眉毛还动来动去，肯定是做了什么梦。

“她总是这个样子，”波普轻轻地说道，“在她很小的时候，让她学一样东西，除非她完全学会了，要不她不肯停下来，她以前也是这样，忙活完就筋疲力尽地睡过去了。”

汤姆望着格蕾丝，波普在她睡着的时候讨论她，让他有点不自在。

“她的爷爷，也就是我的爸爸，教她怎么钓鱼。我还以为一代不如一代了呢，但是至少我今天看到了她最好的一面。”

“格蕾丝的爷爷还活着吗？”汤姆问道。

“没有，已经去世好几年了。”

“啊。”

波普看着眼前的男孩，好像有点疑惑。

“你怎么了？又做梦了？”

“有时候吧。我也梦见狮子了。”

“狮子？”

“是啊。”

“好梦？”

“嗯，算是吧。我在丛林里走，狮子就跟着我，那种感觉很好，要是发生什么不好的事情，有它们保护我。”

“听起来不错啊。”

“我……我想把它们放出来。”

“把什么放出来？”

“马戏团的狮子啊。”

“啊，是这样的，这可不是什么好主意。我很高兴你没这么干，它们不属于这儿，说不定它们已经死了。”

汤姆点点头，他突然想起自己和弗莱恩在路边发现的那只肩膀上有伤的大袋鼠。他记得袋鼠当时被吓得不轻，就像被疯狗追赶的受惊的牛。

“那么袋鼠呢，狮子会不会吃掉它们？”

波普点点头：“会的，但是我觉得它们更喜欢吃牛。当然除非狮子们把牛完全打败，否则狮子们也捞不到什么好处。”

汤姆点点头。波普等待着。汤姆最后说话了。

“你有时候……还会……看见他吗？”

“看见谁？我父亲吗？”

“是啊，我是说，你会想象自己看到他了吗，你走在街上或是做别的什么事的时候？”

“汤姆，你在问我有没有看见鬼魂吗？”

汤姆点点头：“或许吧。”

“你见过鬼魂？”

“就一次。”

波普点点头：“我明白了，并不是说我们亲眼看到了什么，更多的是脑中的一种想象……只有我们自己能看到。一些人称他们为鬼魂，我称他们为天使，因为他们找到我，告诉我秘密。还有一些人认为孩子们能看见大人看不见的东西，但是我不敢肯定这是不是真的。”

“他们怎么说？”

波普笑了笑：“别害怕。他们总是说，别害怕。”

汤姆回味着这句话：“也就是说他们是死后没有安息的人？”

“是的，我觉得那些都是死后没有安息的人，所以才需要我们看见他们。”

汤姆点点头。波普点了另外一支烟，深深地吸了一口。

“听我说，”他说道，“我从战场上回来以后，经常看到那些战死沙场的人……”

“给我讲讲他们吧。”

“好吧，我二十岁的时候参军，但是那时的我还是个孩子。在正式开始训练以前，我去悉尼祭拜葬在那里的亲人。好吧，我看到了他们，就在一个夜晚，我独自一人的时候。我走进一间位于市中心的房间，在那儿，我度过了在悉尼的最后一晚。也就是那晚，对我以后要做的事、去的地方，产生了重大的影响。我看着房间周围的墙，想到：要是我真的死了，可能再也没有机会像现在这样，躺在床上思考，到外面去吃东西，跟周围人聊天。我触动很大。因此我跪下来，开始祈祷。我还是个男孩，只能靠自已，我只想……获得重生。有人在冥冥中告诉我，无论发生什么，我都会没事的。有人告诉我不要害怕。”

“你懂了吗？”

波普点着了一支烟，火焰照亮了他的脸庞。

“反正我懂了。我觉得我得到的，远远超出我当时想要的。有东西来到了我的房间，虽然我什么都没看到，但是我感受到了。”

“那是一种什么感觉呢？”汤姆屏住呼吸说道。

“就好像……就好像……好吧，你知道那天晚上表演的狮子吧，就像你和它们一同站在笼子里一样，不知道狮子们在表演过程中会遇到什么事情，但是无论它们做什么，你都能确保它们平安无事。”

“嗯，我想我懂了。”

“但是什么都没发生，那不过是那个东西本来的样子。那天，我整晚都醒着，只是躺在软绵绵的床上，整晚都心跳得厉害。但是不知怎的，我明白我会没事的，我就是知道，我就是知道我不会死在战场。”

“确实没有。”

“没有，”波普笑着说道，“那个东西没有杀死我，但是我差点死在战场上，环境越艰苦，我就越坚强。直到后来，我成了队里资格最老的士兵。那时，他们开始称呼我为波普，而我也开始替他们的性命担忧了。他们和当年的我一样年轻，就是些孩子，但他们总觉得自己已经长大成人了。我想要所有的男孩都活着回来，但是我心里明白，我会活下去，但是他们中的一些人会死去。你看看，这就是了解某件事情的坏处，你明知道自己不会死，却要看到无数的男孩被枪打死。我不想经历这些，就像你根本也不想走丢一样，但是该发生的迟早会发生。”

“你没再见过那些男孩？”

波普往旁边看了看，把烟头扔进了黑暗里。

“没有，没有像以前那样，但是我确实看到他们了，我意识到，我现在不只是为自己而活的。”

“这是什么意思？”

“哦，那些男孩再也回不到自己的家乡，再也见不到他们的爱人，不能结婚，没有自己的孩子。当我烦躁的时候，就会想起这些。”

“那么你的父亲呢？”他问道。

“我父亲？”

“你还没告诉我，你到底有没有见过他呢。”

格蕾丝翻了翻身，脑袋从波普的大腿上滑了下来。波普把自己的外套卷起来，放在格蕾丝脑袋底下。

“没有，我没再见过他。”他继续柔声说道，“但是我……有时候能感觉到他，尤其是在这儿，我经常跟他一起来这儿。”

汤姆点点头，用手摸了摸哈姆的肚子，伸出手去烤火。

“有时我会想，要是我爸爸和我们在一起该多好。”

“是啊，哦，也许某一天你会看到他的。”

“那么你母亲呢，她还活着吗？”

“已经不在了，她死的时候，我比现在的你还要小。但是我能清楚地记得她。我父亲在死前不久曾来过这儿，也可能是离这儿稍微远一点、高一点的地方。他不止一次说过，他死前要来这儿，但是我从没当真。可是当我找到他的时候，他已经蜷缩在冰冷的灰烬里死去了，身上还盖着厚厚的雪。要知道，那是那么多年来，第一次下雪。我……第一次那么伤心，他就那么孤独地死去了，后来我想起了他曾经说过的话。他说，他不想成为我的负担，每当他想我母亲的时候，他就说这种话，我母亲在他心里永远是那么动人，那么美丽，就像他第一次见到她的时候那样。我父亲深深地思念着自己的妻子，直到有一天，他意识到自己快要记不起她的样子了，他知道自己也快要离开这个世界了。他不能容忍自己记不起自己的妻子。我知道我父亲死的时候并不孤独，因为有母亲陪伴着他。这也让我懂了，让我更加了解了对某个死去的人心存怀念，是对自己以后的整个人生都有好处的。关于达茜的死，我就是这么跟格蕾丝说的，这也是我想告诉你的。”

波普抬头看了看汤姆，发现汤姆的双颊上已经流满了泪水，脸上的泪水被火光照得格外亮。

“对不起，汤姆，”他说道，拿出自己口袋里的手帕，递给他，“我不是故意说这个的。”

汤姆低声嘀咕了几句，擦干了眼睛，盯着火苗看了好久。波普看着他，等着他说点什么。过了大约五分钟，汤姆终于说话了。波普能看出他是鼓了不少勇气才说的。

“马瑟先生，他真的死了吗？”

“或许吧，汤姆，”波普轻声说道，“我想是吧。”

汤姆一边喘息，一边擦着眼泪。

“人们都说耶稣死了，但是他活过来了。”

“是啊。”

“还有那些飞上太空的宇航员，他们飞到了月球的另一边，没有人敢肯定他们能不能活着回来。他们很可能就死掉了。”

“是啊。”

“但是他们活着回来了。”

“是啊，他们回来了。”

“他还太小了，没有我跟着他……”汤姆语无伦次地说道，说完就转过身，背对着篝火，哭了起来。波普心想让他发泄一下也好。他最好接受现实，完全接受，只有这样，他才能真正走出来。

波普躺了很久，看着身旁熟睡的女儿，脑袋里却胡思乱想着。汤姆终于转过身子，波普可以看见他的脸了。波普想他负担应该没那么重，也不那么焦虑了吧，当然这也有可能是他的一厢情愿而已。他们就这样沉默了好一会儿，各自躺在睡袋里，望着天上的星星和月亮，过了一会儿，他开始指着银河系周围的星座让汤姆看。这些星座突然让他想起了航海时看到的星星，于是他便开始给汤姆讲尤利西斯和他流浪的故事。过了一会儿，波普看了看身边的男孩，想他可能已经睡了，但是汤姆的眼睛还睁着，耳朵还在听着他讲的故事，脑袋里充满了来这之前发生的事。

“继续讲，”汤姆说道，“好不好？”

“好。”

波普给他讲了忒修斯和弥诺陶洛斯的故事，讲了阿里阿德涅是如何帮他从迷宫里逃脱。他也给汤姆讲了代达罗斯和伊卡罗斯的故事，讲了俄狄浦斯的故事，讲了俄狄浦斯的父亲是如何遗弃他，他是如何刺穿他父亲的脚踝并杀死他父亲的，随后波普停了下来，想到现在讲这种故事好像不太合时宜。

“这样很不好。”汤姆在沉默中插了一句。

“以前讲故事的人，都不懂得让故事有高潮。”

“接着讲，俄狄浦斯怎么了？”

“你确定要听吗？”

“嗯。”

“好，俄狄浦斯到了一个镇上，遇到了一个狮身人面兽。”

“狮身人面兽是什么？”

“身子是狮子，头和胸是女人，还长着翅膀。”

“这不是真的吧。”

“嗯，那不是真的。”

“如此这般以后，那个狮身人面兽便时常走在小镇的街上，每遇见一个人就让他猜一个谜语，如果他们答不上来，狮身人面兽就会吃掉他们。”

“那个谜语是什么？”

“让我想想啊，是这样的：什么东西早晨四条腿，中午两条腿，晚上三条腿？”

“就这个？”

“是的。”

汤姆躺在那里想了好一会儿，说：“我猜不出来呢。”

“你想不想再猜一下？”

“不了，我可能永远都猜不出来。”

“你确定？”

“嗯。”

“是人。这就是谜底。小时候，我们在地上爬，等长大了，我们两条腿直立行走，等到老了，我们拄着拐杖走，也就是三条腿了。”

汤姆缓缓地点点头：“那么俄狄浦斯猜出来了吗？”

“嗯。”

“那狮身人面兽最后怎么样了？”

“她啊，啊……跳下了悬崖。虽然这种结局对狮身人面兽来说是不好的，但是对俄狄浦斯来说是好的，因为他可以继续赶路了。”

“这可能也是弗莱恩的遭遇吧，因为他也不知道谜语的谜底。”

“或许吧。”

波普看了汤姆好一会儿，看到他终于闭上眼睛睡着了。但是波普却怎么也睡不着，只好坐起来，看着月光照在乌黑的河面上。半夜的时候，篝火快要灭了，他又往里扔了几块木头，亮黄色的火苗驱走了黑暗，他们的影子又被拉长了。格蕾丝说着梦话，反反复复地做着梦。他不忍心叫醒她，只是静静地坐在那儿，看着熟睡的她，看着火光照耀着她那张美丽又哀愁的脸庞。

二十

天刚蒙蒙亮，吉布森就离开了蓝宝石。其实他还是蛮喜欢这里的夜晚的。他知道贺拉斯的家就在大分水岭西边靠南的地方，心想到那里差不多该到吃中午饭的时间了。然而，他开得没有想象中的快，等他到了一个叫深海的小镇的时候，下午已经快过去一半了。他从服务站里拿了一份更详细的地图，认真地研究了起来。贺拉斯住的地方离公路还有一段距离，好像也没有什么车去过那里。他走出小镇，离目的地越来越近，他把车停在了一棵树底下，步行去找。

地上的土很干，到处都是零零碎碎的岩石，碎石上长满了澳大利亚橡木和深灰色叶子的薄荷树。很快他就热得出汗了。又走了大约一个小时，终于找到了一条通往山里的小路，他沿着小路又走了半个小时，拐了个弯，弗勒德住的地方就出现在他面前：新伊甸园。他伸了伸懒腰，喝了口瓶子里的水。只见两山中间的地方，有很多排列有序的帐篷，还有其他的一些临时住房。其中的一个帐篷居然是用一个老马戏团的主帐篷改成的，上面还画着装饰画，他忍不住笑了起来。一条小溪从山间流出，小溪两旁的土地都空出来，种上了蔬菜。他还看到一些临时的圈里养着几头骨瘦如柴的牛，一些毛很长的绵羊，觉得该剪剪羊毛了。

坐在高处看了几分钟，他一边望着那些房子，一边喝着瓶子里的水，直到全部喝光。吉布森朝小溪边走去，等他好不容易到小溪边的时候，脸上已经全是汗了，这时太阳已经下山，天空的东南方升起了一轮圆月。傍晚的空气总是令人心旷神怡，他还能看见暗处的岩石。位于天空南部的银河，像茫茫大海的一片岛屿，东部地平线处还有闪电划过，不过因为距离太远了，听不到雷声。

吉布森沿着小溪往下走，一直朝居民区走去，离那儿还有好几十米远的时候，就闻到了饭香，听到了孩子们的欢笑声。树上挂着灯笼，地上生着篝火，他能看到孩子们围成一个圈，在火光的照耀下彼此追逐。他看到女人们都穿着长裙，还有一些女人后背上背着孩子。他很久没见过这么温馨的场景了，他从没有像现在这样，想加入其中，并成为其中的一员。

吉布森一直往前走，在一棵树边停了下来，看到女人们都拿着长长的刀正在砍肉，燃烧着的煤冒出阵阵烟雾，熏得她们不停地闭眼睛。女人们身边堆满了盛着肉片的盘子，有人负责把这些盘子端到帐篷底下临时撑起的长桌子上。男人们从一个大帐篷里拥了出来，所有的人都打着黑领结，穿着白衬衫和黑裤子，脚上蹬着擦得锃亮的皮鞋。他没有看到史密斯，也不知道哪个人是贺拉斯，突然他意识到，原来今天是周日，他把日子都过乱了。

他们都坐在了桌子旁边，每个人都安静了下来，悠扬的歌声传了出来，歌声也传到了吉布森的耳朵里，让他想起了自己的童年，和妈妈的父母从教堂回来后，一起吃晚餐的日子。看他们吃得津津有味，他的肚子也咕咕地叫了起来，他心想，怎么没人走过来邀请他一起吃呢？

男人们吃完饭就回到了帐篷里，而女人们则开始边清洗盘子，边看着孩子。吉布森坐了下来，腿站得有些发酸，正好也休息一下，心里想着下一步该怎么办。他用手挡住风点了支烟，从包里拿出左轮手枪，打开枪，把子弹放进口袋里。烟快要抽完的时候，他看见两个女孩朝他倚着的树走来，女孩们看见了他，此时那把左轮手枪就放在他的大腿上。两个女孩中间还有一个更小的孩子，只见她穿着件牛仔背带裤，金黄色的短发参差不齐，有那么一刻，他甚至以为最小的那个孩子就是弗莱恩·甘恩，但是仔细看看，发现是个女孩。女孩们停了下来。年龄最大的那个女孩，看起来有十三四岁，眼睛黑黑的，很苗条，较小的那个也就八九岁的样子，更漂亮些，圆圆的鹅蛋脸，嫩红的嘴唇。她们两个都穿着成熟女孩才穿的那种裙子，但是都光着脚，脚上沾满了泥。

“你们好啊，”他沉默了好一会儿说道，把腿上的枪推到了地上，以免让孩子们看见，“你们在干什么啊？”

“我们在捉迷藏啊。”那个鹅蛋脸的女孩说道，眼睛一闪一闪的，而那个年纪最大的女孩一直盯着他看，突然松开了牵着最小的女孩的那只手，连忙用手捂住了鹅蛋脸女孩的嘴巴。

“哦，到这里藏起来，很难被发现了吧。”

女孩拽着自己妹妹的手要走，“你在这儿干什么呢？”

“我，啊，来找弗勒德牧师啊。”

“哦。”

她们先是冲他眨眨眼睛，随后便睁大眼睛，惊讶地看着他，他站起身来，把烟蒂扔在地上，烟蒂在地上嗞嗞作响，不一会儿就灭了。

“我们得走了，”那个年纪最大的女孩一边说道，一边拉着其余

那两个女孩，匆匆地往帐篷跑去，

“那么再见。”

“再见。”最小的女孩转过头说道。

吉布森深吸了一口气，看来他现在除了往前走，没有其他选择了，那个最大的女孩肯定会把见过他的事跟其他人说。他把手枪放进包里，匆匆地朝那个马戏团帐篷走去，他还是很乐意这么干的。穿过两个松松垮垮的门帘，他溜到了帐篷里。帐篷里面很暖和，前面的一盏煤气罩灯发出微微的光芒。他面前正好有一条空长凳，于是赶紧坐了上去，好像自己是参加婚礼或葬礼迟到的人。他紧张地屏住呼吸，但是里面的人好像都没有注意到这位不速之客的存在，他感到不那么紧张了。他抬起头，想看看帐篷前面发生了什么。只见一个男人正站在前面说着什么，手里还不停地打着手势，手臂上露出蓝色的文身。吉布森在想这个人到底是不是贺拉斯·弗勒德，只见他脸上青筋暴露，不知道的还以为喝醉酒了呢。那人长得不算高，脸部表情基本没什么变化，不怒自威。他来回地在讲台上走动着。当讲台上的那人发现了吉布森，并和他对上眼的时候，吉布森终于下定了决心。只见那人的双眼很黑，还发着微微的光芒，好像目光可以洞悉一切，又好像他能看到吉布森的罪恶，迫不及待地想揭发他。吉布森很不情愿地扭头看向别处。

女人们开始三三两两地往里面走，不一会儿吉布森周围的板凳上就坐满了人，人们开始注意到他了。他看到女人们跟自己的男人在窃窃私语着什么。一些人甚至扭过头来看他，他只好冲那些人点点头，那些人也冲他点头。就在这时，赞美诗响起来了，有《天上之粮》《与我同在》。吉布森本想跟着一起唱的，这时一个人走了过来，坐在他身边。

“需要帮忙吗？要点吃的吗？”他小声说道。

那人说话的方式让人浑身不自在。

“不需要。”他说道，话里充满了火药味。

“那么好，我认为你该走了。”

“要是我不走呢？”

“我想你还是赶紧走比较好。”

“要是我想等自己救赎完再走呢？要……”

“你吓坏那些小女孩了。”

“吓着她们了吗？她们看上去怎么一点也不像害怕我的样子啊。”

“求你了。”那人顿了顿说道。

“我是来找弗勒德牧师的，我是个警察。”

那人的脸色变了，看来是相信了他的话，好像那人总是不假思索地相信别人说的话，吉布森觉得那人有点儿蠢。不一会儿，那人就离开板凳走人了。帐篷里的气氛马上变了，女人们陆陆续续地往外走，不一会儿就没剩几个人了。刚才和他说话的那个人跟牧师说着什么，牧师朝他看去，看完就钻进讲台后面的一个帆布帘子离开了帐篷。吉布森按原路走出帐篷，朝贺拉斯·弗勒德的住处走去。他看到那个牧师朝一个小帐篷走去，就在他后面跟着走，那个牧师有一点驼背，虽然看起来年纪不小了，但是走得飞快，吉布森刚开始都没跟上他，脚上的湿鞋子滑来滑去，再怎么着急也是于事无补。他终于赶上那个人，发现那人衣服的肘部还补着补丁，袖子上的针脚依稀可见。

“弗勒德？贺拉斯·弗勒德？”

那人转过身来问道：“是找我吗？”

“我叫吉布森，我们能不能谈谈？”

“当然可以啊。”弗勒德平静地回答道，走进了帐篷，让他坐下。吉布森坐下了。

“吉布森先生，我能做些什么呢？”

“我找这个人。”他从口袋里拿出一张照片，指着上面说道，“他应该是你的朋友吧。”

弗勒德把照片拿了过来，在微弱的灯光下看着。过了一会儿，他把照片放下，伸出手，拿起了一个烟斗，又从一个小桌里拿出了一小罐烟草。只见他把烟斗装满，用一根火柴点着了里面的烟草，开始抽了起来。吉布森呛得直咳嗽，而弗勒德对此视而不见。

“你找史密斯先生干什么？”

“我想问问他是否知道一个叫天使岩的小镇。”吉布森回答道，心开始怦怦直跳，“最近发生了很多事。要是他在这儿的话，请告诉我，他住哪里。”

“吉布森先生，你这么做是在浪费时间。”

“我想我知道自己在干什么。”

“你是真的在浪费时间，因为史密斯先生大约一年前就已经过世了。”

吉布森过了很久才反应过来，但是他不敢相信这是真的。

“史密斯先生已经死了。”弗勒德好像看透了他的心事一般，又重复了一遍刚才的话。

“他……怎么能？”

“他确实去世了，我向你保证，我发誓我说的是真的。”

吉布森看着他。看着弗勒德那冷静的灰眼睛，他开始动摇了。

“但是我认为……我还十分确定他回过天使岩，他带走了弗莱恩呢。”

“弗莱恩？”

“亨利·甘恩的儿子。亨利跟我说，史密斯因为你女儿的死责罚了他，我还以为他回去……报复他了呢。”

弗勒德边抽烟，边往周围看了看，好像在看帐篷里有没有其他人，随后点了点头。

“安妮死后，”他开始说，“亨利来见过我，他告诉我说史密斯迷恋我的女儿。我很难相信，至于他说史密斯对安妮的死是有责任的……那么，我可以明确告诉你，吉布森先生，他爱安妮就像爱自己的女儿一样，他不可能伤害她的。没人知道那天到底发生了什么，但从此一切都变了，我只能认为是由于上天的安排，她被召唤回家了。从此，那个地方很多美好的东西都不复存在了。”

“也就是说，你根本不相信亨利的话？”

“不相信。直到多年以后我才意识到，当年我和史密斯一起接受亚当·卡尼的洗礼，正式成为教徒的那一天，我看到了很多东西，而这些，史密斯没有看到。我以前从来没有察觉到，我的想法已经改变了，可是他依然那么固执。”

“你看见什么了？”

弗勒德没有回答他的问题，继续往下说：“史密斯先生始终都没有摆脱欲望的枷锁。这需要时间，可是最后他的恶习还是暴露了。”

“发生什么了？”

“我赶走了他。”

“不，我的意思是，他到底干了些什么？”

“他追求一个跟他不相配的……年轻姑娘。”

“就这些？”

“他强暴了那个姑娘。”

吉布森点点头：“因为这件事，你只是赶走了他？”

“不是的，你得理解。他是这个家庭的一分子，我曾无条件地相信他，即使我听到了这件事，我也还是一样的相信他，但是我还是把他赶走了，我把他赶到了新伊甸园，虽然我也不是十分肯定，但我觉得这对镇上其他人来说是公平的，我告诉过他，让他别再回来了。这才是对他最大的惩罚，你知道吗？史密斯先生根本没有亲人，他只有我们，他最想找的就是一个归宿，而归宿是建立在信任、忠诚或者血缘的基础上的，而我们跟他维持这段关系的代价就是即使是最小的错误，也会造成很大的伤害。”

“你的意思是？”

“我觉得，你肯定知道我在说什么。”

“我不确定我完全了解你刚才说的话。”

“吉布森先生，你为什么来这儿？你为什么一路找到这儿？你是那个孩子的亲人？”

吉布森摇摇头，“告诉我史密斯是怎么死的，在哪儿死的？”他干脆地说道。

“在墨尔本的一个寄宿公寓里。我作为他最亲的人去了那里。他死于火灾，还有两个和他一起的人也死了。”

“你看到尸体了？”

“是我埋葬的他。”

吉布森又摇了摇头。他还是不敢相信。

“现在，吉布森先生，我有责任……”

吉布森觉得一切都没有办法挽回了。他还想问问关于比利的事，但是，最后想想，弗勒德是对的：他来这里真正的原因，是为了自己的亲人，他的姐姐。

“听我说，你现在就对天发誓，你说的这些没有半句假话，对吗？”

“是的。”

“自杀也算是一种罪过吗？”

“很严重的罪。”

“那要是一个不开心的孩子呢，大家都说死后可以进天堂，难道这些孩子不能走捷径吗？”

弗勒德摇了摇头：“吉布森先生，生命是一种承受。”

“但是孩子们该如何知道这些呢？”

还没等弗勒德回答，他就看到在树底下见过的那个年龄最大的女孩跑了过来。当她看到吉布森的时候，突然停了下来。弗勒德朝她伸出手来。

“吉布森先生，这是我女儿，伊万杰琳。”

“我们见过了。”

吉布森看着那双又大又亮的眼睛，眼睛里透着无畏，这双只见过这宁静山谷的眼睛，感觉像是哭过。吉布森能看出女孩很信任自己的父亲，他也知道弗勒德说的都是真的，史密斯是真的死了。

“你又结婚了？”他回过神来，强压住自己的感情问道。

“是啊。”

吉布森有点尴尬地在那儿站了一会儿，说："我得走了。"

"给你找个地方先住一晚吧。"

"不，我真的要走了。"

他转身离开了帐篷，走出去几米后又停了下来往回看，弗勒德就站在门口，把手放在女儿肩膀上，目送着他。

"牧师先生，好好照顾他们。"这也是他唯一能说的话了。

"我会的，吉布森先生，我会的。"

他在月光下走出了山谷，在路边找到了自己的车，已经是晚上八点左右了。上了高速公路以后，一阵失落感涌来，像一滴墨汁滴在了清澈的水中，慢慢扩散开来，直到他感到自己的车就沉浸在这墨水中。他误会史密斯了，这是他长这么大以来对人最大的误会。小弗莱恩很可能已经躺在了某个煤矿的下面，就像波普所说的那样，而达茜……达茜和他姐姐的命运一样，他无力挽回。

他坐在车里，盯着空荡荡的马路，以及没有被车挡住的白色分区线。新伊甸园到天使岩，这两个地方像一对孤独的码头，连接双方的只是一片黑暗又空洞的海。

黎明前，他进入了山谷里，此刻的山谷被一层薄薄的雾笼罩着。他突然想起自己还是个孩子的时候，有一次过海港大桥，除了桥拱和几个建筑物外，看到整个城市都被一片诡异的银色烟雾笼罩着。他往西边看了看那些深色的山脉，不一会儿就滑进这重重的烟雾之中。

车头灯不太起作用了，他不得不放慢速度。在后视镜里他能看到汽车尾气和烟雾混合在一起，居然变成了淡淡的红色烟雾，像舞者的衣物一样飘逸、生动。他拉下车窗，朝外面看去，只看到空气中弥漫的白色雾珠。从发动机的回声不难听出山里很空，而他是这片土地上唯一的不速之客。

吉布森继续往前开。路边的树伸出的树枝在头顶上若隐若现，在没有雾的地方，他看到一弯月牙一路跟随着他。又走了大约半个小时，他想自己肯定离小镇不远了。雾变得越来越浓，所到之处都会幻化成某种形状，像一堵横挡在路中间的墙，雾也蔓延到了路两边的牧场上。有一些雾团看起来很坚硬，好像只要车子碰上去就会粉身碎骨，他躲躲闪闪地穿过这些雾团；还有一些雾团很薄，要是他在这些雾团中看到什么物体或者人脸，他肯定叫不出这些东西的名称。吉布森情不自禁地想，要是自己可以飞过这些雾团就好了，像天上一团团的云一样，自己毫发未损却能轻松穿越障碍。突然，他发现雾很快都消散了，眼前只有一片宁静的灰色土地绵延到远处。他稍稍松了一口气，一边开车，一边想着床想着睡觉，想象着枕头就垫在他的脑袋下面。走到一处小山坡的时候，他终于看到了岩石的轮廓，在灰蒙蒙即将破晓的天空中格外显眼。他踩下油门，往山里开去，山路隐没在一片桉树林中间，不一会儿他又过了个小山坡。汽车在崎岖的山路上飞驰着，他能听到车座下的弹簧在砰砰作响，他看到眼前的路向右拐去。当弯拐到一半的时候，他无意间发现头顶上有一片半月形的小花，是一种叫琥珀玫瑰的花，离地面约有一英尺的样子。过了好一会儿他才反应过来，原来自己差点就撞到它们了。在不远处的草地上，有十几只袋鼠，还有几只在路边，像图腾一样静静地站在那儿。袋鼠的头突然都朝向他，好像它们在这儿就是为了等一个人，等一个叫吉布森的人，它们眼里都放着光。吉布森刹车，调转车头。车在路上飞驰着，他朝左边的窗外看了看，看到那些袋鼠弯着腰正往黑暗中赶去。无意间，吉布森看到了自己苍白的脸，或许袋鼠和他都被对方吓到了吧。他往路后面看去，很快整个挡风玻璃就被一块灰色的东西遮住了。也就在这时，他下意识地眯起了眼睛，连忙向右调转车头，却听到砰的一声，车的保险杠就碰到了一个标示杆上，他赶紧闭上眼睛，停下车，一些喷着白色漆的木头碎片散落了下来，落在了挡风玻璃和车顶上。过了一会儿，他睁开眼睛，发现车已经不在路上了，而是停在满是杂草和沙子的路边，离下一个标示杆只有不到一米的距离，标示杆上的反光镜正对着他的前车灯，反射过来一片深红色的光。他小心翼翼地把车倒回路上，慢慢地行驶起来。车子又重新行驶在路上，路上那些掉色的白线，都首尾分明地伸向远方。吉布森从后视镜里往后看，除了空空的马路，什么都没看见。一切都来得太快了，他没有时间咒骂，没有时间思考，而他那颗心已经提到嗓子眼，过了好久才平复下来。

二十一

格蕾丝望向拉着窗帘的窗户。虽然已经是清晨了，但是房间里依旧昏暗，空气也显得温暖而沉闷。昨天晚上他们钓完鱼就回家了，即使在外面钓鱼的时候，她的脑袋里也全是那天看到的那个人，只要一回到自己的房间，闭上眼睛，那个人的影子就会浮现在眼前。

他瞪着黑黑的眼睛，苍白的皮肤格外显眼。格蕾丝努力让自己转移注意力，去想一些美好的事情。她闭上眼睛，想象自己正穿着最美的裙子和查理·佩里翩翩起舞，自己吻着查理，查理用胳膊拥着她。这好像起作用了，过了一会儿，她转过身趴在床上，在毯子里动了动身子，把盖在身上的毯子卷了起来，移到了适当的位置，屁股在毯子卷边上来回地蹭，一阵暖流涌向全身。格蕾丝眉头紧锁，被子下面的手一定是在摸自己的下面，这种愉悦的感觉开始蔓延，蔓延到肚子上。她呼吸急促，额头上沁满了汗水，却感觉很甜蜜。为了不让自己发出声，她想咬住自己的舌头，就在这时，外面的一阵声响吓得她一下子僵住了。格蕾丝静静地躺在那儿，不敢呼吸，心怦怦直跳。这听起来像是敲门声，声音大得就像有人在敲自己的房门。但是接下来却什么都没发生，没有呼喊声，没有响声，有的只是她身下的床抖动起来的叮当声。她跳起来，打开门，站在门口急促地呼吸着、听着。警局里传来嘈杂的人声。她沿着过道往外走，打开走廊里的门。

格蕾丝把脑袋靠在门上往外看去，先看到的是爸爸的后背。走廊的屋子里有两间牢房，波普站在屋子里面，肩膀高高耸起，胳膊伸出来搭在一间牢房的栏杆上，像是在卖力工作。他正聚精会神地往下面看，没发现格蕾丝进来了，直到格蕾丝站在他的身边，发出一阵惊讶的喘息，他才意识到。

“他是谁？”

“比利。比利·弗勒德。”波普边说边指着屋子后面。格蕾丝转过身去拔腿就跑。

“汤姆！”

“怎么了？”

她又使劲摇了摇汤姆的肩膀：“快醒醒！”

“怎么了？到底发生什么事了？”

“快过来看看！我看到的那个人。我们在找你的时候看见的那个人。比利·弗勒德。”

“啊？”他一边从床上下来，一边揉揉眼睛，“那是谁？”

“我这就带你去看看！”格蕾丝急切地说。

汤姆从床上站起身来，而格蕾丝就跟在他后面，推着他一路从走廊走到了警局。波普就坐在里面的桌子旁。

“就看一下啊，不许多看。”波普严肃地对格蕾丝说道。格蕾丝把汤姆推到墙角，里面杂乱地放着一些毯子和衣服，等汤姆的眼睛慢慢适应了黑暗的牢房，他才看清那儿有一张脸。只见那个人的脑袋朝着墙的方向，嘴巴大张着，还大声地打着鼾。

“就是他，”格蕾丝悄悄地在他旁边说道，“他总是在斯蒂尔家外面游荡，还爬进达茜的房间，穿她的衣服。你看，他现在就穿着达茜的一条裙子。”她指着比利说道，“波普说他喝醉了，在监狱里横冲直撞。”

两个人盯着比利，看着他那杂乱的头发、发黄的牙齿、苍白的皮肤。波普清了清嗓子，让他们注意点，又做了个让他们安静的手势。

趁波普吃午饭的时候，格蕾丝和汤姆又偷偷地跑回警局去看比利。

“快点，”格蕾丝焦急地说道，“波普很快就会回来的。”

他们期待比利还像刚才那样是睡着的，但是透过门往屋子里看，发现比利已经完全睡醒了。他们呆呆地盯着比利，比利也用同样的眼神回敬他们，就这样，直到一截烟灰从比利嘴里叼着的烟上掉下来的时候，他们的视线才从比利的身上收回来，互相看了看，格蕾丝往前走了几步。

“你吓着我了！”她脱口而出，“为什么要那样？”

“不是故意的。”

“你在干什么？”

“听说有孩子丢了，看看我能帮忙不。”

“你为什么不和别人一起找？”

“我喜欢单独行动。”

汤姆往前走了几步，“比利。”他低声说道。

“有事吗？”

“那么，你找到……什么了吗？”

比利在烟雾中斜视了他一眼，没有回答。

“汤姆就是其中的一个。”格蕾丝说道。比利靠近他，想好好看看他。

“我弟弟还没找到。”

“是的，我知道，问题是，我也许知道他在哪儿。”

汤姆看了一下格蕾丝，问比利：“你知道吗？在哪儿？”

“告诉我们，”格蕾丝低声说道，“否则我就叫波普。”

比利来回地看着他们两个，摇摇头：“不，要是他来的话，我什么都不会说的。”

汤姆惊讶地望着他。

“为什么啊？”

“就是不想说。不想告诉他。”

“你必须得告诉他。”

“我才不会让自己做不喜欢的事情，但是……”

“但是什么？”

“我会告诉你。”比利敲着自己的脑袋，又指着汤姆，“秘密就在这儿，我记得比什么都清楚。”

“你会告诉我？”

“别听他的，汤姆！波普会让他说的！”

比利从床上站起来，走到栏杆旁边，手紧握着栏杆。汤姆和格蕾丝吓得赶紧往后退。

“如果你放我出去，”比利轻声地对汤姆说道，“我会把你带到那儿，就现在。如果你不放，那么我也不会告诉你，我也不会告诉任何人，不会告诉波普，不会告诉其他人，我讨厌待在笼子里。”

“别听他的，汤姆！别听他的！波普会让他说的！”格蕾丝拉着汤姆的胳膊，开始往门口拉他，“咱们走吧！”

比利盯着格蕾丝，“你是达茜的朋友吧？”他说道。

“是啊。”格蕾丝说道，停下了手中的动作，盯着他。

“你刚才不是喊着要走吗，怎么不走了？”

汤姆看着格蕾丝。格蕾丝看上去要哭了，或者是要发火了。汤姆抓住格蕾丝的手，让她转身面向自己。

“钥匙在哪里？”

“汤姆，不要，你不能这么做！”

比利笑了，从他两颗门牙的缝隙中冒出一缕青烟，盘旋上升，在距他嘴边几英寸的地方，慢慢散开了。

“就在墙上，孩子。”比利说道。

汤姆朝左右看了看。看到波普桌子后面挂着一个铜环，铜环上挂着很多钥匙。他朝钥匙走去。

“汤姆！”

“我必须这么做！你也听到他说了，他不会告诉波普的。”

格蕾丝看着他拿下钥匙，回到栏杆旁边。

“你向我发誓，我放你出来，你就告诉我弟弟的下落。”

“是的，我发誓。”

汤姆把钥匙递给比利，比利接过钥匙，开始挨个试钥匙。

“我们在岩石下面集合吧，”他说道，“我得先去开我的卡车。”

“要多久？”

“大概一个小时吧。”

其中的一把钥匙打开了锁，比利推开门，走了出来。格蕾丝往后退了几步，汤姆往外走了几步，站在警局的前门处。比利走出去后停了一下。

“别忘了你承诺我的！”汤姆说道。

“嗯，不会忘的。”比利说道。

他们看着他沿着小路往前走，在街道右边拐弯不见了，他没有回头看。他们在那儿站了一会儿，汤姆转向格蕾丝。

“你要跟着来吗？”

“我不能待在这儿。波普知道，会杀了我的。”

“没事的，我会告诉波普这是我干的，他会理解的。”

“我不知道他会不会理解，”格蕾丝边说边摇头，连忙看了看前面的警局，“快，我们得在他回来前赶紧走。”

“我得去带上哈姆。”

格蕾丝冲汤姆使了个眼色，汤姆就朝院子走去了。她不敢在警局里面等汤姆，只好站在大街上，紧张地看着周围来往的人。汤姆终于抱着哈姆回来了，他们赶紧出发了。

他们朝墓地走去，穿过墓地有一个栅栏门，栅栏门里面是牧场，外面是灌木丛。走了几百米之后，他们跳过栅栏，朝树底下走去。走到从岩石上落下的小石堆旁边时，两人气喘吁吁地停了下来。

“你觉得他说的是这儿吗？”

“错不了的。”格蕾丝气喘吁吁地说。

他们在那里等了一个小时又一个小时，比利始终没有出现。汤姆有一种不祥的预感，他看格蕾丝跟自己的感受差不多。

“他不会来了。”格蕾丝最后说道，汤姆没有争辩。格蕾丝站起来，开始朝小镇走去。汤姆也站起来往回走，但他时不时地停下来听有没有声音，可是除了风吹树林的声音、小鸟叽喳的声音之外，什么都没有。汤姆跟在格蕾丝后面又走了一会儿，然后又停了下来，往周围看去，还是什么都没发现。他抱起哈姆，搂住它，继续跟在格蕾丝后面走，但是一旦觉得有东西跟着他，无论是在树林里，还是在他右边，在拐弯处，他都会停下来，盯着这个绿色、棕色和灰色调合成的世界。

汤姆听到前面灌木丛中传出一阵瑟瑟声，停了下来。一条红肚皮的黑蛇在路中间爬行，随后便消失在路边的草丛中。不远处传来笑翠鸟幽灵一般的叫声。他摇摇头，连忙赶上格蕾丝。他们到了墓地，俯视着整个小镇，又彼此看了一下对方。

“我们得回去跟波普坦白了。”格蕾丝说道。

“是我做的，不关你的事。”

“无论怎样，他都不会放过我的。”

“我跟他说当时你不在那儿。”

“他会知道你在撒谎的，他是个警察，知道吗？他一下子就会知道的。”

汤姆点点头。他感到后怕，不敢继续往下想。他等着格蕾丝往前走，自己跟在后面。

“我都没脸见他了。”她面色苍白地说道。

“那么你想怎么做？”他有点惊讶地问道。

“我知道一个地方，我们可以在那儿喝点水，你不渴吗？”

“嗯，有点。”

汤姆跟着格蕾丝穿过墓地的栅栏。他们避开小镇，沿着小路往春天大街走去。在路上走了一会儿，爬过路边的铁丝栅栏，来到树下。汤姆一直跟着格蕾丝走到小溪边。格蕾丝走到岸边，边喝水边坐了下来。她用胳膊擦了擦嘴，开始拿起岸边的小石子往河里扔。汤姆在树荫底下站了一会儿，听着水叮叮咚咚地流过岩石，头顶上的树被风吹得沙沙作响。叶子轻轻地随风摇摆，柔和的阳光洒落在他们所在的空地上。树旁边有一堆小木板和一圈石头围成的圈，他一边走到河边喝水，一边想是谁把这些东西放在这里，为什么要放在这里。

他们大概在那里坐了一个小时，格蕾丝更加用力地往河里扔着石头。一朵云彩飘来，把周围的一切蒙上了一层阴影，看起来好像要下雨。汤姆轻轻地朝格蕾丝走去，直到还剩几尺的距离，格蕾丝都没有发现他，也没抬头。

“你……你和达茜经常来这儿吗？”他指着那堆小木板结结巴巴地说道，“那是你们的吗？”

格蕾丝抬起头盯着汤姆。

“是我们的。”

格蕾丝站起来，走了几步，还没等他说话，就停了下来，面对着汤姆。

“我多么希望你没有把他放出来！”她愤怒地冲他大喊，“我多希望你没有！”

格蕾丝转身跑掉了，汤姆也被吓到了，犹豫了一会儿，赶紧跟上去。汤姆也不想这样，不想看到格蕾丝对自己发脾气。汤姆需要她，需要有人待在他身边，看着格蕾丝消失在树林里，他更难受了，比以往任何时候都空虚。他眼前一阵模糊，哭了，停下来跪在地上。刚刚喝的水在肚子里翻江倒海，他吃的早餐也吐出来了，又热又苦，他反复地吐着，直到胃里的东西都吐空了。他突然感受到格蕾丝就站在自己旁边。汤姆觉得自己太丢脸，不敢抬头看。

“你到底怎么了？”她问他，听声音还在生气。

“我也不知道。”

格蕾丝用手架住汤姆，扶着他走向河边。

“喝点水吧。”格蕾丝说道。汤姆听她的话，喝了一点水。

等到汤姆感觉好些了，格蕾丝把手放到了汤姆肩膀上。

“加油，”她坚定地说道，但是这次声音柔和了不少，“我们现在得回去了，我们真的得回去了。”

汤姆也点了点头。

汤姆跟在格蕾丝后面走了十分钟，突然发现有人朝他们走来，是从他们的右边过来的。汤姆刚开始还以为是比利蹲在那儿，往前走了几步，发现自己想错了。

“格蕾丝。”他轻声说道。

“怎么了？”

“别走了。”

“到底怎么了。”她转过身来。

莱珀是索尼的一条狗，它正站在小溪对面的草丛里。那是条杂毛大狗，它看起来就像几条狗最卑劣部分的集合体。汤姆看着那条大狗，狗的耳朵迅速竖起来，又迅速耷拉了下来，伸出舌头，往鼻子上舔了一圈。

“继续慢慢地往前走。”他轻声对格蕾丝说道。

汤姆看到格蕾丝很镇静，对于她这种本来非常怕狗的人来说，这已经很不容易了。格蕾丝开始往回走，边走边用手拨开身边的灌木丛和草丛。汤姆想赶快赶上她，突然莱珀看到了哈姆，穿过小溪，朝他们走来，哈姆以前从没见过这么大的狗。汤姆吓得心脏怦怦直跳，冲莱珀大喊，想把它吓跑。

“哈姆！”

他想象着，哈姆就像颗大豆子被莱珀囫囵吞了下去，又想象着自己及时给莱珀开膛，完好无损地从它肚子里取出哈姆，让哈姆重生。突然他意识到自己根本就没有刀子，而莱珀也不可能囫囵地吞下哈姆，它会直接用爪子把哈姆撕碎了再吃。

哈姆能感觉到莱珀正在靠近，发出了只有挨打时才有的哀鸣。前面有一堆马樱丹花丛，他们径直朝里面走去。当这条大狗跟上他的时候，汤姆一下子跳到了它的背上，用手抓住它身上的毛发，企图阻止它。他晃动着的胳膊，清楚地摸到它松松垮垮的毛皮下那拱形的头颅，莱珀使劲地抖动着自己的身体，把汤姆从身上抖了下来。莱珀连忙转过身，看前面还有什么东西挡住自己的去路。它咆哮着，低头看向趴在地上的汤姆。汤姆闻到了它湿润的皮毛味，感受到了它热乎乎的气息，听到了它沉重的呼吸声，随后莱珀抬起头，朝哈姆走去。汤姆挣扎着站了起来，只看到哈姆在马樱丹花的迷宫里跌跌撞撞地走，而那条大狗正一步步地逼近哈姆。

“格蕾丝！快帮帮我啊！”但是格蕾丝吓得用双手抱住脑袋，连头都不敢抬。

汤姆往周围看了看，他能找到的唯一的武器就是小溪里的石头。他走过去拿起一块，朝莱珀靠近，腿不断地抖着，莱珀的肩膀和头都埋在了灌木丛中。它已经非常接近哈姆了，只不过被马樱丹花丛挡住了去路，没法再往前走。哈姆就静静地蜷缩在离莱珀不到一米的地方，汤姆起初还以为哈姆已经断气了。

“不，浑蛋，你不能这样！”他大喊道，捡起石子，狠狠地朝莱珀的背扔去。那条狗哀叫着，但是这仍然阻止不了汤姆发了疯似的把石子一颗颗地扔向莱珀，好像他面前的这条狗是一个僵硬的机器人，而不是有血有肉的生灵。莱珀号叫着离开了马樱丹花丛。汤姆知道它生气了，很快就会朝他过来，也明白自己的时间不多，或许这是最后一个制伏它的机会。他走到河边，又从河里拿出一块石头，看准莱珀快要离开马樱丹花丛的时候，狠狠地把石头扔在它后背上。

莱珀的后腿被打弯了一下，又直了起来。它挣扎着转过身来，后腿一瘸一拐地走着，很是滑稽。汤姆跟在它后面，搬起了一块更重的石头，再一次重重地砸在那只咆哮着的狗身上。石头砸在了它的脑袋上，打得它叫不出声来。莱珀就木木地站在那儿，舔着自己的肋骨，后腿颤颤发抖。当狗拖着自己的后腿想逃跑的时候，汤姆再一次拿起石头。莱珀停了一小会儿，汤姆终于逮住机会靠近它，更近距离地瞄准目标。他举起石头，用尽全身力气，朝狗的头部砸去。只听见一声哀嚎。汤姆又不断地拿起石头朝狗的同一个部位砸去。这次石头割破了狗头上的一根血管，血流不止。汤姆一次次举起石头，冲莱珀砸去，直到莱珀躺在了血泊里，而汤姆的胳膊和腿上也溅满了血。最后，他气喘吁吁地停了下来，放下了手中的石块。莱珀蜷缩着躺在地上，嘴里已经没有了声音，它的肚子冲着汤姆，汤姆很想冲上去再踹两脚。莱珀一动不动地躺在地上，后腿中间流出黄色的尿液。

汤姆死死地盯着狗的尸体，用脚踢踢它，石头上还沾着莱珀嘴边的一块皮，掉了皮的嘴巴让它看起来像是笑了一样。汤姆转身朝格蕾丝走去。

“格蕾丝，”他说道，“没事了，它已经死了。”

格蕾丝慢慢抬起头，看到了那条狗的尸体。

“看到了？”

“嗯，”她低声说道，“我看到了。”

汤姆离开格蕾丝，朝他刚才看到哈姆的地方走去。他趴在马樱丹花丛里找来找去，直到摸到哈姆的后腿，把它拖了出来。小狗吓得身体剧烈地抖动着，他感觉到哈姆的心脏一刻不停地剧烈跳动着。

汤姆站了起来，像抱婴儿一样抱着哈姆，朝格蕾丝走去。

“它没事。哈姆没事。”

“好，那就好。”

汤姆把哈姆放下，走到小溪边，把手上和胳膊上的血洗干净。哈姆嗅着莱珀的尸体，从尾巴嗅到头。汤姆洗完后，扶起格蕾丝。

“快点走吧，”汤姆说道，“我们得离开了，索尼来了就糟了。”

“嗯，对。”

二十二

天空中下着绵绵细雨，吉布森拖着慵懒的脚步从屋里走了出来。他低头看了看手表，刚过三点。昨天他睡了整整一天，但现在脑袋依旧迷迷糊糊的。他打了个哈欠，照了照镜子，觉得自己比上次照镜子的时候至少老了五岁。他摇摇头，拿起刷子和剃须皂，在刷子上打起了肥皂泡。当刷子上的泡沫够用时，他刚想举起手，又停了下来，傻傻地盯着镜中的自己。过了一两分钟，他眨了眨眼睛，发现自己走神了，于是又无奈地摇了摇头。刮完脸上的胡须，拍上须后水，蒸发的酒精让他打了个大喷嚏。

他往镇上走去，走到主街的时候，发现波普坐在警局前门的台阶上抽烟，脸色很难看。他穿过大街，顺着小路走了过去。到了波普坐的地方，却意外地发现，格蕾丝和汤姆坐在靠墙的两把木椅子上。两个人看到吉布森走来，一起抬头看了看他。吉布森看到汤姆和格蕾丝的肩膀来回动着，因为离得太近，努力地不去碰到对方的手。格蕾丝回头看着地板，汤姆紧紧地盯着他，过了一会儿又看向别处。

“吉布森，”波普说道，“我还以为再也见不到你了呢。”

“没有，我还在，并且活得好好的。”

吉布森指着波普的办公室，说道：“你的犯人们看起来不怎么高兴啊。”

波普没有回头，说：“他们犯错了。”

“为什么？发生了什么事情？”

“比利·弗勒德早上喝醉了，去埃兹拉家闹事。我把他抓回了监狱，让他睡在里面。而这两位，”他边说，边用大拇指指着肩膀后面说，“把他给放了。”

吉布森抬头看了看坐在凳子上的汤姆和格蕾丝。格蕾丝羞愧地往别处看去，汤姆也只是低头把玩着自己的手。吉布森故意吹了个长长的哨子，波普继续说了起来。

“比利跟小汤姆说，会帮他找弗莱恩。还跟他说，要是汤姆不放他出来，他就不说弗莱恩的下落。我相信他比以前狡猾多了，但是这两位就算不能从中得到点经验教训，我起码得让他们记住坐硬板凳的滋味。”

吉布森差点笑了出来：“他们在那儿坐多久了？”

“好几个小时了。”

“你可真严厉，警官。”吉布森略开玩笑地说道。

波普看了看他：“不，我不这么觉得。在我这辈子中，这是最让我生气的事情。我这么对他们算是开恩了。”

吉布森点点头：“你去找过他吗？”

“没有，我只知道他去了灌木丛。”

吉布森点点头，坐在了他身边。

“给根烟抽？”

“都在这儿，”波普说道，把烟丝盒递给了他，“自己卷吧。”

他们看着街道上来来往往的车辆，天渐渐暗了起来。街上时不时会有人看见他们，冲他们招手，波普只是微微点点头，算是回应。吉布森一边抽烟，一边看着、想着。

“你饿了吧，吉布森先生。”波普过了一会儿说道。

“不，不太饿。”

“我饿了，快到吃饭时间了。跟我们一起吃吧？今晚罚他们不准吃饭。”

“不了，十分感谢。”

夕阳照在树上的蜘蛛网上，给蜘蛛网镀上了一层金；也照亮了在晚风中鸣叫的昆虫，虽然不知道它们到底在说些什么。云朵一会儿变成红色，一会儿变成橙色，一会儿又变成紫色，不一会儿街灯也亮起来了。一只喜鹊站在一根电线杆上叽叽喳喳地唱着歌，肯定是唱给它在山谷里的伙伴听的，一群脏兮兮的孩子从小路另一边走了过来。女孩们在玩投石子的游戏，她们只顾着轮流游戏，完全忘记了周围世界的存在。

“这真是个好地方。”吉布森说道。

“其实跟别的地方没什么两样。”

“考虑过离开这儿吗？”

“没有。什么？你考虑搬到这儿？”

“或许会有那么一天。我妈妈还活着。我还得再等等。”

“发生什么了，吉布森？到底怎么了？你好像有心事？”

“我到外面去找史密斯了。”

“然后呢？”

“他已经死了。贺拉斯·弗勒德亲口告诉我的。”

“哦，我明白了。”

“你知道吗，我来这儿，是因为我觉得能找出达茜的死因，从而找出我姐姐的死因。我也想，说不定还可以顺便找到弗莱恩失踪的原因。刚开始我以为是埃兹拉干的，可是就连亨利都不认为是他。我想，要是他连这事都做得出，就没什么事……干不出来了。”

“你是说达茜的事吗？”

“当然啊，但是我却一无所获。”

“这没什么大不了的，吉布森，”波普说着，用手使劲拍打了几下他的肩膀，“你看到了一些希望，当然要去努力啊。”

“是啊。”

“看看比利。看看他今天早晨干的好事。或许他跟你一样，都想从达茜身上得到点什么。我们只愿意看我们想看到的事情。”

“是啊，或许吧。但是当我发现达茜躺在那里的时候，我想，我已经步入了世界的某个地方，那里非常需要我。你知道为什么我这么想吗？”

“为什么？你是说，为什么是你？为什么偏偏在这里？你所谈论的事情，好像超出了我们所能理解的范围。”

“你又想说，是上帝的旨意？”

“或许吧。因为你刚刚跟我说，你想知道为什么，我能想到的就只有这个答案。”

“但是我不应该问这么多吗？不应该知道到底是为什么，好让我内心哪怕有一丝的平静吗？”

“不，当然不是的。但是你已经尽力了，吉布森，你还能怎么做呢？听到你姐姐的遭遇我也很替你难过，但是有些问题也许就没有答案。或许……”

“或许什么？”

“或许来这里根本就是错的。”

“那么你认为我应该去哪里找？”

“也许是一个你没去过的地方。”

“哪里？”

“你的心灵，吉布森，”波普看着他的眼睛说道，“你自己的思维。”

吉布森摇摇头，本想否定他，但是自己内心却认同了他的话。

“我可能就是迷路了吧。”他说道。

波普笑了笑，“啊，我也不太清楚，我真的不清楚。但是，你想，总有一天小汤姆会记起他迷路后发生的事情，我肯定。或许你也会这样的。”

吉布森一边点头，一边看着路边的女孩在玩投石子的游戏。过了一会儿，波普又开始说话了。

“你现在有什么打算？”他轻声问道。

“回家。”

“很好，那是你最应该去的地方。”

他们又在那儿坐了一会儿，突然路边出现了一个人。只见那个人身材高大，四肢发达，肩膀上的肌肉滚圆，背有点儿驼，拖着长长的步伐慢慢地往前走着，像是瘸了一样。是埃兹拉·斯蒂尔。

埃兹拉看到他们的时候，只是稍微停了一下，盯着他们看了一会儿。吉布森也盯着埃兹拉看，不久，埃兹拉便面无表情地转身离开，朝他的车走去。他们看着埃兹拉把车倒出来，开走了，再也没有看他们一眼。

“那个人肯定有心事，吉布森，”波普说道，“总有一天我会找出原因，相信我，当我告诉你这些的时候，我已经忍无可忍了。”

二十三

吃过晚饭，汤姆抱着哈姆去了女修道院，坐在河边的防波堤上，双脚在水里荡来荡去。天气又闷又热，外面几乎都没什么人。汤姆坐着的时候，听到身后有人在敲门，于是赶紧转过头去，往后看。透过树林，他看到波普·马瑟站在修道院的门口。那个昨晚出现在警局的男人——吉布森给他开了门，波普跟他说了一会儿话就离开了。汤姆赶紧扭头转向河边。

过了一会儿，汤姆听到他后面有车子发动的声音，只见一辆车向修道院小路相反的方向驶去。他感到很好奇，于是洗了手，朝那个修道院走去。到了之后，发现那个人居然没有关门，汤姆一边往里走，一边看着。他看着空空的花园，又走进了屋子里，哈姆紧紧地跟着他。修道院里面很安静，很平和，汤姆没发现让他感兴趣的东西，于是慢慢悠悠地踱进了厨房，发现了吉布森摊在厨房桌子上的照片。

汤姆在这堆照片中认出了达茜·斯蒂尔，脑袋开始懵了。他伸出手，犹豫了几分钟，最后从里面拿了几张。他紧张地跑回防波堤边，坐了下来，把照片放在阳光下仔细端详了起来。照片给人的感觉很美丽，很忧伤，他不知不觉着迷了。他刚想把手上的照片放回去，再去拿另外一张的时候，听见背后有人叫他的名字。不远处的灌木丛里，格蕾丝抱着哈姆，朝他慢悠悠地走来。汤姆一下子呼吸急促起来，把照片偷偷塞进了口袋里，脸上跟着了火一样，火辣辣的，起身走上前去。

"汤姆，"格蕾丝走近了说道，"波普找你。"

"你怎么知道我在这儿？"

"我猜你肯定来找吉布森先生了。"

汤姆点点头："波普找我有什么事？"

"我怎么知道。"

"他想把我送回亨利那里吗？"

"你不想回去吗？"

"除非和妈妈在一起，否则我不回去。"

"他说，在我家，你想住多久就住多久。"格蕾丝柔声说道。

汤姆转过身，面朝防波堤。

"你不去吗？"

"再等一会儿。"

汤姆希望格蕾丝就此离开，但是她却没有走，反而走到自己身边坐了下来。

"昨天的事，对不起。"他说道。

"那不是你的错。"

“你觉得……你觉得索尼他们找到莱珀了吗？”

“我也不知道，”格蕾丝带着点哭腔说道，“或许会找到吧。”

“或许我们应该回去埋了它。”

格蕾丝没有作声。

“它是条好狗。有一次我看见达茜和它在一块儿。它基本什么都听达茜的，什么都听。”

格蕾丝还是默不作声。

“我知道达茜是你的朋友，”汤姆试探地说道，“发生了这样的事，我替你感到很难过，对于她的死，我很难过。”

格蕾丝耸耸肩。

“你经常想她吗？”

“是啊，当然会想她，”格蕾丝不耐烦地说道，“但是我不想再提达茜的事了，好吗？你该明白的。”

“是的，”汤姆点点头，“我明白。”

他们坐了一会儿，忽然汤姆听到一阵口琴声随风飘来。他摇摇头，声音就不见了，过了几分钟，他又听到了，从别的地方传来一阵简短的曲子。汤姆使劲捂着耳朵，不想去听。最后，他忍不住看向格蕾丝。

“你能听见吗？”

“是的。”格蕾丝边说边点头。

“是口琴声。”

再一次听到，他们还以为是从修道院后面传来的，但是仔细一听，发现声音是从更远处传来的。他们顺着声音一路找去，直到前面的去路被一个栅栏挡住。从这儿听到的口琴声更响亮了。他们从栅栏下面爬了进去，穿过小牧场，牧场里面还养着一只小马。小马跟上来，细细地嗅着哈姆走过的路。

“我有时会跟达茜来这儿，”格蕾丝轻声说道，“不远处有座房子，是船主的家。”

汤姆点点头，他们继续往前，走在马樱丹、山楂树和黑莓丛中的蜿蜒小路上。不一会儿，他们就走到了一块洒满阳光的空地上。在杂乱的草丛中，他看到了几具杂乱的尸骨，是死了很久的牛。

“真吓人。”格蕾丝轻声说道。

周围一片寂静，他们这才发现，周围已经没有口琴声了。他们也不知道声音是消失了，还是暂停了。

“去船主家的房子是哪条路？”

“我觉得是这条。”

他们开始沿着小路朝船主家走去，刚要离开空地的时候，一只小猫出来了，眼睛才刚刚睁开，在一堆牛骨头中颤颤巍巍地走了几步。哈姆走过去舔了舔它，小猫赶紧张开嘴，大声地喵了起来。

“快回来，说不定它妈妈就在周围呢。”格蕾丝紧张地说道。

汤姆抱起哈姆，一直往前走，不久他们能透过灌木看到那座房子。屋子上爬满了藤蔓，围着一圈烟草灌木，几扇窗户上还钉着木板。他们穿过门前的空地，走上前门的台阶。汤姆敲敲门。

“有人吗？”汤姆敲着门，但是没人回应。于是他们走下台阶，绕着房子看了看，发现比利·弗勒德正光着脚盘着腿坐在一小堆灰烬前面，手里拿着一些树枝和叶子。他们看着比利把叶子和树枝放进灰烬里，轻轻地吹着，好像他才是最早发现火种的那个人，是他开拓了历史的新篇章。火终于被点着了，他们看着比利迅速而熟练地往火堆里放树枝和树叶，谁都没出声，只是静静地呼吸。比利猛地抬头看向他们站的地方，他的双眼被头上的帽子遮住了。比利站了起来，格蕾丝吓得往后退了一大步。

只见比利穿着晚礼服，还有配着礼服的裤子。扣眼里插着一朵干枯的花，好像是刚参加了一场盛大的婚礼。那是一枝玫瑰，现在却像旧纸一样脆弱，都快要凋谢了，但是花瓣的边缘还是新鲜的，像一个亲吻的唇。一条磨破了的麻绳斜挂在他的胸膛上，腰上挂着个破麻布包。比利故意慢慢地拿出一个烟斗和一个圆罐子，从圆罐子里拿出烟草，填满了烟斗，用长着长指甲的手指往下摁了又摁，随后弯下腰，从火堆里拿出一根燃烧着的树枝，认真地点着烟斗上的烟草。他来回地吹着，直到烟斗被完全点着。透过烟斗冒出的青烟，他冷漠地看着汤姆和格蕾丝。

汤姆把哈姆放在地上，走到火堆旁，站在了比利的对面。

“为什么你昨天没来见我们？”他问道。

比利耸耸肩，看得出脸上还是有点悔意的。

“我们因为你惹了大麻烦。”

比利对此无动于衷，他从草丛里拿出一锅水，放在了火上。

“船主知道你在这儿吗？”

“当然，他总是接济我，给我这些东西，”比利边说边指着自己的裤子，“还给我他用不上的东西。”

比利用手指弹了弹烟斗，冲汤姆笑了笑，露出了参差不齐的牙齿。这让他看起来很滑稽，汤姆使劲咬住嘴唇，以免自己控制不住笑出来。

“这是什么？”汤姆走上前去，问道。

“这是烟斗。”

两个人对视了一会儿，比利抽着烟斗，吐着一个个烟圈。汤姆心想，看得出来比利内心其实是个很悲伤脆弱的人。尽管他总是傻傻地冲他大笑，但那只是为了掩饰自己的悲伤，不让别人看出来。

“刚才是你在吹口琴吗？”

“是啊。”

汤姆咬着下唇，严肃地看着比利。比利没有管他，只是低着头。

“比利，要是你不想带我去找弟弟，你就告诉我他在哪儿，这都不行吗？”

比利听了汤姆的问题，想了一会儿，回答说：“我能告诉你他在哪儿。”

汤姆不耐烦地等着，但是比利却什么都没再说。“好吧，到底在哪儿？”他最后恼火地问道。

比利皱了皱眉，低头看着火堆，往里面扔了一些树枝。

“在一个黄色的大盒子附近，很难找的。”

“跟我说说，在地上画个地图也行。”

“不行，太难了，有很多拐弯。”

“那你就跟我说说。”汤姆越来越失望。

“我说不出来啊，再说我的车也没有油了，我没钱了。”

“我给你钱。”

比利透过烟雾看着他，眉头紧锁着：“要是有钱的话，我就带你去。”

“远吗？”

“我有卡车的，这点路不算什么。”

“那么我们走吧。”汤姆说道。

“现在就去？我的茶怎么办？”

“你就不能回来再喝？”

比利自己嘟哝了一会儿，最后决定带汤姆去。他穿起靴子。格蕾丝走上前，站在汤姆旁边。

“你别跟来。”汤姆小声对她说。

“你不能一个人去。”格蕾丝有点生气，反驳了他。

“他不会伤害我的，如果你只是担心这个，那就真的不用去。”

“你怎么知道的？”

汤姆耸耸肩：“他肯定比索尼家的狗要安全吧。”

格蕾丝看了汤姆一眼。比利这就要走，说道：“跟上来。”

他们径直往前走，到了一个被废弃的院子周围，很多废弃的车像漂浮在海洋中的孤岛一样，停在了草丛中。比利的卡车就停在两间旧屋子中间。比利爬进驾驶室，汤姆和格蕾丝紧跟其后。一张新扒下来的袋鼠皮盖在车座的破洞上，格蕾丝闻到里面的异味，赶紧捂住了鼻子。比利弯腰去看仪表板，在一堆杂乱的挂线中找出了两根，试着打火。他一会儿骂骂咧咧，一会儿还念叨着内燃机的守护神要保佑他，终于把两根线接到了一起。发动机看起来像根本发动不起来，他们都很紧张。比利干笑了几声，汤姆和格蕾丝无奈地看了看对方，格蕾丝一脸怀疑地摇了摇头。

车子终于启动了，呼啸而过，把一排排的废车远远地甩在了后面，终于到了那个铁门，过了铁门，就是春天大街了。院子里的人正看着他们，可汤姆一点也不感兴趣。比利开着车朝小镇驶去，在库伯夫人的杂货铺门前停了下来。汤姆跳下车，一路狂奔到警局，冲进自己的房间。他刚被找到的时候，有好些人，甚至连一次面都没见过的人们，都给汤姆寄了钱。波普跟他说过，这些钱最好存进银行，但是他一直都没有存。这是一笔数目不小的钱，亮橙色的二十元，海蓝色的十元。他想，每样两张足够了，这些钱就算开车去悉尼也应该够了。他赶紧往回跑，还好没碰上波普。格蕾丝忧心忡忡地望着窗外，汤姆在车外面，冲她使劲摆手。

“在这儿，”他边说边挥舞着手中的钱，“我们走吧。”

比利接过汤姆的钱，紧紧地盯着，生怕钱随时会飞走。

“这太棒了。”比利看着这钱终于属于自己了，也难掩兴奋之情。

他们朝十字路口走去，到了杰克山镇的路上。汤姆专注地望着窗外的一切，而格蕾丝则紧张地把玩着车窗。很快他们就到了镇上，停在了一个小杂货店的外面。加油车就在小店的前面。

“弯下腰，”比利轻声说道，“他们看到你们在我车上，一定会觉得我又在做什么坏事。”

汤姆和格蕾丝一起弯下腰，齐齐地盯着卡车上脏脏的地板，就在这时店员走过来给车灌上了油。

“我用剩下的钱买烟，”他边说边开车，“可以吗？”

“嗯，好啊。那都是你的。”

“真的吗？”

“是的。”

加满油，他们又上路了。比利从口袋里掏出烟斗，试着用一只手装满，实在不行的时候就用两只手，这时只好用两个手肘去操控那笨重的木质方向盘。路上一些浅滩，比利都加大油门冲了过去，溅起的弧线形水花，顺着驾驶室地板的洞口渗了进来，弄湿了汤姆的双脚。在颠簸中不断提高的警觉，似乎让他又回到了那次，和弗莱恩最后一次坐卡车的时候。

"是这条路吗？你确定？"汤姆有点担心，问道。

"是啊，"比利突然紧张地说道，"就是这条路。"

"但是这条路是错的啊，和我们要去的路恰好相反啊。"

比利只好无奈地耸耸肩。他们又开了大约一个小时的车，比利把车停在路边，关了发动机。

"就在这周围的……某个地方。"

"我们不能开车了？"

"是的。"

他们从卡车上跳下来，砰的一声关上了门。汤姆把哈姆放在草地上，哈姆迅速地离开了主人的手，在卡车前轮旁边翘起一条后腿，撒了一泡尿。

他们走到了树底下，比利边走边往周围看，过了一会儿，到了一扇门的前面，门是锁着的，锁头已经锈迹斑斑。他们跌跌撞撞地走着，汤姆握住格蕾丝的手，这时他的心像长了翅膀一般，就要飞走了。门后是一个空无人迹的小牧场，在牧场的边上，汤姆发现一条河流，在阳光的照耀下闪闪发光。

"就是这儿，"比利轻轻地说道，"那群蜜蜂那里，就是我发现你的地方，"他用手指着那个地方，下巴也朝着那个地方动了动，"就在那里。"

比利指的地方，是一片树底下的小河岸。格蕾丝放开了汤姆的手，可汤姆没有感觉到，只顾低头看地上有没有他和弗莱恩的踪迹，但是却什么都没有发现。

“你确定是这儿？”

“是的，非常确定。”

汤姆沿着河岸走到了小溪边，大约有十几米远。他能感觉到格蕾丝和比利正在看着他。小溪很狭长，水很深，水流很急。他把手浸在水里，看着波光粼粼的水面。

“汤姆，你怎么了？想起来什么了？”

汤姆看着格蕾丝，摇摇头。记忆就像地下水一般神秘，如黑暗中的蛇一样有头无尾，他仿佛能听到大地深处空灵的声音，在自己的内心深处反复回响，但就是遥不可及。

“或许，”比利说了自己的观点，“你跑到这儿，因为太累了，一不小心碰到了那边的树枝也说不定啊。”

汤姆看了看比利，沿着河岸往下走，一会儿盯着地面看，一会儿盯着树枝看。格蕾丝紧紧地跟在他后面，比利也往前走了几步，倚在一棵树上往烟斗里装烟丝。

“为什么我要跑呢？”汤姆问道。格蕾丝和比利都没有回答上来。

他们又在周围找了大约半个小时，只找到了几百米以外露营留下的篝火残渣。汤姆低头看着那被火烧过的黑圈，用脚翻动了几下剩下的木炭。

“那是什么？”格蕾丝问道。

“我也不知道，我也不知道。我觉得心里有点……难受。”汤姆回头看着小溪，“或许弗莱恩溺水了，或许他就是在这儿溺水的。”

格蕾丝牵起了汤姆的手，“我们再跟波普来这儿看看。”她小声说。汤姆点点头，就一起走回去找比利了。

“这个地方还不错啊，”他们来到比利跟前的时候，比利说道，“这些树上产的蜂蜜都很好，是上等品。”

汤姆抬头看了看。

“晨光照在它们上面，简直美极了。但是在那边，沿着那条小溪，有很多竖井，竖井上的盖子都腐烂了。山下的景色原本美丽极了，可现在一切美好都不复存在了。”

比利回头望着他们，看到汤姆和格蕾丝都沮丧着脸，他在旁边的树干上叩了叩烟斗，清了清嗓子。

“那么我们现在回小镇？”

格蕾丝点点头，但是比利没有要走的意思，而是若有所思地望着汤姆。格蕾丝紧张起来，比利把手伸进口袋，拿出一样东西，递给了汤姆。

“我……发现了这个，”他有点惭愧地说道，“就在这个地方，你知道这个吗？”

汤姆从比利手中接过口琴，拿到阳光下看了起来。他转到口琴的背面，读着口琴上金属部分镌刻的字。

他读道：“小回旋镖牌，阿尔伯特设计，坦根特调音。”

二十四

吉布森坐在修道院厨房的长餐桌旁，一张张翻看着照片，完全沉浸在自己的世界里，突然门外传来一阵急促的敲门声。吉布森先是惊了一下，赶紧跑出去开门。门外站的是波普，只见他的面色很深沉。

“你怎么了？”

“我刚接了个电话。”

“什么事？”

“是个坏消息，你的同事厄斯金打来的。他们已经想尽一切办法联系你了，你的母亲……你的母亲昨天上午过世了。”

吉布森听到这个，并没有太多惊讶，在这几年里，他曾无数次想象今天这一幕，但是真正发生了，他的内心还是被深深地刺痛了，甚至幻听到一阵冷漠空灵的声音。

“啊，谢谢你来这儿，谢谢你……告诉我这件事。”

“我还能做些什么吗？如果你还有其他人要通知……比如什么亲戚？”

“不，可以了，没有什么要做的了。我很感谢，没事了。我已经预料到了，很感谢你能来这儿告诉我。”

“我很抱歉，”波普说道，“有事的话，随时来警局找我。”

“嗯，我会的。谢谢了。”

波普走后，吉布森洗了很长时间的澡，使劲地想着悼词，所有他童年听到的悼词，但是只想起了他父亲葬礼上的悼词：土地回归土地，尘埃回归尘埃，尘土回归尘土；秉承重生与永生的希望。他一遍遍叨念着，周围的蒸汽差点淹没了他。

洗完澡，吉布森回到自己的房间，从包里拿出那本《圣经》，盯着它看了好一会儿，最后狠狠心塞到了床垫底下，好像它是一本色情杂志。他挑选了最干净的衣服，开着车往饭店方向去。在酒吧间里点了一瓶威士忌和一瓶啤酒，把自己灌醉之后，又各点了一瓶。他醉醺醺地坐在那儿，完全没了时间概念，脑袋嗡嗡作响，鼻子已经麻木了，他离开饭店之后，朝斯蒂尔家走去。

吉布森喜欢听鞋子踩在沙子上的声音：嘎吱，嘎吱，嘎吱。只有鞋底发出这样的响声，才能说明自己真正到过这个地方。他点了一支烟，又走了大约五分钟，绕着四周转了个圈，休息了一下。一辆运载车就停在草丛边上，前灯又大又亮。草丛上还放着一圈带刺的铁丝网，还有一些往栅栏上固定杆子的工具。一条狗就拴在运载车的附近，看到吉布森靠近，疯狂地叫了起来，就在狗叫的时候，从运载车的另一端闪出一个人来。先是脑袋，接着是肩膀、躯干，那个人看上去像刚从竖井里爬出来。是约翰·斯蒂尔。大家都叫他索尼，只有他妈妈才叫他约翰。

男孩在离吉布森只有十几米的地方，看了他一眼，然后拿起一块抹布擦了擦手。吉布森伸出手来冲他打招呼，感觉自己的酒已经完全醒了。

“下午好。”

“下午好。”

吉布森指着栅栏附近那几头正在吃草的牛。牛都是黑色和深棕色的，经过一场雨后，皮毛非常有光泽，并且很光滑，看起来非常健康。

“那是你们家的牛吗？”

“是啊。”

“这儿真是个不错的地方，对吧？”

“当然。”

吉布森点点头。

“我想如果爬到那块岩石上，站在上面往下看，肯定能看到不少美景，也能看到一条很长的路。”

索尼耸耸肩。那条狗试图挣脱链子，气喘吁吁地冲吉布森大叫着。粉红色的舌头在凌乱锋利的牙齿中间卷来卷去，一排锯齿状的牙齿，后面长着或红或黑的牙龈，吉布森看了看索尼的手，发现他被割伤了，刚才已经用抹布止住了血。他本以为索尼不会理会流的那一点血。

“你没事吧？”

“嗯，还好伤口不深。”

“是那些铁丝网伤到你的？”

“嗯。”

吉布森点点头：“你的狗叫什么名字？”

“小黑。”

“它太凶了，看来不太喜欢我。”

“他只是不喜欢你喷的香水，他不喜欢娘娘腔的味道。”

吉布森差点笑了出来。他沿着小路一直往前走，觉得索尼在后面一直盯着他。

“小心点，”索尼大声冲他喊道，有点恶作剧的样子，“另外一条狗才是最厉害的，它也在这附近，你喷这种香水，最好不要靠近它。”

吉布森点点头，抬起手示意。他又走了十分钟左右，看到路的右边有一间农家小屋。他走上前，本想敲敲开着的门的门柱子，突然发现埃兹拉就坐在里面。埃兹拉冲他点点头，吉布森准备找个地方坐下的时候，眼前这位农民却狠狠地向他喊道：

“不准坐，我没允许你坐下。”

“妈妈，”索尼从门后面闪出来，大喊道，“我手受伤了。”

埃兹拉抬头望着儿子：“你干完手上的活儿了吗？”

“还没有。”索尼阴沉着脸说道。

费伊·斯蒂尔从厨房里走出来，手不住地在自己穿的围裙上擦来擦去。

“妈妈，你有绷带吗？有消毒药吗？”

“酒精行吗？”埃兹拉得意地冲吉布森笑了笑，“涂上酒精会有点不好受，是吗？吉布森？但是用它消毒足够了。”

他又转身对妻子说：“不要这个，换一个。带着儿子好好找找。”

索尼瞪着吉布森，跟着自己的妈妈去了屋子后面。

“你的牛……是奶牛还是肉牛？我前几天晚上吃了牛排，从镇上的那个肉贩子那儿买的。想问问是不是你家的。”

埃兹拉抬起头，像看傻子一样看着他：“我爸爸以前养过奶牛，而我只养肉牛。傻子都能分辨出来的。”

“啊，好吧，我也不是第一次被人这么说了。”

“你想怎样，吉布森先生？如果还是那种愚蠢的问题，那我劝您免开尊口。”

“不会的，我觉得我不会了，我能问点别的事吗？”

“关于什么的？”

费伊·斯蒂尔和索尼各自手里拿着一瓶红药水，从屋子后面走了出来，红药水装在棕色的小瓶里。埃兹拉好像有什么事情要说，他用下巴示意索尼跟妈妈出去，自己也从椅子上站了起来。吉布森当然知道，他这么做可不是要拥抱他。

“她跟你说过有人在暗中监视她吗？”吉布森边问边朝门口走去，埃兹拉抬头望着他，眼睛像猫头鹰一样。

“什么时候？她最开始告诉你这个是在什么时候？”

埃兹拉轻蔑地摇摇头，又回到了自己的椅子上，面色比刚才更难看了，他来回摸着自己长满白色胡须的下巴。

“她总是爱幻想，”埃兹拉的口气不太肯定，“她老是爱瞎编故事。”

“那么她知道自己的身世吗，斯蒂尔先生？她知道自己不是你的亲生女儿吗？”

费伊·斯蒂尔正好到房间里来拿东西，埃兹拉见状赶紧闭上了嘴巴。她走过来，站在丈夫身边，把手放在椅子背上。费伊的眼神中，有一种埃兹拉以前没有见过的东西，是一种决心，一种很意外很感动的决心。埃兹拉知道她肯定听到刚才吉布森的问题了。

“吉布森先生，你现在就离开这里，”她说道，“你已经打扰我们够多了。”

吉布森点点头：“是啊，你说得对。”他边说边往过道走去。索尼就站在过道边上。

“你呢，孩子？你没觉得欠你妹妹什么吗？”

索尼没有回答他，而是用自己手中的来复枪抵住吉布森的胸膛。

“好吧，”吉布森小声嘟囔着，“我这就走。”

吉布森沿着路往下走去，一家三口人就站在后面看着他。吉布森又开始胡思乱想，眼泪差点落了下来，他强忍住了，几乎是飞奔着回饭店的，又喝了很多酒，感觉舒服多了的时候，就把休伊叫了过来，又问了一些问题。

“白酒？”休伊问道，算是回答了他刚才的问题，“还是黑酒？”

吉布森轻轻地摇着头，迷糊了好一会儿才明白休伊的意思。

“啊，我想应该是白酒，该死的。”

休伊点点头，往劳伦斯一座房子的位置指了指。尽管路上有很多车，尽管吉布森还是迷迷糊糊的，但他还是开着车，去了房子那里。那所房子坐落在一条宽阔的街道上，周围空无一人。这是一家便宜的挡风板旅馆，他看了看门牌号，随后敲了敲门。一个年轻的女人开了门，透过风挡看着他。吉布森有些疑惑。

“我来找个人，”他嘟哝着，“一个朋友。”

“一个朋友？”

“是的，一个女性朋友。在这个饭店里的，说我能够……”

“哦，明白了。”

吉布森想了一会儿，觉得自己肯定是在开玩笑，咒骂自己没搞清楚就随便敲门。他能看到酒吧里的人都在笑他，或许他们现在就在他后面偷笑着。吉布森转过身去，却发现里面空无一人。年轻女人推开门，示意他进去。在屋子里面，他看到一个上了年纪的女人坐在饭桌旁抽着烟，还跷着二郎腿。那女人的发型夸张至极，自己好多年都没见过这么夸张的发型了。吉布森冲她点点头，女人回应了下，就伸出手向他要钱，好像吉布森已经欠她好多年了。

“多少钱？”

女人告诉了吉布森数目，“那么别说傻话，”她干笑着加了一句，露出了大黄牙，“这是我应得的。”

吉布森把钱递给女人，女人麻利地把钱叠起来，塞进了内衣里面，就像电影里演的那样。她朝女孩的房间指了指，吉布森就朝女孩的房间走去。当他打开门，却发现那个年轻女孩正站在梳妆镜前面梳头发。他在原地站了一会儿，看着她。女孩用眼睛斜视着他，从桌子上拿起了一个旧式的喷雾器，往自己脖子上喷了点香水。她喷香水的动作很生硬，好像有别的女人专门培训过她，接着女孩慢慢地朝他转过身来。吉布森好好地看了看她，心想这是哪门子奇怪的交易，为什么自己兜里的钱可以让他上她的床，得到她的身体呢？女孩比他想象中还要年轻，在吉布森热辣的注视下，女孩有点局促不安。吉布森从没这么伤心过，甚至有些绝望，看来自己是真的醉了。他知道这没什么用，但就是管不住自己。

“请站在这儿，”他说道，“脱掉你的衣服。”

女孩穿着拖鞋的双脚静静地走到地毯上，在床边的一个粉红色垫子上停了下来。她从嘴巴里拿出口香糖，放在床架的金属板上，脱光了衣服，用手捂住胯部，站在床边，突然害羞了。在她的脖子上可以明显地看到一根突出的血管。吉布森在女孩面前跪了下来，用胳膊围住她，把脸贴在女孩柔软的肚子上很久，双手轻轻地抚摸着她的后背，努力让自己暂时忘记一切不快。

二十五

回家的路上，他们三个谁都没有再说话，车颤抖着停在了吉布斯大街上，格蕾丝从车上跳了下来，汤姆没有下车，而是帮她把车门关上。

“一会儿见。”等车再次发动起来时，汤姆把头伸出窗外说道。格蕾丝恐慌地沿着人行道往前走去。

“你现在要去哪儿？什么时候回来？”

“过会儿吧。”

“我觉得你不应该……”

“没事的，别担心。”

格蕾丝停了下来，大喊道：“要小心啊！”

车子往前行驶，汤姆从后视镜望着格蕾丝，只见她不停地用脚踢着路边的石子，在路的拐弯处还回头瞥了他们一眼。比利把车开到了他们出发的地方，两人静静地坐在那儿沉默了好几分钟。

“我还以为今天能找到他呢。我真的这么认为。”

比利望了望汤姆，摇摇头，说道：“这样不是好办法。”

“嗯。”

“听我说，你想看些东西吗？”

“什么？”

“一个好地方。我去过的，那地方不错，我保证你会喜欢的。”

汤姆无力地耸耸肩。比利迅速地爬下卡车，顺着眼前的那条路走去。他们穿过斯蒂尔家的栅栏，沿着一条长满杂草的小路走着。不一会儿，他们就走到了一片树林底下，灌木丛里开始出现稀稀落落的岩石，就像古建筑物的遗迹。一直顺路往上爬，岩石也越来越大。最后在一块大鹅卵石前面停了下来，比利爬到上面，把汤姆也拉了上来。

“我们这是在什么地方？”汤姆气喘吁吁地问道。

“看，”比利指着远处的树林说道，“那边是小镇，我们就站在大岩石的正前方。很久很久以前，这儿有一座大城堡，现在全都塌了。”

“你开玩笑吧。”汤姆大笑着说道。

比利转过身子，伸长脖子。大岩石上长满了苔藓，还有一小股溪水，从大岩石上流下来，小溪旁边长满了橛子和石松。

“真是个好地方，”他边说边转过身，“我喜欢这儿。”

他们俩静静地坐着，望向下面的小镇，大口大口地喘着气。汤姆看到路上的马车绝尘而去，在空中扬起了尘土。蓝色的烟从烟囱里冒了出来，桉树上长满了红叶。他也看到了警局、教堂和修道院旁高高的大树，甚至还看到了河岸边自己的家。他心想，自己也在房子里，而格蕾丝也回到了自己的房间。

喜鹊叽叽喳喳地飞来飞去，在树林中嬉戏打闹着。偶尔一只乌鸦或黑噪钟鹊，也会加入到喜鹊们的游戏中，而喜鹊们便会同心同力把这些外来者赶走。比利出神地看着喜鹊们，而汤姆看着比利，心想，他究竟是个什么样的人？汤姆明白眼前这个人知道一些他以前无法知道的东西，他从来都不会问亨利的一些事情，好像都可以从比利这里得到答案。

“为什么小鸟的羽毛没有纯白色或纯黑色的呢？”

“我也不知道。为什么下雨的时候，它们身上的颜色不会混到一起呢？”

比利觉得自己的笑话很有意思，努力让自己没有笑出声来，可汤姆却一点都没有笑。比利笑着，开始卷烟。他的手指已经被尼古丁熏黄，他捏了一把烟草放在纸上，用嘴舔舔纸的边缘。他发现汤姆在盯着看。

“你也来一支吗？”

“嗯。”

比利给自己卷完一支，又卷了一支。他把两支烟都点着了，深深地吸了一口自己的那支，许久才吐出来。微风吹起了尘土，汤姆也照着比利的样子，吸了起来。

“你的手指怎么了？”汤姆问道，吸了一口烟，突然觉得脑子晕乎乎的。

“我给砍掉了。”

“为什么这么做？”

“它惹着我了。”

汤姆点点头，好像这个理由还很合理。他伸手往小镇方向指去。

“你在那儿住过，是吗？”

“是的，但不是那个房子，是那条路后面的一座房子。”

“离大坝很近？”

“嗯，就在大坝后面。我在那儿住了好几年。我只记得那个地方，但是不记得自己在里面住过。”

“怎么会这样？”

“我也不知道为什么。自从被送到纽卡斯尔的医院以后，我就记不太清以前的那些事了。甚至连我妈妈和姐姐长什么样都记不清楚了。”

“记不起来了吗？”

“记不起来了。”

汤姆仔细琢磨着比利的话，心想自己千万不要忘记弗莱恩的脸才好，但又觉得这好像不太可能，因为很多事都记忆犹新。

“他们为什么把你送到医院？”

比利有点惊讶，好像他本该知道原因，却什么也记不起来似的。

“自从我姐姐……你知道的……被淹死了之后，我就被送到医院了。”

“在大坝里？”

“嗯。”

“我以为这只是个故事呢。”

“不，这是真的。”

“那件事，你什么都不记得了？”

“嗯，都不记得了。”

汤姆沉默了好久，他摸着脑袋，低头看着哈姆。他也不知道自己接下来该说什么。

“你知道他们在医院里都对我做了些什么吗？”

“不知道，做了……什么？”

“他们喂我吃火药，让我喝煤油，把我的手指放在电线上，电到脑袋清醒得不能再清醒。”

比利放声大笑起来。

“你在医院住了多久？”

“啊，十五年前去的吧。差不多是这个季节，我也记不太清那些日子了。关于这段经历，所有我能让别人知道的就只有满身的疤痕和坏掉的牙齿。”

比利卷起衣服上的袖子，胳膊上满是长长的疤痕，他还露出坏掉的牙齿，牙龈是暗红色的。比利把嘴巴张得大大的，闭上嘴巴后，汤姆幽怨地笑了笑。

“你这些疤是怎么弄的？打架？”

“不是。”

“那是怎么回事？”

“我自己弄的。”

“你自己弄的？”

“嗯。”

汤姆点点头，尽管他还是不太懂比利为什么这么做。比利目光呆滞地看着远方。

“我的一些老伙计也在那儿，”他静静地说道，“……比云雀还疯癫，比断了尾巴的蛇还疯狂。我觉得他们就没有正常过。从来没有。”

“那么你呢？”

“我？”

“你正常吗？”

“嗯，我觉得我以前是正常的。但是我看到了一本好书，它吸引了我，让我去了那里。书名是《耶稣基督》，也可以叫《周日的礼拜》。”

“我不经常去教堂。亨利不喜欢我去那里。”

比利转过身来，一脸惊讶地看着汤姆。

“但是主耶稣……是上帝。你的身体里流着他的血液，我的身体里也流着他的血液。一个跟你有同样血液的人就是你的兄弟，也是赐予你生命的人，好吧，这又是另一码事了。但这就是主在做的事情。”

比利说的这些让汤姆感到十分费解，过了好一会儿才反应过来。

“耶稣死后复活了。”

"是啊，他复活了，他也让周围的人复活了。"

"他是怎么做到的？"

比利摇摇头："我也不清楚。但是神父卡尼跟我讲过，他亲眼见到过。"

"看到的并不一定是真的，我还看到我弟弟了呢。我看见他站在河上，但是他却来不了这儿了，因为……因为他已经死了。"

"或许你也有点疯了吧。"

"嗯，或许吧。"

"别担心，我的眼睛看惯了世上的一切，无论是好的……还是坏的。我只见过主耶稣一次，也是在河边。他是个幽默的人，让我吃他做的好吃的。我起初也跟你一样，以为他是真的，当时我就坐在这儿，那是一个早晨，他就那么走了，没有留下一丝痕迹。"

"你还看到了什么？"

"跟你一样，我也看到了一些死去的人。我喝点酒就能看见他们。"

"你见过你姐姐吗？"

比利点点头："我把这个告诉了神父卡尼，他说我看到的不过是姐姐的影子罢了。他还让我不要再喝酒了。"

"什么是影子？鬼魂吗？"

"嗯，像梦一样，但是我又不肯定。我们不说梦了，扯远了，我只是说，用我们脑海里的眼睛所看到的东西。"他把玩着自己的那根断指。

"我知道你看见了。"

他们又安静地抽了一会儿烟，汤姆的脑袋又开始眩晕了。

“谁是神父卡尼？”汤姆边把烟头扔到旁边的岩石上边问。

“老神父亚当，也就是亚当·卡尼，是我爸爸的好朋友，他帮着我爸爸养育了我和姐姐。在我出院以后，他总是帮我，比如帮我安顿下来，帮我戒酒，但是很快他就没有办法帮我了，他连自己都帮不了了。”

“你经常喝酒？”

“是很经常。”

“神父亚当还住这附近吗？”

“不了。”

“为什么你不去看看他呢？”

“我不知道他现在住哪儿。”比利说道。他站了起来，爬到岩石下面，走到岩石上的小溪边喝起了水。等他回来的时候，汤姆又想到另外一个问题。

“那天你为什么跑到了达茜的房间里？”

“我做了什么？”

“进了她的房间，达茜的。”

比利摇摇头：“我不记得了。”

“你不记得为什么这么做？”

“我不记得我做了什么。”

“你肯定喝醉了。”

“嗯，或许吧。喝醉了酒的我说不定真那么做了。”

“在她离家出走前，你没见到达茜吧？”

“没有，我没见过她。”

汤姆咬了咬下唇。

“比利，你最好去找找神父亚当，或许你就不会再喝酒了，或许你就可以过上正常生活了。”

“正常生活？哎呀！正常生活，我觉得我不太适合过正常生活。”

“你不想住在自己家里，有妻子和孩子吗？”

比利惊讶地看着汤姆。汤姆从他的表情可以看出，他以前肯定从没这么想过。

“不想，我不想要这些，”他轻轻地回答道，“因为老天根本就没赐给我，我能看到一些正常人看不到的东西，要是我有妻子的话，她会疯掉的，我们的孩子也会疯的，那就完蛋了。”

哈姆汪汪叫了几声，停下来，竖起耳朵，抬起鼻子在空气中嗅着。比利和汤姆齐齐地看着它。

“你觉得会是什么呢？”

比利往四周看了看，到底是什么让哈姆突然如此表现，汤姆也在寻找着答案。几分钟过去了，比利终于放松了，他摇摇头。

“吃的，就是这个原因，它闻到有人在做饭。”

“嗯，一定是。我想它是饿了吧。”

汤姆抚摸着哈姆的身体，把手指头放进了哈姆的嘴巴里。它的小牙齿碰在了汤姆的皮肤上，汤姆能清晰地感觉到炙热的气息。

“哈姆是条好狗，”比利说道，“就像一个专业的拆弹队员。”

“真的吗？昨天，斯蒂尔家的一条狗差点把它给吃了。我……把那条狗给杀了。”

“你把它杀了？你杀了埃兹拉家的大狗？用什么？来复枪？”

“不，是石头。”

“石头？”

"是啊，石头。我本来不想杀它，但是事情不知为什么就变成那个样子了，毕竟我不能让哈姆受欺负，我还得帮格蕾丝。"

比利敬佩地点点头。"或许这是你应该做的。"他说道，"那样一条坏狗，肯定会戏弄哈姆的。或许等它玩够了，就一口吃了哈姆，也或者直接就把哈姆给吃了。无论怎样哈姆都是死路一条的。"

"嗯，我想也是。每当想到这儿，我都很难受。"

"我杀了很多东西。我也总是感到难受。只不过有时候是身不由己罢了。"

汤姆点点头，他知道比利说的都是真的。

"那个格蕾丝是个好女孩。"

"嗯，是的。"

汤姆把手伸进口袋，把达茜的照片拿出来，递给了比利。

"给你，"他说道，"这是我找到的。"

比利从汤姆手里接过照片，一声不吭地盯着照片看了好久。最后他慢慢地点着头，感谢了汤姆。

太阳都要下山了，他们在那里一直坐着。比利跟汤姆讲过去的那些年，他所看到的一切：树林、动物、太阳和云朵。他不停地比画着自己是怎么跟暴躁的老袋鼠、野狗和野猪斗智斗勇。夜幕降临的时候，云朵不见了，鸟儿也飞走了，天空中升起了最亮的星星，衬托得天空格外空寂。小镇上也是漆黑一片。南方的地平线上，只能看到另一个小镇上的微弱光芒，但是西方和东方却什么都看不见，只有偶尔亮起的窗户和车灯。而在山谷深处，他们能看见熊熊的篝火，就像野兽的眼睛。

“那些小树被烧掉了。”比利说道。

“嗯。”

时不时会有一些亮橙色的火花飘到空中，在空中散开。风正好从那个方向吹来，他们能闻到做饭的味道，还有带着微微香气的红木燃烧的味道。汤姆一边深呼吸，一边想自己是不是有一天也可以离开山谷。他们躺在岩石上，望着夏日夜晚的苍穹，数着上面的星星，如此清晰。数不清的星星，汤姆还是第一次看见，每一颗星星都闪烁着独特的光芒。夜空中，新月周围出现了流星雨。他想象着猩猩哈姆也在上面，还有其他的那些宇航员，而弗莱恩戴着头盔操纵着飞船，在星球上探索着。

“要是有一天可以去那儿该多好。”他自言自语道。

“哪儿？”

“月亮。”

“去月亮？”

“嗯。”

比利脸上浮现出一种奇怪的表情。

“你不知道吗？比利，宇航员都去过月球。”

“你开玩笑吧。”

汤姆慢慢地摇摇头：“没有。”汤姆给比利讲了设备、火箭、人，宇航员在月球上如何行走，如何把旗子插到月球表面。比利在听的时候，一直抬头望着天上的月亮，最后无奈地摇摇头。

“那他们怎么回来呢？”

“飞啊。”

“飞？从这些星星中飞回来？”

“嗯，差不多吧。”

“我觉得他们办不到，”比利边说边摇头，“他们怎么可能做到这些？”

比利突然陷入了悲伤中，汤姆知道此刻该安慰下他，可一时不知道该如何安慰。于是汤姆从口袋中拿出口琴，深深地吸了几口气，试着吹了起来。过了一会儿比利拿过口琴吹奏起来。他吹奏的这支曲子和那天跟格蕾丝在防波堤上听到的一样，一样的优美而哀伤。汤姆抱起哈姆，让哈姆的脸正对着自己，和那双黑黑的眼睛对视着，他举起它，转了个圈，想看看动物的眼睛会不会看到比利和他看不到的东西。

“你看到什么了没有？”他问道，但是哈姆没什么反应。

“比利？”

比利停了下来，看向汤姆：“什么事？”

“你在这附近没见过狮子吗？”

“狮子？没见过啊。你见过？”

“我也没有。只是有时候会梦见它们。”

“哦，这跟我们看到的是不同的。”

“嗯。”

比利伸了个懒腰，看起来是准备往回走了。

“你现在准备做什么？”

“吃点东西，还好我有钱。”

比利又傻傻地笑了起来，但是汤姆再一次感受到了他的悲伤，希望这不是因为他说起月亮的事，或是别的任何惹他伤心的事。

“最好小心点波普。”汤姆说。

“放心，老波普不会再抓到我了。看来我还得买点子弹，从埃兹拉那里打点猎物，好好吃一顿烤肉。”

“要小心。”

“嗯。”

比利用手背擦了擦嘴唇，站了起来。即使天很昏暗，他也能感觉到比利在微微地颤抖。他们出发了，汤姆一路跟着比利。到目的地了，他们停了下来，彼此对看着。

“你现在好些了吗？”比利问道。

“嗯。好多了。”

“代我向你朋友道个歉。那天不是故意吓她的，我只是不喜欢被关起来而已。”

“我会跟她说的。”

比利点点头：“你喜欢她吗？”

“嗯，”汤姆点点头，“喜欢。”

“很好，不错，”比利说道，他的嗓音更阴郁了，“再见，汤姆·费里。”

比利穿过路口，偷偷溜进放废旧车的院子。汤姆看着他一点点走远，心中突然冒出一种想法，觉得自己很可能是最后一次见到这个奇怪的人了。汤姆第一次注意到比利走路的姿势，总是疲惫地低着头，好像这个头已经成了他的负担，要么就是因为他非常不想回去。看到比利离开后，汤姆也转身回了家，心里还是有一点空虚。哈姆已经在他怀抱里睡着了，汤姆也非常疲惫，走路都不稳了。他穿过小镇，路过渡口，朝自己的家走去，没有回警局。他好不容易到家，在门前停了下来，他被惊到了。他发现眼前一片黑暗，没有一个窗户开着灯，于是准备转身去波普家。亨利看起来不在家。他心里突然有一种很强烈的感觉，他觉得有人睡在自己的床上，那个曾经和弗莱恩一起睡觉的地方。他走进大门，轻轻地登上台阶，打开门，从亨利卧室的门口往里看去，床上空空荡荡的，被子都整齐地叠着。他转身准备开灯，但是灯都不亮了，他又开另一盏灯，依旧没亮。走进屋子里，里面看起来很空荡，不是他想象的样子。于是他又回到前门，倚在门口，望着洒满月光的院子。路边的河流正汩汩作响。汤姆回到厨房，找出蜡烛和火柴，把一支蜡烛放在盘子上点着，端到了自己卧室里。他一边洗脸洗手，一边看着镜子里的自己。今天发生了太多的事，牵了格蕾丝两次手，找弗莱恩也有了进展。他突然想到了比利，又想到了弗莱恩，伤感地看着镜子中的自己，突然就难过起来，就像比利的悲伤一样。即使牵着格蕾丝的手，也不足以驱散心中的悲伤。

汤姆在食橱里找出了一罐腌牛肉，打开后在地上放了一些给哈姆，自己也用手拿着吃了起来。吃完后，哈姆就在光秃秃的地板上跑来跑去，闻着空气里尘埃的味道，也可能是因为闻到了和他主人类似的气味而感到兴奋。汤姆把蜡烛端到了自己的房间里，躺在弗莱恩的小床上，他觉得自己说不定可以闻到弟弟身上那淡淡的味道。哈姆在地上和火柴盒玩得正起劲，直到玩累了，汤姆把它抱到小床上。

“要是你闻到了这种味道，一定要告诉我。”汤姆睡眼蒙眬地自言自语道。

汤姆躺在床上，看着蜡烛黄色的火苗一闪一闪。哈姆把头放在爪子上，一会儿看看汤姆，一会儿看看火苗。汤姆看着烛光倒映在哈姆双眼里，形成两个小火球，直到哈姆的眼睛渐渐地闭上。哈姆打了个哈欠，不一会儿就沉沉地睡了过去，腿还不停地抖动着，像是梦到了什么。汤姆伸出手，轻轻地抚摸着它身上的毛。

汤姆相信，自己总有一天会找到弗莱恩的，那将会是美好的一天。他在脑海中想了无数次：波普身穿一件白衬衫，给他开门，胸毛像海浪一样随风摇摆着，而比利也在现场。

这就是我弟弟，汤姆告诉他们。他们没再接着问，而是静静地从他手里小心翼翼地接过弗莱恩，好像他还活着一样。他们一起走到山里，堆起了一堆和屋子一样高的树枝，他们把弗莱恩的遗体放在篝火最里面，在上面放些点着了火的树枝。看着树枝慢慢地燃烧起来，他们期待着一场重生，期待着弗莱恩从黑暗中走出来。弗莱恩皮肤还是柔软，在火堆旁边烤了烤自己的手，告诉他们，他其实没有死。风把火堆吹得越来越旺，时不时发出树枝燃烧的噼啪声。当这种声响引来野兽的时候，比利正好坐在火堆旁，一把来复枪放在膝盖上。此时，流浪的狮子、自己祖宗悲伤的灵魂，以及隐藏在黑暗中不属于这里的东西，都出现了。他们整晚都待在这儿，冲着火光大喊大叫，直到火堆熄灭，直到只剩下一堆闪闪发光的余烬，直到黎明来临。他们看到了弗莱恩燃烧过的骨头，小小的黄色原型在篝火的中央，看着它们一点点地消失，最后化为乌有，落在尘埃里消失了。或许就应该是这样吧。

二十六

比利·弗勒德脑袋上歪戴着一顶帽子，在马路中间跳着古老的舞步，大口地喝着从饭店后门买的朗姆酒。他一边跌跌撞撞地往小镇外面走，一边高声唱着《岩石的岁月》和一些叫不上名字的老歌。天使岩被蜿蜒的河流和铁路环绕着，这一切都深深地烙在了他的脑海里，但是他不恨这一切，即使他喝醉了也没有怨恨，即使他回忆起以前的种种，也异常平静。好像这就是一场梦：他的父亲和亚当·卡尼在镇上高谈阔论着；天使岩就是索多玛城，引来上帝之火，自取灭亡。

比利跌跌撞撞地走在路上，拼命地回想着那些歌词。一辆满载着年轻人的货车经过他旁边时停下了，人们都在嘲笑他，于是他赶紧跑进路边的灌木丛中，躲避人们的目光。听到引擎发动和车轮压过地面的声音，他才敢出来。过了没几分钟，车又回来了，在刚才的地方停了下来。他看到男孩们在路边捡起石头，朝树底下的黑影处不断地扔去。比利刚要转身离开，发现索尼·斯蒂尔在那群男孩里，一脸的怒气。他往山坡上走去，没多久，就回到了和汤姆下午坐着的地方，而此时他已经忘记了那群男孩和车的事情。他爬得越来越高，比他带汤姆去的地方还要高，身上的酒瓶子差点掉出来，他也因此险些扭到脖子。直到爬到天使岩的最高处，他才躺在一块碎石的平面上，上面长满了苔藓。他被头顶的闪电吓到了，喝完瓶中最后一口朗姆酒，使劲把它扔向远处，听到空酒瓶啪的一声落在岩石上，碎了一地，他又从夹克口袋里掏出第二瓶朗姆酒，打开瓶盖。

“老天保佑你，汤姆·费里！”他冲天空大喊，接着把第三瓶朗姆酒喝光，不一会儿就晕过去了。

等比利睁开眼睛的时候，天空已经开始下雨了。他躺在路边的一摊泥里，天空依然是黑的。他不记得自己是怎么来到这儿的，也不记得自己是怎么躺在泥里的，喝了太多的酒，他感到头晕，当然他也不是很在意这些。他挣扎着跪起来，看着身下的路，雨水从头顶流到了胡须上。他想起了汤姆和他的钱，更多的钱，就意味着更多的酒。透过朦胧的雨，他看到不远处有灯光，于是站了起来，朝灯光处走去，但是没等他走远，就看见了那个女孩。

“达茜。”他小声说道。

女孩在路前面，就站在雨中，头发被雨淋得紧贴着头皮，湿透的裙子紧贴着身子。比利停下来，盯着达茜看了一会儿，突然有种刚刚吞掉一块大石头的感觉。他低声叹了口气，转过身，往相反的方向走去，可事情并没有就此结束。比利的妈妈站在小路的一边，而另一边站着他的姐姐。他根本记不起姐姐长什么模样，即使是现在看到的姐姐的脸依旧模糊。

比利转身朝达茜走去，但是她已经转过身去，继续往前走。他擦干眼睛上的雨水，在后面紧紧地跟着她。比利就那样跟着达茜，什么都没想，也不知道这是为什么，只是有某种想继续探索的渴望。他跟着她走过小镇，经过路上一个个的商店，一直走到墓地的大门。他跳了过去，突然意识到自己的手掌被铁门上生锈的栅栏戳伤了，手开始流血了，血汇成了一条细流。

比利最后一次看到达茜的时候，达茜正站在坟头，可不一会儿就不见了。比利走过去，站在她刚才站着的地方，盯着下面光秃秃、坑坑洼洼的土地，无数的细流流过草丛，像是伤口上缝的线。那是达茜的新坟，比利看到插在地里的十字架上还刻着她的名字。他开始哭泣，手里抓着土，肩膀不住地抖动着。他哭了很久，实在哭不出来的时候，突然一小簇希望之火从心底传来。他抬起头，闭上眼睛，身体打着战，体内的那股暖流涌遍全身。他再一次睁开了眼睛，望着地面良久，心脏怦怦直跳，他站起身来，往挖坟墓用的铁锹处走去。终于找到了一把已经坏掉的铁锹，比利把铁锹扶起来，带回到坟墓旁边。他跪在坟墓前面，过了一会儿，开始挖起来。

坟上的土还是很松垮的，土壤都是湿润的，比利花了半个晚上才挖开坟墓。黎明时分，天空又下起了瓢泼大雨，坟墓里的陡坡开始坍塌。比利的背上和头上落满了泥块，脚上的靴子一点点地陷入坟墓的泥浆里。他停了下来，望着头顶灰色的天空，天空只透出微微一丝亮光。雨落在额头上，流到耳朵里，他舔着嘴唇上的雨水，想解解渴。他能看到挖开的坑慢慢地填上了，还没等挖完他就掉进了坟里面。他很吃力地喘着粗气，而坟墓上的泥土顺着坟墓边缘已汇成小溪。

最后，比利突然听到铁锹碰到木头的声音，他赶紧在黑暗中跪了下来，把手放到泥浆里摸索，寻找自己身下棺材的位置。他想打开棺材的盖子，可自己的力气不够，于是倒在了坑一侧，又往旁边挖了一下，给自己腾出一点地方。比利把脚伸到棺材底下，用铁锹撬住棺材盖子和棺材之间的地方，慢慢地往上撬，终于撬开一个可以把靴子放进去的缝隙。他用手握住棺材盖子的边缘，拼了命地往上抬。盖子上堆满了泥，足足有一个成年人那么重，他卖力地一点点掀开棺材盖子，手握住的地方嗞嗞作响。把盖子完全地从棺材上推下来后，他把盖子举起来，扔出了洞口。比利终于停了下来，急促地呼吸着，弯下腰朝坟墓里摸索着。他摸到了一个拱形的东西，断定这是达茜的头颅，然后顺着往下摸索。接着他把手伸到尸体的肩膀底下，把她抱了起来，紧紧地把她拥在自己胸前，从坟里面往外走。由于他挖出了一道斜坡，而不是一堵垂直的墙，所以只能抱着尸体艰难地往外爬。终于，比利躺在了坟墓旁边的草丛里，气喘吁吁，头上雷声隆隆。

在他挣扎着爬出坟墓的那一刹那，天空突然划过一道闪电，如果有人看到，一定会误以为比利是个刚死的人，刚刚被埋葬，又得以重生。此时四周一个人也没有，甚至也没人去揣测他这么做的目的，也没有人来验证他们看到的东西。比利艰难地站起来，跪在那捆满是泥浆的裹尸布旁边，身体前倾，头趴在达茜的尸体上。

“闺女，我正在召唤你啊，快站起来吧。”他低声说道。

比利祈祷着，祈祷自己的心脏和呼吸足以两个人来用，但是怀里的她依旧纹丝不动，就连一根汗毛也没有动。他又大声地哭了起来，肩膀止不住地抖动着。哭的时候，他突然意识到问题所在：是因为自己还不够虔诚。他见过最虔诚的人非神父亚当莫属。于是抱起达茜，继续往前走去。而达茜几乎没有重量，比利抱着她一路走到树林边缘，在那里停了一会儿，看着下面的小镇。十几盏路灯在纷飞的雨中散发着黄色的光芒。这里就是一个没有演员的舞台，他走进树林，消失在了黑暗中。

第三部

二十七

汤姆是在梦境中迎接新的一天的，那些深藏在心底的美好回忆，终于在耐心等待后，冲破黑暗涌了出来。梦里的天空是蓝色的，弗莱恩和格蕾丝在自己身边，没有狮子，没有火焰，亦没有黑暗。格蕾丝还是穿着那条漂亮裙子，弗莱恩也一点都没有变。他们三个手拉着手，在一片叫不上名字的沙滩上奔跑着，汤姆滔滔不绝地讲着自己所知道的一切，并不时向他们承诺他对他们的爱，对他们的希望。格蕾丝大笑着，不忘回头冲他笑，而小弗莱恩只是不停地微笑着。

汤姆醒过来，揉了揉眼睛，朝窗外看了一会儿。看着外面的天空，他想起了昨夜的梦境，也想起了自己现在在哪里。还有几周，他就要回学校了，今天可能是他最后一个机会，去搞清楚一些事情。他也说不出到底是什么事情，只是莫名地害怕它跑掉，再也找不回来。虽然波普曾告诉过他，弗莱恩已经死了，但是汤姆并不相信，至少今天不相信，至少他的内心不愿相信。汤姆站起身来，摇摇晃晃地走在地板上，看到哈姆就把它抱了起来，小心翼翼地走到门口。踮起脚尖，轻轻地穿过走廊，汤姆走向亨利的房间，却没有发现亨利，他也不在沙发上。汤姆漫不经心地想着亨利到底去哪儿了，但这种想法很快就消失了。他朝浴室走去，等他出浴室门的时候，突然看到妈妈当年给自己和弗莱恩在上面做的身高标记。他倚在那扇门上，把手放在自己的头顶上，转身看自己现在的身高。

“长了八厘米啊。”他告诉哈姆。

在汤姆的梦中，屋子外面是万里无云、暖意融融的，而现在的一切都是湿润的。空气被昨晚的雨水洗礼过后是那么清新、干净，汤姆深深地吸了一口。哈姆在路上的一处水坑边停了下来，在那儿绕来绕去。

汤姆朝镇上走去，他心中对未来仅剩一丝希望，而现在这点希望却不断地发芽、成长，心中开始有种声音在呼唤着自己。他走到渡口，看到船主松开握着烟斗的手指，冲他打招呼，这是他第一次主动跟汤姆打招呼。汤姆本想走过去，问他昨天是否看到比利，但是不知道为什么，他却没有这么做。汤姆到了镇上，看到库伯夫人站在店门口，微风吹着她那粉红色的花裙子。只见她戴着大稻草帽，一抬头，刚好看见汤姆，连忙冲他打招呼。汤姆也同样向库伯夫人问好。库伯夫人一手拎着一桶油漆，另一只手拿着一把刷子，在她身后有一块新牌匾，上面写着：天堂桌布。汤姆会心一笑，然后往放报废车的院子走去，他发现比利的卡车依旧停在原地，就是找不到他本人。汤姆回到船主的屋子，敲敲门，也没人回应，四处找去，依旧不见其踪影。他又回小镇，心里有点失落，但是在路上，总是感觉后面有人在跟着他。汤姆停了下来，往周围看了看，只有黄色草丛在风中摇曳着，阳光照在飞来飞去的昆虫身上。他张开嘴巴，本想说点什么的，但是很快又闭上了，只顾往前走，恨不得跑起来。

终于到了警局，汤姆从后院直接穿过去，走进了厨房。波普和格蕾丝正在吃早餐，格蕾丝正把一勺玉米片放进嘴里，准备吃掉，看他进来，惊讶得都忘了吃。

“早上好，汤姆。”波普说道。

“早上好。”

“格蕾丝告诉我，你昨天睡在自己家了。”

“啊……是的。是这样的。”

“你应该来告诉我一下的。”

“是啊，”汤姆嘟囔着，“对不起。”

“没事了，”波普说道，“看你没什么事就好，你也该自己处理一些事情了。”

汤姆瞥了一眼饭桌上的格蕾丝，便把哈姆放在地板上。

“过去吧，”波普站起来说，“过去和你妈妈打声招呼。”

“她醒了吗？”

“醒了，她还说自己好多了。”

汤姆穿过走廊，走到妈妈的房间，看到妈妈正躺在床上，盯着门口。阳光透过窗户洒在她的床上。汤姆的妈妈看起来非常苍老，看到儿子朝自己的床边走过来，她张开双臂想要拥抱他。

“我的孩子。”她摸着汤姆的头发说道。

“你看起来好多了，妈妈。”

“我感觉好多了，你在波普警官那里，表现好吗？”

“我努力好好表现了。”

汤姆一直牵着妈妈的手，看着妈妈又睡了过去。他聚精会神地望着妈妈那张熟睡的脸，过了一会儿，弯下腰，亲吻了一下她的脸颊。

“听着，”汤姆回到饭桌上准备吃饭的时候，波普说道，“昨晚埃兹拉·斯蒂尔给我打电话了，说他家里的一条狗死了，你们知道这件事吗？”

正在刷杯子的格蕾丝慌张地放下杯子，往周围紧张地看着。她想汤姆可能真的会把事情的来龙去脉都告诉波普。

“格蕾丝？”

“我们什么都没看见，”格蕾丝直视着波普的眼睛，说道，“对不对，汤姆？”

汤姆犹豫着，还没等波普转过来身来，就看到了格蕾丝冲他眨眼睛。

“嗯，”他说道，“对的，什么都没看到。”

“那好吧……就先这样。”波普还是心存疑虑，来回地看了他们两个一会儿，叹了口气，戴上帽子出去了。

“我们为什么不把实情告诉他呢？”汤姆在房间的另一边问。

“我也不知道，也许这样比较好吧，我们现在什么都做不了，所以必须保持沉默。”

格蕾丝继续洗碗，汤姆走过来，站在她身边，拿起一块茶巾。他闻到了女孩身上特有的清香，趁她不注意的时候偷偷地看着她那光洁的胳膊和肩膀。

“谢谢……谢谢你告诉波普，我在家里睡的事情。”

“你真的在家？”

“真的在家。”

“比利呢？你跟他去了哪里？”

汤姆把昨天的事情原原本本地告诉了格蕾丝，不厌其烦地回答了她所有的问题，等他们说完，格蕾丝也把餐具洗好了。

“我没告诉波普关于比利的事情，但是我觉得，你该告诉他。”

“是的。我早上去了那座房子，但是比利已经不在那儿了。”

“你记得去那个地方的路？”

“嗯，但是……”

“但是什么？发生什么事了？你不想回去了吗？”

“是啊，我记得，不过那仅仅是……我的意思是……我不知道……不是今天……我不准备今天去找。”

格蕾丝咬着嘴唇，沉默了一会儿。

“那么明天呢？”她柔声问道。

“嗯，明天应该可以吧。”

格蕾丝把一块刷碗用的海绵扔进了水池子里，“今天，你可以跟我一起去。”她低声说道。

“你要去哪儿？”

“去见蒲伯先生。波普曾经问过我，有没有和达茜一起去过他家。”

“你去过？”

“没有。”

汤姆皱了皱眉头：“波普为什么这么问你呢？”

“我也不知道，他跟我说，这没什么大不了的，但是我知道他在说谎。”

汤姆站起来说：“我会跟你一起去的。”

格蕾丝笑了，从后门旁边的橱柜里拿出了一个旧皮包。往包里装了一瓶水，背在肩膀上。

“我准备好了。”她说道。

他们很快就离开了警局，悄悄地朝十字路口走去。他们没有发现索尼·斯蒂尔正坐在牛奶吧的遮阳棚下吃冰淇淋，但是索尼看见了他们，索尼舔了下嘴唇，就匆忙地朝自己家的方向跑去，不一会儿就累得满头大汗。

天空依旧明净，只不过温度比刚才高了很多。天空是青蓝色的，阳光很强烈，桉树的叶子在风中飒飒作响，云如风筝一般飘在空中。阳光照射在地面上，照射着被雨水浸湿的土地，路的尽头光影扑朔迷离，好像妖怪要登场了。整个早晨汤姆和格蕾丝都走在山谷里。他们两个都不太清楚去蒲伯家的路，但是谁都不愿意问对方。

经过弗勒德的家时，格蕾丝指给汤姆看。汤姆停下来，盯着屋子看了看。

“我们过去看看比利到底在不在？”

“要是你想的话，还是自己去吧，我不会去那里的。”

“为什么呢？”

“太吓人了。”

汤姆望着屋子上发黑的木板、腐烂的屋顶、杂草丛生的院子、摇摇欲坠的房子，突然明白了格蕾丝不想去的原因。这座房子显然已经废弃了，看起来很孤独，就算走进去，估计也不会有什么新发现。格蕾丝已经开始往前走了，汤姆慢跑着赶上她。

好容易上了去坝上的路，格蕾丝却停了下来，从书包里拿出那瓶水喝了几口，就把瓶子递给了汤姆。他们发现路边停了很多车，时不时传来水流的哗哗声和人们的喊叫声。

“你想去看看吗？”

“嗯，好啊。”

他们沿着路往下走，走到了草丛里，草丛就在水的右边。这儿有很多人在洗澡，也有一些人在岸边的草丛里晒太阳。

“想游泳吗？”汤姆问道。

“不想，没有人的时候我再游。”

汤姆点点头，望着远处崎岖的坝墙和大坝远处的山坡上长满的树。

“比利的姐姐就是在这儿淹死的。”他说道。

格蕾丝吓得打了个冷战：“那我还是不要在这儿游泳了，我不喜欢这么深的水。”

汤姆觉得她说的是对的，即使有阳光照在上面，水面还是很黑，看起来很危险。

“走吧，”汤姆站起身来说道，“把瓶子装满水，我们继续赶路吧。”

他们看到一条通往一片空地的路，那里有很多树，看起来很凉快，只是路有些陡，他们只好放慢脚步。蜿蜒的路面出现了一条小溪，他们感觉更热了，汗出得更多了。汤姆突然一把拉住格蕾丝，把手指放在嘴唇上，示意格蕾丝不要出声。前面有一个女孩和一个男孩正站在那条小溪边亲吻着。男孩是亨利经常谈起的那个花花公子。看到这种情景，汤姆尴尬地转过头去，而格蕾丝灵机一动，捡起一块石头朝他们所在的方向扔去，石头正好落在离他们不远的地方，吓得他们都跳了起来。男孩怒气冲冲地朝周围看了看，发现了他们两个。

“嘿！”他喊道。

“有本事过来啊！”格蕾丝嘲笑着，拽着汤姆的衣服往外跑。

“你为什么这样啊？”

“我不知道！别坏我好事！”

“我……我没打算……”

“有本事过来啊！”格蕾丝牵着汤姆的手说道。

汤姆跟着格蕾丝在树林里走，终于可以确定那对情侣没有跟在后面。他们依旧沿着溪旁的小路走，小溪最后流进了一个被树围绕着的池塘。格蕾丝走到池塘边上，望着池塘里的水。

“这边还很不错。”她说道。

汤姆看着格蕾丝的后背，突出的脊梁骨像是一种古老的图腾，又看着淡绿色裙子包裹下的屁股。突然他放下哈姆，脱掉自己的上衣，跳进了水里，一阵凉爽的感觉瞬间传遍全身。他在池塘里游着，时不时地看一眼格蕾丝。格蕾丝坐在池塘边的岩石上，凉鞋已经脱掉了，她把那双沾满了泥的脚放进水里。汤姆不经意间看到了格蕾丝的白色内裤，还有她大腿顶端白色的皮肤，他深呼吸一下，潜入水中，尽最大努力潜在水底，水底传来奇怪的瀑布回声，淹没他的思绪。实在憋不住的时候，他游到岸边爬了上来，坐在岩石边上，全身上下滴着水，他努力地控制自己，不去看格蕾丝。

“我想从那上面跳下来。”汤姆指着小溪旁边的一块岩石说道。

“为什么？”

汤姆耸耸肩。

“你很勇敢，但是不必用这个来证明。”

“我不勇敢啊。”

“不，你很勇敢。”

“要是我勇敢的话，那么你也很勇敢。”

“不，我不勇敢，”格蕾丝大笑道。

“我看过你在马戏团的表现，非常勇敢；那天晚上我们出来单独行动，你也很勇敢。”

格蕾丝想着汤姆刚才说的话，说：“我倒希望你不要跟我说这个。”

“对不起。不管怎样，波普也觉得你很勇敢。”

“是的，他确实这么觉得。我妈妈听说那件事后很生气。”

“为什么啊？”

“我不知道。他们……在教育我的问题上意见不合。我妈妈……喜欢让我和她一起在家里，缝缝补补什么的；波普却认为我应该自由自在地成长。他们总是为了这个争吵不休。”她心烦意乱地望着水面，“要是我离开了，他们会好过些吧。”

汤姆叹了一口气，问道：“你要走？”

“嗯，毕业以后，我想去悉尼上大学。”

“哦。”

“你不想离开吗？”

“我不知道，或许是吧。”

“难道你没想过你以后会变成什么样子吗？”

“没有。也许在锯木厂工作？”

“你不喜欢干这个，对吗？”

汤姆想了想，觉得自己可能本来就不想做这个吧。

“或许我会成为一名警察，或许我会接波普的班。”

格蕾丝翻了个白眼：“我敢肯定你也不想干这个。”

汤姆看着格蕾丝慢慢地往前走。现在，一想到她要走，几年后就要走，汤姆的心情就格外沉重，心烦意乱。

格蕾丝停了下来，慢慢地走进池塘，手里紧紧地抓住裙子。过了一会儿，她抬起头来，用手遮住阳光，往天上看去。

“一会儿恐怕要下雨了。”格蕾丝说着指向西北方的一片片乌云。她一边说着，一边从岩石上滑下来，扑通一声跳进水里。她咯咯直笑，在水中保持着平衡，裙子的一半都湿成了深绿色。她站起身来，又游向池塘的最深处，过了好一会儿才往岸上走，爬到了岸边的岩石上。跃过岩石，她朝一小块空地走去，坐在空地上的树荫下，双臂绕过她曲起的双腿。汤姆望着树林，不经意间瞥了她一眼，当他们四目相对的时候，格蕾丝转头，望着自己面前的土地，从地上的花丛中摘了一朵紫色的小花，放在手中把玩着。

“过来，坐在我旁边。”过了一会儿，格蕾丝对汤姆说。她的声音很轻，很奇怪。汤姆慢慢地站起身来，走了过去，坐在了离格蕾丝几尺远的地方。格蕾丝伸出自己摘的花。

“很不错。”汤姆说道。

“仅仅是不错？”

“太漂亮了。”

格蕾丝点点头：“但是它们没什么香味。”

她从手里的花中拿出一枝，放进汤姆的口袋里。汤姆郑重其事地看着口袋里的花。

“谢谢。”他说道。

一阵微风吹乱了格蕾丝的头发，一缕头发遮住了格蕾丝的脸，她用手向后拢了拢。汤姆想，这是因为自己爱她，所以一想到她要走，就非常难过，那种感觉，就像马戏团离开时一样，只是比那时要强烈得多。他的心怦怦直跳，像是有一个拳头捶在上面，这让他感到头昏眼花，但是伴随难过而来的还有一种惊奇和幸福感。这种罕见的、令人敬畏的感觉席卷全身，让他心潮澎湃，也让这种感觉更为强烈。汤姆从未体验过这种感觉，他看着格蕾丝，却觉得更加难过，索性转过头不看她。

“你以后想要干什么？”汤姆控制着自己的情绪，只是声音有点颤抖，“大学毕业……就好了吗？”

“当律师，或者当医生，做一个有用的人。”

汤姆点点头：“很好，这很好。”他发现自己正盯着格蕾丝小腿的伤疤看，尽管已经意识到自己的行为有些失礼，但这次他没有转移目光。

“曾经有一群流浪狗，专门猎杀小牛，”格蕾丝开始诉说了，声音很低，“那时候我只有五岁，却比现在的我要勇敢得多。我正好去找达茜玩，要经过那个灌木丛。你在灌木丛里走过吗？”

汤姆点点头。

“总之，我感觉那群流浪狗正盯着我，就在灌木丛里，随后它们就跑了出来，在后面追我。其中的一只咬住了我的腿，我跌倒了。”

“然后呢？发生什么了？”

“我当时喊叫的声音一定很大，斯蒂尔先生听到了我的叫声，拿着枪跑了过来。那条狗想把我拖进灌木丛里。斯蒂尔先生还没等它拖走我，就一枪打中了它。”

汤姆盯着那些苍白的疤痕。

“怎么了？你看起来很不舒服。”

“我也不知道。你觉得……”

“什么？”

“你觉得当你长大……你觉得你会知道事情为什么这样，为什么发生吗？”

“也许知道，也许不知道。波普跟我说，人在年轻时会把事情想得好一些。”

“是啊，他也是这么跟我说的。”

格蕾丝点点头，把手放在汤姆的胳膊上。“汤姆，”她说道，“别担心，我们不可能永远年轻的。”

“嗯，我觉得也是。”

哈姆抽动着鼻子，在草丛中闻来闻去。

“汤姆？”

“嗯？”

“你会吻我吗？”

汤姆瞥了她一眼。格蕾丝看起来是认真的。汤姆抬起头，看着她脖子下面晒黑的皮肤。

“会的，”他边说边艰难地咽了口唾沫，“我的意思是……如果你愿意的话。”

格蕾丝靠近汤姆一点，把手放在汤姆的鬓角，轻轻地抚摸着他的头发，然后是脸颊。她闭上双眼，身体前倾。汤姆也闭上了双眼，身体也慢慢前倾，直到汤姆的双唇轻轻地碰到了格蕾丝的双唇。格蕾丝的双唇非常柔软、嫩滑、温暖。他们就像一对许久未见的情侣，忘情地亲吻着对方。汤姆睁开双眼，发现格蕾丝正对着自己笑，他的脸一下子红了。格蕾丝又一次吻住他，这次更加用力，汤姆感觉到了她双唇后面是坚硬的牙齿，双颊感受着她温热的鼻息。他们吻到他都感觉不到自己身体的存在了，但是他不想停止。格蕾丝拉开汤姆，躺在草地上，汤姆双手捧住自己的腮，望着她。她的双唇非常红，双颊粉嫩，眼睛大大的。他们就这样看着彼此，十指相扣，只是笑，谁都没再说什么。过了一会儿，格蕾丝把汤姆的手放在自己的大腿上，放在自己湿透的裙子里，又坐起来吻他。汤姆的手一动也不敢动，心里很害怕。吻着吻着，汤姆突然不知道哪来的勇气，心里不再害怕了，他的手顺着她的腿慢慢地往上走，又慢慢地来回摩挲。她的皮肤很凉爽，很软，很湿，她没有制止，也没有叫，只是接吻的方式变了，这像是在鼓励汤姆，而汤姆的手不停地摩挲着她的腿，从大腿一直摸到带着疤痕的小腿，一刻都不舍得离开，好像他已经这么做了好多年一样。

“往里面些。”格蕾丝轻声说，双唇暂时从汤姆那里解放出来，就为了说这句话。

汤姆的手顺着格蕾丝内裤的一边，摸向她的肚子。她的裙子被卷了起来。汤姆瞥了一眼她裸露着的白腿，感受着她的肚子、肚脐，把手伸到了她的胸脯上，此时的汤姆非常紧张，用手围住格蕾丝的胸，感觉到了胸上那对有弹性的乳头。格蕾丝依旧没有阻止，汤姆就这样探索着她的身体，不住地吻着她，但是一点也不觉得累，反而感到很兴奋，兴奋于她那绸缎般的肌肤，兴奋于刚刚发生的一切。

“把手放在这儿，”格蕾丝最后轻声对汤姆说道，“放进我的内裤里。”

“你……你确定？”

格蕾丝没有回答，只是来回看了一下汤姆的眼睛和嘴唇，又使劲地吻了他。格蕾丝的嘴巴又甜又咸，两种味道混在了一起，舌头在汤姆的牙齿之间游荡着，开始缠绕起他的舌头，汤姆的心里紧张极了。

“我想要你这样。”格蕾丝喘着粗气，在汤姆耳边说着，把她的前额放在了汤姆的肩膀上。汤姆往下看着她的脖子，看着上面的血管一张一合的，手慢慢地摸过她的肚子，滑进了内裤。他用手指摸索着，感觉到了毛发，顺着毛发往下，摸到了一个温热、顺滑的东西。格蕾丝躺在草地上，闭上双眼，就在这时哈姆闯了进来，想要舔格蕾丝的脸，打破了这一切。

汤姆抱起哈姆，摇着它，格蕾丝大笑起来。

“这样真的……很舒服。”等哈姆去了别的地方，她说道。

“嗯，我也是。”汤姆点点头。

他们都躺了下来，把手放在脑袋底下，看着彼此。他们又接着亲吻，格蕾丝推了推汤姆的肩膀，汤姆躺了下来，而格蕾丝躺在了他的身上。

“我没有强迫你，对吧？”

“没有。”

汤姆从来没有见过亨利和妈妈是怎么做的，他看到的总是亨利的后背，但是格蕾丝好像知道到底该怎么做，这就够了。过了一会儿，她看起来好像完全忘了汤姆在那里。格蕾丝闭上双眼，身子微微前倾，手掌放在汤姆的肩膀上，开始微微地移动自己的屁股。刚开始非常慢，随后就停了下来。汤姆心里默默地数着，格蕾丝至少重复了六七次，他就不再数了。汤姆抬头看着格蕾丝，把手放在格蕾丝身体的一边，感受着她的呼吸，感受着她的肋骨，感受着她那潮湿的裙子和裙子里面满是汗水的皮肤。他能看到格蕾丝腋下修剪过的腋毛，流下的一串汗珠，满是汗水的额头，长长的睫毛，高挺的鼻子，洁白的牙齿，俊美的脸庞和尖尖的下巴，右脸上浅浅的酒窝，深色的长发，长长的双臂。他静静地看着这一切，直到她变换姿势。他从未有过这样的想象，做梦都没有想象过。而格蕾丝沉浸在自己的小世界里，像一位女王，这让汤姆对她更加痴狂。格蕾丝慢慢睁开双眼，那是一对淡绿色的眼睛，跟汤姆的一样，如此纯净，眼球的颜色非常漂亮，汤姆知道，自己永远也不会忘记这双眼睛。

“别这么看我，”格蕾丝低声说道，用胳膊挡住了自己的脸。汤姆只能看到她那尴尬的笑容，但是当她用屁股抵在他身上更剧烈地动作时，那种尴尬慢慢就消失不见了。她的头撇向一边，那种摩擦越来越强烈，汤姆听到她深呼一口气，像是潜水前的深呼吸，她的屁股离开了他，又蹭了上来，不知道为什么他还是紧张。她呼吸均匀了以后，抬起头，望着汤姆。

“这样……真好。”

“我没这么做过。”

格蕾丝笑了：“你吻得很好，以前练习过？”

“没有。”

格蕾丝莞尔，身体前倾，她的前额碰到了汤姆的前额。汤姆低头看着她的鼻子和嘴唇，感受着她温暖的气息吹在自己的皮肤上，闭上双眼，让这种感觉蔓延到全身。

格蕾丝推开汤姆，开始摸索着他裤子的前面，可突然汤姆听到了一个声音，是什么东西折断的声音。在沉默中，他们都希望这只是自己的想象，但是等他们看到对方的脸色时，便意识到，刚刚的声音是真的。

“那是什么？”格蕾丝轻声问道。

“可能是树枝掉下来了吧，”汤姆边回答，边往周围警惕地看着，“可能是哈姆吧，我没看到它。”

“它肯定在周围。”

“我得去看看。”

汤姆站了起来，脑袋还有点眩晕，他往自己所在的空地周围看去。

格蕾丝整理好了裙子，胳膊支起在地上，望着汤姆，看到汤姆消失在一片树林中，却能听到他在喊着哈姆。格蕾丝看着头顶上的桉树树枝，顺滑的灰绿色树皮上，滴满了红色的树汁。突然吹来一阵微风，她觉得有点冷。她听着水流的叮咚声，小鸟的叽喳声，想着刚才和汤姆的一切。尽管自己以前从没想过会发生今天这些事，但是她一点都不后悔。

过了很久，汤姆还是没有回来。除了水流声、风吹树叶声、昆虫的叫声，没有其他的声音了。

“汤姆？”

可是没有回答。

格蕾丝站起身来，理了一下裙子，穿上凉鞋，朝汤姆刚刚离开的方向走了几步。

“汤姆？”

格蕾丝沿着小路走了一小段，走上了一个斜坡，她看到山谷下面，一个人正站在汤姆身边，是索尼·斯蒂尔，只见他脸上挂着让人恶心的笑容。索尼粗鲁地抓着哈姆，掐着它的脖子，哈姆苦苦地挣扎着，想咬索尼的手。这真是恶心的游戏，而索尼的狗，小黑，就站在他身边，格蕾丝一看到小黑就吓得走不动了。

“汤姆！”格蕾丝喊道，突然有人出现在她身后，用胳膊围住她的肩膀，把她拉到了身边。格蕾丝转过头，吓得大叫了一声，抓住她的人是查理·佩里。

“啊，亲爱的格蕾丝，”查理在她耳边轻声说道，“你不会是在谈姐弟恋吧，下次记得找个阳刚一点的啊。”

格蕾丝以为自己是因为害羞红了脸，但是她知道自己本没有害羞，过了好一会儿，她恢复了呼吸，开始说话。

“你等着，我一定会告诉波普的！”她吐了口唾沫。

“你不会告诉任何人的，甜心。过来跟我一起下去找他们吧。”

“我不！那条狗……”

查理又拉又拽地带格蕾丝去了谷底。格蕾丝看到他另一只手里拿着一把来复枪。他们在离索尼和汤姆几米远的地方停了下来，而汤姆和索尼正怒气冲冲地瞪着对方。

“把哈姆放下！”汤姆说道。

“小浑蛋，是你杀了我的狗？”

“把哈姆放下！”汤姆激动地说。

查理放下来复枪，伸手拧了一把格蕾丝的屁股。

“小格蕾丝，是不是他杀了索尼的狗？”

“不是！”

查理更加用力地拧她，格蕾丝喘着粗气，大叫一声。汤姆转过身看着格蕾丝，那表情就好像第一次见到她一样。

“他不得不——”格蕾丝开始说了。

“我会说的，索尼。”汤姆大喊着，打断了格蕾丝。

“什么？你想承认？”

“我会说的，但是你得先把我的狗放下，让格蕾丝走，只剩你俩，我就说，我会告诉你们那天发生了什么。”

“什么，真的是你？”索尼咆哮着。

“对啊，狗的尸体就在井边。”汤姆直视着索尼的眼睛。

索尼面无表情，冲汤姆翻着白眼，手却更加用力地抓着哈姆，哈姆的脸都扭曲了。

“你杀了我的狗，”他吐了口唾沫，声音里带着威胁，“你杀死了你可怜的弟弟！没有人会再相信你的！”

索尼伸出另一只手，像拧湿毛巾一样拧着哈姆，在场的四个人都听到了哈姆身上的骨头被拧出了声响。索尼把哈姆扔在了草丛里，那瘦小的身体掉在草丛中，就一动不动了。格蕾丝吓得差点停止呼吸，汤姆冲向索尼，嘴里发出一阵陌生而沙哑的怒吼。

看上去这是一场公平的决斗。尽管汤姆要瘦小得多，但是格蕾丝知道，在自己同龄人中他算是强壮的了，过不了几年，汤姆就会和查理一样强壮。但是他们在谷底摔跤的时候，索尼的体重占了优势，而这时汤姆能做的仅仅是如何保护自己，不受到索尼的伤害。小黑在他们周围兴奋地跳来跳去，疯狂地叫着。

“让他们住手，查理！”格蕾丝尖叫着。

“杀了别人的狗，不能就这么算了。”他低声含糊地说道。

“怎么还没完没了了？”

查理没有回答。格蕾丝挣扎着转过身，抬头看着查理，看到他的下巴上长出了细密的胡须，胡须上沁满了汗水，此时格蕾丝的心里对查理只有厌恶。她不能想象，自己以前为什么会暗恋他那么久，几年前认识的那个男孩已经不复存在了，而现在在她面前的是一个自己都不认识的人。查理也看着她，笑了，眼神里有一种奇怪的东西，而下面，他用胯部使劲地顶住她的屁股。一阵剧痛传遍格蕾丝的全身。

“查理？”格蕾丝颤抖地说道。

“嗯？”

“你知道达茜为什么自杀吗？”

查理摇摇头，这个问题好像打乱了他的步骤。

“不知道。”查理惊讶地看着格蕾丝。格蕾丝试图转移他们的注意力。

索尼现在站了起来，拿出一把刀，刀刃在阳光下闪着银色的光芒。他拿着刀走向汤姆，而汤姆还跪在原地，汤姆死死地抓住索尼的手，渐渐地，索尼因体质上的优势占了上风，他把刀子压向汤姆，他的脸红红的，淌着汗水。

“住手！”格蕾丝尖叫着，但是索尼没有停止，只是减弱了向下的力量。然后，刀子反转了过来。汤姆在索尼再次压下来之前，站了起来，所有的力气都放在了他拿刀的手上。格蕾丝又尖叫了一声，汤姆使劲扭过头，但是刀刃已经划在了他的脸上，如果不是在最后关头他把索尼的胳膊推到一边，也许刀子会划得更深。

“查理，让他们住手！”格蕾丝啜泣着说道。

趁着查理抓得不是那么用力的时候，格蕾丝一把挣脱，捡起一块石头，使出全身力气朝索尼扔去。石头击中了索尼的胸部，他惊讶地抬起头。小黑开始在后面咆哮着追赶她。格蕾丝已经使出吃奶的劲儿想要跑开，还是摔倒了，只是那条狗不知怎的，呜呜直叫，转过身夹着尾巴离开了。查理再一次抓住格蕾丝，她感觉自己后背发凉。她听着查理威胁自己，身体不由自主地颤抖着，呼吸都紧张了起来。山谷里远处茂密的灌木丛中有东西朝他们走来，她看不见到底是什么，只见灌木丛和草丛也随之移动。

“该死。”查理在格蕾丝身后说道。她回头瞥了查理一眼，看着他的大喉结上下移动着。索尼并没有注意到这些，只是往后退了几步，得意地看着自己的杰作，格蕾丝想，索尼应该就此罢手了吧，没想到他又靠近了蜷缩着的汤姆，拿着刀子准备再一次刺向汤姆。

“查理！”

查理又一次抓得松了，想弯下腰去捡来复枪。格蕾丝努力地挣脱开，抢在他之前捡起了枪，身体歪歪扭扭地跑向索尼。索尼正转过身，而格蕾丝正好把枪口对准了他的脸。索尼往后跌一个踉跄，坐在地上喘着粗气。

在沉默中，格蕾丝突然意识到，无论在山谷里发生什么，这一切都会过去。她走到汤姆身边跪了下来。汤姆正趴在地上，鲜红的血滴不断从他受伤的脸颊流下来，流到土壤里。格蕾丝从自己裙子底下撕下一块布，双手颤抖地把它叠成一个细条，压在汤姆的脸上。

“发生了什么事？”

“我不知道，这儿有东西，或许……或许是比利吧。”

格蕾丝回头看了一眼索尼。他正摸着自己的脸，看着自己手上的血。

“你真蠢！”

“他活该，”索尼气急败坏地说道，嘴里也流了鲜血，“他杀了我的狗，揍他一顿是应该的！”

“你真是头自私的蠢猪！我们来这儿是为了你妹妹的事！难道你一点也不在意她？”

查理拿回了来复枪，站起身来，看着刚刚枪声传出来的那片灌木丛。

“把达茜的事情告诉她吧，索尼。”格蕾丝听见查理低声说道。

“什么？”

索尼皱着眉头，莫名其妙地冲查理摇摇头。

“就在不久前，达茜来找我们，求我们帮助。她说……她说有人跟踪她，那个人还找到了走丢的一个男孩。”

“你们怎么做的？”

“我们……我们把这件事告诉了达茜的爸爸。”

“那么达茜的爸爸做了什么？”

“他不相信达茜。就这样。他……啊，为了惩罚达茜说谎，像对待狗一样把她关在小屋里。”

“不要再说了，闭嘴！”索尼喊道。

“你闭嘴！现在就闭嘴，离开这里。你的鼻子流血了。”

查理伸出手去拉索尼，但是索尼不理他，自己站了起来，喘息着，恶狠狠地瞪了他们几眼，就蹒跚地沿小路离开了。查理把来复枪架在自己肩膀上，冲他们点点头，跟着索尼走了。

“我发誓，这就是我知道的关于达茜的一切，”查理边说边往前走，“索尼知道的也仅仅是这些。”

格蕾丝点点头，看着他们离开后，就转身对着汤姆。

“你听到他说的了吗？”

“嗯。”

“我们得去告诉波普。”

“嗯。”汤姆挣扎着站起身来，但是脸上的伤口却裂开了。

“按住，按住这儿！”格蕾丝责备汤姆。汤姆依照格蕾丝的话，按着伤口，等到伤口上的血凝固了，脑袋也不再晕了的时候，才松开。

“我很抱歉，”汤姆恢复过来后，沮丧地说道，“我本应该好好地照顾你的。”

“别说傻话了。”

他们看到一个闪闪发光的东西躺在草丛里，原来是汤姆的口琴。汤姆捡起来，盯着看了好一会儿，看见哈姆就躺在几米远的地方。汤姆想爬过去找哈姆，格蕾丝本想阻止，却没有用。汤姆跪了下来，用食指摸着哈姆头顶的毛。他擦干自己的眼泪，格蕾丝看着汤姆，没有再去阻止。

“过来，我们得走了，”格蕾丝把手搭在汤姆肩膀上，“他们可能还会回来的。”

汤姆深吸了一口气，摇摇头。

“我觉得他们不会回来了。”

“我们得回到大坝旁边，看看是否可以搭个便车。”

“那我们还去蒲伯家吗？”

“瞧你的脸！我们得先回家！”汤姆脚跟不稳，站了一会儿，再次看着哈姆。

“我们带上哈姆。”

格蕾丝点点头，捡起皮包，把哈姆放进皮包里，扣上扣子。汤姆脸上的伤口又流血了。格蕾丝又从自己裙子下面撕下一块布，叠了几下，递给汤姆。

他们朝大坝走去，但是刚才还在这儿的那些人都散了。天空开始乌云密布，大坝下面的水的颜色看起来更深了，似乎预示着不久将有一场大雨降临。一阵清风拂过树林，格蕾丝想，也许查理、索尼和小黑还在这附近的什么地方……还有其他的事情，她吓得不禁浑身发抖。

走到大路上，他们又一次停了下来。一团乌云遮住了太阳，天空突然昏暗起来，云中落下了几滴雨。在树林的西边，他们能清楚地看到乌云在山顶上翻滚着。开始起风了，大风呼呼作响，吹过身边树林，他们只有大声喊，才能听到对方的声音。格蕾丝抓住汤姆的肩膀，让他停下来。

“暴风雨就要来了！”

“嗯。”

“我们该怎么办？”

汤姆耸耸肩：“最好快点走。”

“我们不可能就这么走回去的！这么黑的天，我们走不回去的！”

汤姆没有回答。雨下得更大了，他转过身，眯着眼睛低下头，手臂紧紧地围住包上的皮带。格蕾丝盯着他，喘着粗气，慌乱地看着周围，想找人来帮助他们，但是一个人都没有。在想他们到底该怎么做的时候，她突然感到一种奇怪的疼痛。

“我们可以先去蒲伯先生家，”她大喊着，“他家有电话，我们可以给波普打电话，让他来接我们。”

汤姆不解地看着她，微微点点头，好像他突然理解了似的。格蕾丝抓住他的手。“来，汤姆。来吧！”格蕾丝大喊着，他们趁着天黑之前的最后几分钟，朝蒲伯家出发了。

二十八

吉布森在睡梦中迷迷糊糊地挣扎着，心中暗想自己一定是死了，要么瞎了。他努力地想抬起头，但每动一下，疼痛就袭遍全身。他再次躺好，大约躺了十几分钟，疼痛才慢慢消退。梦里的每一个细节，他都渐渐地回想了起来。他记得那是一个乡村的大厅，大厅里那个坐在宝座里的女人，来自天使岩的一间杂货店。宝座由无数怪物的身体交织在一起，那些怪物外形像狮子，都披着灰色钢铁外套，它们的爪子和牙深深地刺进同伴的身体，以此保持宝座的形状。那些血肉模糊的动物仿佛在颤抖，它们紧紧缠绕，闪着凶光的眼睛注视着站在宝座前的吉布森，好像随时可能一跃而起，把吉布森撕成碎片。坐在宝座中的女人盯着吉布森看了片刻，食指往下，指向他的胸口。从她的眼神看不出是善意还是恶意，吉布森的心顿时变得像火炭一样灼热。他再次清醒过来的时候，发现自己躺在地板上，一只野兽站在身边。有光线透过野兽支离破碎的身体，照进他的眼睛，他好像看到野兽正弯下腰，张开血盆大口，露出两根长而锋利、锃光瓦亮的獠牙。吉布森望向那野兽的眼睛，野兽也正注视着他，那是一双铁灰色混合着深黑色和蓝色的眼睛。他挣扎着抬起胳膊，想用手死死抵住那冰冷锋利的牙齿，但却眼睁睁地看着那透着血光的牙齿无情地刺进了自己的血肉。他觉得自己死定了，野兽举起了大而锐利的前爪，像镰刀一样迅速地插进了吉布森的胸膛，掏出了他的心脏，血淋淋地举在半空中。

大厅野兽和女店主慢慢消失在空气中，和吉布森一起留下的，只有冰冷的现实。他努力地睁开眼睛，环顾四周，发现自己的上半身躺在枯枝烂草里，而下半身更糟糕，牛仔裤的裤腿、裤裆处，还有裸露的屁股上，都沾满了泥巴。

“该死。”吉布森忍不住咒骂了一句。

他记不起昨天晚上发生的事了。他慢慢站起来，一边走着，一边努力地回忆昨天究竟发生了什么，自己现在在哪儿。即使看到草地上有个醉汉躺在酒瓶子中间，他还是一点儿都想不起来。吉布森只觉得这个醉汉有些眼熟，但却一下子想不起他的名字。在记忆中努力搜索一番之后，吉布森想起上次他和一个女孩在酒吧里碰到过这个醉汉。

吉布森向四周看了看，发现自己是在一所房子的后院里。天气晴朗，这时已经是下午了。他悄悄地走向附近的水箱，又畏缩地停了下来，像一只猎犬在小心地接近猎物，走走停停，终于看到了水中自己的倒影，脸上混合着汗渍和干草叶。

“你真像你那该死的父亲。”吉布森抱怨着。

他弯下腰，直接用嘴去喝水龙头里流出的水，然后用袖子随便一擦，就往房子的另一边走去。在通往房子后门的楼梯上，吉布森发现一个暗红色头发、四仰八叉躺在那里的女人。她鼾声正浓，看上去就像躺在床上睡觉一样舒服。她穿着连衣裙，挂在肩膀上的地方已经破了，苍蝇在她裸露的乳房上嗡嗡地转。裙子的正面也洒满了酒渍，女人双腿分开，却看不到内裤的影子。吉布森望着她，一边挠头，一边想着自己到底去哪儿了。在屋子的角落里还有一只鸡，一只瘦弱的、伤痕累累的狗从地下室走了出来，狗望了望吉布森，又望了望一边的鸡，转身的时候被自己脖子上的链子绊倒了。狗仿佛羞愧似的，站起来抖了抖身上的土，慢慢踱回了地下室。待吉布森再次抬起头，却看见一个小男孩正站在院子中间。小男孩很瘦弱，光着脚穿着一件很脏的 T 恤。他干瘪的脸看起来没有表情，掩藏在枯燥的棕色长发里。突然，小男孩捡起一颗石子朝吉布森扔了过去。

“嘿！”吉布森警告他。

小男孩仿佛没听见似的，继续捡石子扔向他，吉布森只得仓皇地跑了出去。穿过一片草地，吉布森看到了自己的车，在摸遍了身上的口袋却没有找到钥匙之后，他不禁心里一沉。这时，小男孩不知道从哪个角落里又冒了出来，继续朝吉布森扔石子，一颗石子打中了吉布森的耳朵。吉布森咒骂着，在下一颗石子穿过树叶从他头顶飞过的时候，他赶紧猫着腰躲进了房子旁边的灌木丛和树林里。吉布森想办法绕到了房子前面，气喘吁吁地观察四周。一条车道连接了房子和泥土路，而吉布森的车停在离路边大概五十米远的地方。他顶着像冰雹一样疯狂砸过来的石子向车猛冲过去，小男孩一边扔石子，一边莫名其妙地咆哮着，像古战歌一样的咆哮，使吉布森浑身直起鸡皮疙瘩。他站在车边，回望房子，在那一片开阔的山谷中，房子孤零零地立在那里。而小男孩站在房前，他的目的已经达到了。

吉布森来到车窗前，看了看车内的点火装置，男孩一直目不转睛地盯着他。然而，吉布森发现发动机上并没有插着钥匙。

“小家伙，钥匙在哪儿？”

“你滚开！”

“你给我钥匙，我立刻滚！”

这一次，小男孩并没有回答。吉布森在方向盘前坐了下来，他在想有什么办法不用钥匙来发动车子。十分钟过去了，吉布森试着撕下电线的外皮，把电线一根一根接上。就在两头电线接触的时候，吉布森高兴地发现发动机有了反应。他得意地瞥了一眼小男孩，把电线对在了一起，同时踩下油门，但发动机马上熄火了，吉布森咒骂着，双手狠狠砸着方向盘。他实在不知道这个破发动机到底哪里出了毛病，一次次的尝试都是徒劳，直到耗光了电池里所有的电量。

“你个小杂种，到底对我的车做了什么？！”

男孩没有理会他，不屑一顾地走开了。吉布森无奈地看着男孩走回了房子里。

吉布森只能先回到天使岩，再返回来取车了。在他狠狠地甩上车门的时候，突然意识到另一个严重的问题，自己根本不认路。他想再回到房子里去，但马上又觉得这不可行。除了眼前的车，附近再没看到有别的车了。吉布森沿着路一直走，大概半个小时后，一个十字路口出现在他面前，横向的是一条沥青马路。走哪边？拿不定主意的吉布森只好坐在路边草地上等待车辆经过。吉布森不由得想到了去世的妈妈，忍不住双手掩面抽泣了起来。

不知道坐了多久，还是没有一辆车路过。他实在没有办法，只能用抛硬币的方式，最终决定沿着右边的路走下去。不知走了多久，他的腿又僵又疼，嗓子也冒烟了。他第一次意识到，水是多么的甘甜。他摸了下隐隐作痛的头，虽然有血迹，但所幸没有伤到骨头。又走了大约一个小时，吉布森听到了发动机的声音。他转过身，看到一辆破旧的运载车驶了过来。司机拉下了车窗，吉布森赶忙凑了过去。

“去天使岩？”

“是，上车吧。”农民打扮的司机打量着吉布森，面露困惑地说。

“要变天了。”司机说道。

吉布森向西望去，山顶厚厚的乌云正向他们的方向越聚越多。

“是啊。”吉布森声音嘶哑地说，“你有能喝的东西吗？”

“你是说酒吗？”

“不，不是，水就行，能解渴就行。”

“有，在袋子里，你自已拿吧。”

吉布森拿出水袋，拧开盖子，把所剩不多的水一饮而尽，他的胃立刻收缩了一下。

“慢点，伙计，小心你的胃。”

吉布森擦了擦嘴，苦笑了下。约摸二十分钟后，吉布森大致认清了天使岩的外围路况。他们正沿着河岸边的马路行驶，车子拐了个弯，吉布森看到了两座挨在一起的房子。在马路的另一边，三个小男孩在钓鱼。

“这是亨利·甘恩的家吗？”

“是的，你认识他？”

“算是吧，可以在那里停一下吗？”

“好。”

农民停下车，胳膊肘随意地搭在车窗上，吉布森向他道谢。

“伙计保重，记得离孩子们远点，别吓到他们。”

吉布森不解地看了看司机，又看了一眼车头边上的反光镜。耳后伤口的血迹沿着脸一直延伸到了脖子，这就是镜子里的自己。

“你说得对，谢谢，我知道了。”

农民走后，吉布森来到河边，清洗脖子上的血迹。孩子们看到他走过来，睁大了眼睛面面相觑，谁都没有说话。吉布森洗完脸站起来看了一眼亨利的房子，又改变了主意，向小镇走去。

而亨利在房子里一直注视着吉布森，不一会儿就喝光了手里的啤酒，他揉了揉眼睛，穿上靴子，也向镇子里走去。

吉布森回到修道院，从床底拿出左轮手枪塞进包里。洗干净脸后，他换了一件干净的衬衫，打算到警局让波普和他一起去把车弄回来。到了警局才发现，亨利的车正停在外面，紧接着他看到了这样的一幕：亨利和波普同时从前门走了出来，波普锁上车门，警惕地看了看四周，他做这一切的时候鬼鬼祟祟的，完全不像他的性格，而亨利看上去一脸困惑。

亨利和波普沿着路往前走，吉布森悄悄地跟了上去。很快他们就走到了墓地，因为不敢距离太近，吉布森看不到他们来墓地干什么，等到他们走开了他才上前观察。他想看看这个坟墓的主人是谁，但看到的是一个空的坟墓，他又一次觉得自己像在做梦。无数的疑问让他几乎压制不住去追他们的冲动，但最终还是忍住了，转身回到修道院，从包里拿出手枪，别在腰上，然后，他又回到街上，想看看哪里能借一辆车。快五点了，街上几乎没什么人，他开始着急，甚至渐渐变得焦虑起来。他觉得是在错误的时间、错误的地点忘记了些重要的事情，那些他亲眼见过的事。就在这时，他看到了那辆农民司机的运载车，钥匙正好插在车里，而农民司机在肉店里忙着什么。接下来，肉贩眼睁睁地看着吉布森发动了车扬长而去，车内的广播还在放着西部乡村音乐。没到十字路口就下起了雨，听着雨打在车窗上的声音，吉布森关掉了音乐。

二十九

微风渐起，村庄里空气清新而凉爽。波普压低嗓音，把一些事情告诉了亨利，亨利惊讶地张着大嘴，难以置信地摇头。

“库伯夫人走过来，向她的丈夫说了些什么，她走向我的时候，已经丧失了理智。我给她倒了些茶才勉强说服她去睡觉。但愿我们一切顺利，但愿我们有足够的时间找到……尸体，让她安息。”

他们顺着痕迹一路追踪，刚开始几乎没有遇到什么困难，后来路慢慢开始变得崎岖不平，但波普丝毫没有慢下来的意思。

“真应该带些水来。”亨利擦了下嘴，喘息着说。

“给你。”波普从背包里拿出一瓶水，递给了亨利。

“谢谢。”

他们继续前行，透过树林能隐约看到大岩石，又过了不久，穿过树林来到了大坝下。他们下车一路走向岸边，不时警惕地向四周张望。河水看起来是黑色的，波普暗想，那些想跳河的人要是看到这个地方，也一定会从这里跳下去的。

“你看到什么了吗？”波普转向亨利问道。

“没有。”

他弯下腰，仔细在岸边搜寻着。虽然天色渐晚，但借着微弱的光线，还能看到地上的东西。很多足迹留在了沙滩上，大部分是光着脚的脚印。

“找不到这种靴子印。”波普站起来说，“今天一定有太多人来过这里，如果是这样的话，他们一定是朝着那座房子去了，他们穿过大坝也许会留下痕迹。”

亨利对波普的话表示赞同，他望向来时的路，身后的山被乌云裹得严严实实，几乎看不到小镇了，大雨转瞬将至。波普跪在地上，仔细检查大坝下的地面。

亨利好奇地凑过来问：“那是什么？”

波普打了个手势示意亨利过来看。

“你看这是什么？”

亨利看了眼地面，吞吞吐吐地说道：“我……”

“这正是我们要找的脚印。这是……格蕾丝的。另一个，我猜是小汤姆的。”

亨利摇了摇头怀疑道：“你确定？”

波普双手撑着膝盖站了起来，他好像没有听到亨利的问题，直接越过了坝墙。

亨利尾随其后，愤愤不平：“你这是在怪我吗？”

“这不是任何人的错。”

“听着，我真的不知道……”

“天啊，亨利！请你不要继续沉浸在你那该死的自责里了。”

“我？你知道你的女儿今天都干了什么吗？”

波普终于停住了脚步，转身冷冷地看了亨利一眼。

“我只是希望……为我们两个都好，我只是希望……”

波普转过身，继续走着，同时，还继续说下去：

“在过去，如果一个孩子是死胎或者流产了，你知道他们会怎么做吗，亨利？我他妈的现在就告诉你！他们会把孩子交给父亲，让父亲亲手埋葬。就是这样，我埋了三个孩子，两个男孩一个女孩！从那以后我和里尔就决定，再也不要孩子了，很多年过去了，直到格蕾丝出生。她就是一个奇迹，你知道她对我们来说有多重要吗？如果她出了什么事的话……”

“对不起，我……”

“我知道失去那小家伙让你很痛苦，但你也要想一想汤姆。”

“我已经尽力了，总不能一刻不停地看着他啊。”

“对，谁都做不到。但你也不能把他们锁起来啊，你看看你干的好事。”

“一定是达茜把他们带走了。”

“也许是吧。”

“波普，格蕾丝一定会没事的，”亨利的声音有点颤抖，“我知道的……如果汤姆和她在一起的话……汤姆是个好男孩。”

“对，他是个好男孩，我们还是祈祷他们安全在家没有跑出去吧。现在重要的是先找到达茜的尸体和比利，在天黑之前快点找吧！”

亨利拿下帽子，点了点头。不久，豆大的雨滴打在了地上。波普从背包里拿出手电，又从兜里摸出火柴，递给了亨利。

“点上火，我们继续找。”

雷声在山谷里回荡，东边的天空，闪电像蜘蛛爬过天花板一样穿过了层层乌云。雨越下越大，雨滴大而冰冷，不一会儿就变成了瓢泼大雨，手电筒顶部的铁皮开始嘶嘶作响。

“看，那里可以借宿。”波普压了压帽檐说。

“你觉得那房子离我们多远？”

“不远，一点都不远。”

“波普？”

“嗯？”

“你认识一个叫吉布森的男人吗？”

“认识，他怎么了？”

“他认为史密斯可能已经回来了。”

“哦。”

“你觉得他说得对吗？”

“这肯定不可能啊，史密斯已经死了。”

“哦。”

“吉布森的母亲刚刚去世，他的上司给我打了电话，告诉我这件事情。吉布森说他正在追查凶手，他的姐姐自杀了，这件事对他的打击，跟达茜的死对比利的打击一样大。吉布森跟我说了很多事情，但唯独没有说，在他姐姐死后不久，他的母亲枪杀了他的父亲。他母亲在监狱里服刑了六年，他是在这样的家庭环境里长大的。厄斯金说吉布森并不记得这些事，但他总认为……”波普的话却突然打住了。

“认为什么？”亨利追问道。

“等等，你听到什么了吗？”

“没有。”亨利如实回答。

“你等一下。”

波普说完就滑进了路边的灌木丛中消失了。亨利听着他在斜坡上移动的声音，过了一会儿就只剩下风吹树枝的沙沙声和雨声了。手电的光线在雨夜里照出的斑驳影子让亨利感到害怕，他继续向前走了大概二十米，停了下来，在这里透过树林的缝隙他看到了波普。

“关掉手电！”

亨利关掉了手电，四周立刻陷入了黑暗。波普一动不动地盯着什么，目光越来越炽热，而亨利身上的血液仿佛都要凝固了。这种难熬的黑暗和沉默不知道维持了几分钟，之后波普回来了。

“快点走！”波普冷冷地说。

他们往篱笆的方向继续前进。从电线下爬过的时候，波普注意到一根电线杆下好像有什么东西，看上去像是一个背包，被一些细线紧紧缠着。他捡起背包，利落地扯掉了那些细线。

“这是什么？”亨利赶上来问道。

波普打开包，里面是一个烟斗、一罐烟草和一些旧硬币：先令、便士、六便士银币，还有一块刻着船形图案的骨头、一枚大约一英寸长的雕刻过的黄牙，还有一张发皱的达茜·斯蒂尔的照片。

“这个包是比利的。”波普肯定地说。他们对视了一眼，波普把东西放回包里，两人继续向前寻找。

三十

吉布森开着车一路前行，天上的云朵渐渐消散了，刚到房屋前最后那段坑坑洼洼的路面，所有灯都灭了。他放慢车速，破旧的小卡车在崎岖不平的山路上嘎吱作响，终于穿过了这银白色的雾霭，那房子再次出现在吉布森眼前。房子前面围了一圈栅栏，像个满是恶意的黑色贝壳，他毫不畏惧地朝着房子开过去，似乎要去寻找那颗腐烂的心，窥探它的秘密。他停下车子，盯着那房子看了一会儿后下了车，继续步行前进。

吉布森心里很清楚，是比利从坟墓里带走了达茜。他以为自己也能理解比利为什么这么做，但他一直以来都误解了史密斯，也许他对比利的动机理解也有偏差，谁知道他脑子里在想些什么，尤其是待在这个他从小长大的房子里的时候。

吉布森忽然想起，步枪还在比利的卡车里，于是他走到离卡车几十米远的地方就停了下来。他盯着房子看了足足两分钟，但房子里没有任何动静，也没有一丝光亮。他一手掏出左轮手枪，另一只手在口袋里摸索子弹，找到几颗装进弹膛，他把左轮手枪揣进裤兜里，接着向房子靠近。他举起手来遮住眼睛，以免雨水进入眼睛里。他眨眨眼睛，忽然看到窗户后有一束微弱的光闪了一下，然后就灭了，仿佛有一只手掐灭了它。眼前的情景让吉布森的心往下一沉，他舔了舔嘴唇，擦了擦手，在暴风雨中继续艰难前行，一边走一边摸了摸左轮手枪是否还在口袋里。

吉布森知道比利也仅仅是个凡人，但也三番五次地想起波普说过的一些关于这山谷里有只怪物的事。尽管他至今没有见过，但挥之不去的寒冷和恐惧还是紧紧包围着他。他口干舌燥，踉踉跄跄，却仍然坚持着前行。他告诉自己正走在通向未知的路上，他记得这路边的夜晚，记得这肆虐的暴风骤雨，记得自己是如何接受这份使命，而这份使命要求自己做什么，却没弄清楚。也许现在是揭晓答案的时候了。

吉布森走得小心翼翼，他轻轻地走过面前的台阶，停在房门前。他抖落了头发上的水滴，胡乱擦把脸，站在门口让自己镇静下来。忽然他感到从未有过的恐惧，他看到自己还是一个小男孩时的样子，男孩身上往下滴着水，看起来很害怕，问他是怎么来到这扇门前的。他自言自语地说出他人生中第一个祷告，按下门把手推开了门。透过打开的门缝窥视屋内，黑暗浓得像墨一样化不开，唯一能听到的只是雨水有节奏地敲打屋顶的声音。他抬脚走了进去，眼前漆黑一片，什么也看不见。黑暗让他不得不停下来思考，他觉得自己可能已被这黑暗打败了。把大脑里的记忆搜索了一遍，他好容易想起了大厅通向旧卧室的门。于是他凭着记忆，蹑手蹑脚地前进，不一会儿他的手就碰到了一扇门。他屏住呼吸侧耳听了一会儿，在确认里面没有声响之后，慢慢推开了这扇门。

空气中弥漫着动物腐烂后的那种气息，在这种腐臭飘进他的鼻孔之前，他就知道这房间里有一个人，于是他继续向前走进了这片黑暗。

“比利？”他小声叫道。可房间里是一阵沉默。在无边的黑暗中，他看到一个更加黑暗的形状，随后听到黑影处发出“哧”的一声闷响，一片碎屑掉在地上，之后一根闪着光的火柴照亮了那片黑影区域。在这微弱的火柴光里，吉布森看到一个男人像个忏悔者一样跪在地上，他赤裸着身体，脚上也没有鞋子。除此之外，这个房间里似乎再没有别的东西了，一根横放着的长木板是这个房间里唯一的家具，这块木板横贯了整个房间。那个男人的身体缓慢地前倾，他点燃了蜡烛，然后坐在吉布森面前。在蜡烛的光线下，吉布森看到他的背上都是干了的血迹。血一直漫延到全身，地板和墙壁上也到处都是血迹。

“比利，她在哪儿？你对她做了什么？”

男人环顾四周，然后抬头看着吉布森。吉布森第一次看清他的脸，寒冷和恐惧让他的身体像是被电击中了一样。他止不住地颤抖，举起的左轮手枪也只能跟着颤抖的双手一起颤抖。他硬着头皮走上前去，希望这人影在下一秒钟就会幻灭，希望自己能从噩梦中醒来，然而这些希望都落空了。他听到有个声音小声地说着一个名字，像在念着咒语一样。

“我是史密斯。”

那个波普所指的照片中的男人身材高大挺拔，而且面相年轻，但吉布森还是一眼就认出，眼前这个男人就是照片中的人，因为他黑色的瞳孔里满满都是极度的邪恶和怨恨。当他说话的时候，声音好像卡在喉咙里，旁人几乎听不见。莫名的意念似乎是唯一支撑着这具被蹂躏的躯体存活下来的东西了。

“离开这里。”他嗓音粗哑地说道。

“不，史密斯，你休想，我不会离开的！”

吉布森舔了舔嘴唇，视线顺着史密斯跪着的轮廓转了一圈，恐惧感却没有了。

他说：“你应该已经死了，死于火灾，连贺拉斯·弗勒德也认为你已经死了。”

吉布森缓缓跪在史密斯旁边，举起左轮手枪，顶着他的头骨，枪口紧贴着耳朵，史密斯靠近枪口的部位头发稀疏且流着冷汗，像蛋壳一样脆弱的皮肤上暴起了青筋。

吉布森继续说道：“所以如果我扣动扳机也不会造成什么后果，因为你已经死了。”

“我……逃过了大火……”

“我知道，所以我们才会见面，所以你才能忏悔你以前犯下的罪过。”

“我没什么要忏悔的，我什么也不记得了。”

“你不记得了吗？让我来告诉你，十多年前一个名叫安妮·弗勒德的女孩被淹死了。我认为你当时在现场，我坚信她当时正是要逃离你的。这些难道没有发生过？”

“我……我不记得了。”

史密斯抱住自己的头，吉布森开始想象史密斯一定过着十分卑贱的、没有爱的生活，吉布森几乎开始要同情他了，但这同情眨眼间又消失了。

“然后……然后你回来了，你想得到达茜，就像你想要得到安妮一样，但你却无从接近她，对不对？因为她的父亲和那些狗，你不能靠近她。”

“我重生了，她也一样。”

吉布森眉头一皱，不禁犹豫了。他认真地想了想，想起了史密斯写的东西，还有他从《圣经》上摘抄下来的句子，也终于想通了一切。

“不，史密斯，达茜不能让安妮回来，达茜也没有回来。”

史密斯再次抬头看着他，枪口顺势就滑到了他脖子那片肮脏的皮肤上了。

“不对，她就在这里，就在外面。你没听见吗？”

吉布森屏住呼吸听了听门外的动静，然后摇了摇头。

“这难道就是你在这里的原因吗？你在这里等谁？史密斯，安妮已经死了，达茜也死了。她们两个都来不了了！”

史密斯眨了眨眼睛，吉布森从他的眼睛里看到了恐惧和警觉。吉布森很熟悉这种眼神，当他把达茜的死讯告诉比利时，比利的眼神跟他现在的一模一样。然而，这样僵持了许久，史密斯开始笑了，这个微笑慢慢从他那薄薄的嘴唇一直蔓延到眼睛。一个彻头彻尾的黑影从这个男人的身体深处浮现出来，吉布森看得清清楚楚，一点也不相信他的鬼话。忽然这个男人面露惊恐之色，他喃喃道：“树林里有什么东西在注视着我。”达茜在她的《圣经》里写过这样的句子：“树林里有什么东西在注视着我。”

吉布森紧咬着牙说：“史密斯，面对现实吧，她们都死了，你不能再伤害她们了。”

史密斯没有回应。他的笑容从微笑变成了傻笑，脸上的神情仿佛在告诉吉布森，自己会证明吉布森是错的。吉布森的枪一直对准着史密斯的脖子，但让自己站远了一些，使史密斯的胳膊够不着。

“你能证明我所做的这些……是错的吗？”

“我不需要证明”。

“法官和陪审团呢？谁赋予你审判的权力？”

“他妈的就是我赋予自己的权力！”

“只有主的审判是完全正确和公正的……吉布森先生……只有主的审判是完全正确和公正的，吉布森先生，”史密斯近乎窃窃私语地重复着，“主的审判比黄金更加令人渴望，是的，比成色十足的黄金更令人渴望，比蜜还要甘甜。”

吉布森眨眨眼，舔着自己干涸的嘴唇。

史密斯瞪了他一眼，道：“开枪吧，吉布森先生。”

当吉布森对上史密斯的眼神，他立刻就明白了这句劝告是史密斯的阴谋诡计。也许是出于他自身的愤怒，也许是出于报复的需要。史密斯的心思就像深不可测的大海，但他知道自己很容易就会屈服。慢慢地，吉布森举起手枪。

“还没完呢，史密斯，”吉布森声音颤抖着说道，“还没完，告诉我她在哪里。”

史密斯摇了摇头说：“我不知道……你在说什么。”

吉布森低声咒骂着，慢慢站了起来并环顾四周。面前有两间卧室，几乎看不到里面，但他认为，如果里面有一具躯体的话，一定会很显眼。显然卧室是空的，他转回到史密斯身边，绕着他走了一圈，走到台阶处，顺着台阶进了厨房。

“下来！”吉布森命令道，“带上蜡烛。”

史密斯慢慢站起来，他瘦弱的手拿起蜡烛，在烛光里可以看到他的手指上布满血丝。这里似乎有什么东西让这个男人深感不安，他的动作慢到几乎止步不前。当他站直了的时候，吉布森后退了一步。在地板上，他看到了史密斯用来割伤自己的老式剃须刀。吉布森将剃须刀踢到墙边，然后带史密斯进了厨房。

“坐在地板上！”

史密斯依言坐在地板上，眼睛却一直盯着吉布森。吉布森环顾厨房，发现厨房现在看起来像一个小杂货间。一堆破布堆在墙角，他怀疑史密斯是不是一直睡在这个东西上面。水槽里横七竖八地放着空的狗粮罐头瓶子，厨房一角有一堆黑色的狗屎。他捏了捏鼻子，注意到洗衣房的门紧闭着。他身躯一顿，立刻明白这后面一定是有什么东西。他走到门口，手按在门把手上，暂时把目光从史密斯身上转移开。然而在眼睛余光里，吉布森看见他慢慢走出自己的视线范围，往一个小角落里走去。吉布森转身要去掐住他的脖子的时候，却忽然看见他从一堆破布下抽出了一把步枪。

一波又一波热量在吉布森体内转来转去，他感觉不到痛苦，只有一阵阵耳鸣。蓝烟像一层面纱飘浮在周围的空气中，他听到史密斯放声大笑，却看不见人影。左轮手枪仍在他的手中紧握着，他举起枪，瞄准笑声的方向不停扣动扳机。然而等浓烟散尽，他看到的只有苍白的墙上子弹划过的痕迹。史密斯仿佛凭空消失了。吉布森把发热的枪放在地上，踉跄着倒退了一步，深吸了一口气。他摸摸自己湿透了的衬衣，然后环顾四周，不知道应该做什么。厨房里很安静，烛光闪烁中只有雨水滴落在屋顶上的声音。他感到难过而无助，这痛苦仿佛是在重复他十二岁时的感觉。他想起姐姐和母亲，抑制自己想哭的冲动，他闭上眼睛，希望这痛苦不要再加剧了。

他闭上眼睛看见了很多东西，一切都是那么清晰。他在回忆里看到了他们在悉尼的时光，那是一个温暖的周日早晨，自己还是个小男孩的时候，他看见自己回到家，爬上楼，然后被父母房间里的景象惊呆了。他看到了父亲和他满是汗水的脖子，然而跟父亲抱在一起的却不是母亲。他记得微风慢慢吹动着窗帘，那个女人抬起头，看到了他在门口，他惊讶地发现，那是他姐姐的脸。

这些震惊和痛苦的回忆让他变得麻木，头晕目眩之余他又看到了自己，但那是很久以后的自己了。那是一个十九岁的流浪汉，站在威尼斯的中心，怀揣着浪漫的梦想，抛开痛苦的童年，仰望着圣马可的飞狮。而他的姐姐，他最心爱的姐姐，正站在他旁边微笑着。吉布森知道，她一直在那里，即使她离开了他。就在他被带到天使岩的那个夜晚，姐姐也和他一起站在路边，到了现在，她也在这里陪着他。他知道自己在小镇附近的岩石上看到的狮子并不是天使，那是一只长着翅膀的狮子，可能是狮族中的王后，她面容严峻，翅膀已经张开准备一飞冲天了，但却陷在了石缝间永远不能动弹。她是一只从远古时代来的野兽，他知道有些计划是确实存在的，有一些东西比他更伟大，比任何人都伟大。他很高兴看到它，很高兴看到这样一个超出事实之外的世界，相比起来，波普的世界也许永远只是属于他自己的。

就在生活日渐黯淡时，他终于明白了：生活是去看、去摸、去闻、去体味、去倾听、去了解；即使痛苦，也会像在炎热夏季里纵身跃入海水中一样爽快，痛苦过后就像他浮出水面漂动，让身体在闪亮的蓝色海水中洗涤的感觉。在这些跌跌撞撞、起起伏伏的回忆里，他能听到屋顶上的雨水滴落的声音，一股暖流从心底蔓延开，就像一枚小太阳冉冉升起。再后来，他听到微弱的声响，是说话声吗？这声音的主人仿佛到了他身边，他的眼神逐渐涣散，眼睛慢慢合上，很多事情慢慢变得模糊起来。

三十一

比利在黑暗冰冷的地方醒来，他强打起精神，脑海中浮现的，是他第一天来到天使岩时看到的画面：又高又瘦、蓝眸炯炯有神的亚当·卡尼蹚入河水，为他的皈依者们洗礼。亚当神父的手臂在空中挥舞，先是指向湿热的天空，随后是山谷间熠熠生辉的蓝绿色的山丘，再是缓慢流淌的浑浊的河水，最后止于腰间。跟这个男人有关的一切，看似都是好事，他的追随者成群结队，好像他就是来向这片土地传播历史悠久的传说。他也许会给很多新事物取名字，这条蕴藏着无限奇迹的河流就是其中之一。比利记得当时自己头昏目眩，脑中盘旋着亚当的说辞，仿佛看到了火光的晕轮和有罪之人堕落的世界的幻象，只有耶和华坚若磐石屹立其中，直到他笼罩在新生信念的光环之下，那片土地也化为一片和谐的唱诗，正紧紧地围绕着他。

比利摇了摇头，强迫自己停止回忆，他环视四周，无法判断自己身处何地，但是达茜·斯蒂尔裹着污浊的裹尸布，就静静地躺在他身边。

“我把她带来了，上帝！我让她起死回生了！”比利低声说着，但这些话没有人听到。

他面前是一根点燃的蜡烛，燃烧着令人惊异的火光。他不记得怎么会变成这样，他再次环顾四周，想要找到些有价值的东西，却一无所获。比利发现自己在一个旧草屋里，不远处的架子上有许多瓶子，他突然觉得很渴。他走到架子前，抽出一个瓶子，把鼻子凑近瓶口闻了闻，空的，他随手丢到了一边。他不断重复这个过程，最后找到一个旧瓶子，里面几乎灌满了木酒精。他拧开瓶盖，一股浓厚的酒精气味扑鼻而来，像创世时的圣火，将未知从昏暗的瓶中卷走。他往嘴里倒了一点木酒精，瓶里的液体腐蚀着他的内脏，他感到一阵绞痛，随后又舒缓了过来。他喝了一口又一口，很快瓶里就空了，于是他把瓶子扔在地板上，瓶子滚出几步后就停下了。

比利对当前的情况仍然一无所知，他走到外面，踉踉跄跄地走过潮湿的草地时，他才发现身后的小屋失火了，而他自己身上也着火了。他穿着的外套正在燃烧，这可是他穿过的最炫的外套了，但这把火甚至会把他烧成灰烬。火烧的灼痛加倍折磨他，他跌倒在地上，火焰触碰潮湿的地面发出了嘶嘶的响声。他匍匐着爬到灰黄色火光边上的一棵树下，放松紧绷的神经，蜷缩成球状。

过了一段时间，比利感到有什么东西来到他身边，仔细地闻了闻烧焦的血肉。他本以为是一条狗，挥挥手想赶走它，但他动一下，身上就感到一阵剧痛，于是忍不住对着地面发出一声长长的呻吟。寒冷的触感深入他的骨血，而疼痛并没有减轻。他感到那个东西在咬他，撕裂他，吃他伤口上的嫩肉，一直深入他的心脏，接着他就进入了梦境。他的眼睛、耳朵、手臂、腿，一切的东西都被改变了，他再也感觉不到任何伤痛。缓慢燃烧的火焰和金色的光芒开始交错，一切都被点燃了，树林被压缩成如琥珀中的昆虫一般渺小。在光芒的中心，他看到一个全身发光的人，那是达茜。他想嘲笑自己这不现实的美好幻想。达茜！达茜靠近他，跪在他身旁，把手放在他的额头上。

“荣耀与你同在，达茜。”他竭力说道。

“在此你已经做到了一切，比利。”她说。

“是的，达茜，我做到了。”

三十二

波普正在想着事情的时候，树林里的一个东西吸引了他的注意力。

“亨利，看那儿！”

亨利盯向波普伸长手臂所指的方向，看到了树林中的火焰。

“那是一所小屋！”波普喊道，“去看看！”

棚屋屋顶犹如烧红的熨斗，他们听到雨滴落在上面嘶嘶作响。他们举起手臂保护自己不被高温灼伤，透过开着的门看向棚屋内。一开始他们只能看见火焰，但很快他们瞥见门内地板上燃烧着一团东西。高温使他们难以靠近，亨利感到困惑，仿佛在长长的草地上有难以跨越的障碍似的。亨利打开照明灯，波普走过去蹲在一具烧焦了的不明物体旁边。

“他死了。”波普说。

“比利？”

“嗯，一定是他。”

波普擦去脸上的雨水，亨利回望着燃烧的棚屋，接着他们都听到了一阵枪响。刚开始他们认为是火中有东西爆炸了，他们抬头看向房子，在大约一百米远的地方，他们看见了昏暗的灯火。他们相视一望，随即一同循着灯火而去。

汤姆和格蕾丝坐在雷吉·蒲伯的劳斯莱斯轿车的皮革后座上，静静听着他抱怨路，抱怨雨，抱怨黑暗，抱怨愚蠢的小孩。汤姆把手放在装着火腿的书包上，看向格蕾丝，格蕾丝正透过车窗盯着黑暗湿润的夜晚。不一会儿，她似乎注意到了汤姆的目光，她转过头，给了汤姆一个虚弱的微笑。汤姆伸手握住她的手，而格蕾丝任他紧握着自己的手，眼睛又看向了窗外。车又开了五分钟，他们来到了一条长长的弯道。

"看！"格蕾丝突然喊道，"那是波普！停车，蒲伯先生！停车！"

汤姆盯向夜幕之中，他看到波普正站在比利的旧房子前。波普的手上拿着一个黑色的东西，汤姆意识到那是一把枪，而波普正往里装弹药。更令汤姆吃惊的是，亨利正站在波普身旁。轿车停下，格蕾丝打开车门，穿过马路跑向她的父亲。汤姆紧随其后，等到了牧场他才发现其中一户棚屋着火了。

"这是什么？"格蕾丝上气不接下气地问，"发生了什么？"

虽然汤姆对于在这里看到波普和亨利也很吃惊，但他相信一定有什么其他事重重压在波普的心头，所以他什么都没问。

"亨利，在这看着这两个孩子。"波普用尖锐的声音说。随后，他一手拿灯，一手握枪走近房子，透过敞开的大门到里面去了。

当吉布森再次睁开眼睛时，这房间完全不是他所期待的样子。波普·马瑟在他身旁，一脸同情地看着他并不断叫唤他的名字。他流出的血在灯光下闪闪发光。

"吉布森，发生了什么？"

“是史密斯，他没死，他没死，他一定逃跑了。”

波普摇了摇头。

吉布森看波普不信，挣扎着坚持道：“他就在这里！”

“别激动，伙计，我相信你，我们会抓到他的。”

“我……我看到了坟墓，我觉得比利把达茜带到这里来了。”

“我们找到她了，她和比利。”

吉布森点点头：“这浑蛋是想要我的命。”

波普抓住吉布森的手说：“不，你不会死的。有我在你就不会死。你的肚子和肩膀上都中弹了，不过没事，我见过比这更糟的情况。”

吉布森笑着点点头，艰难地问道：“我能相信你吗？”

“哈，恐怕你没有别的选择了。”

不管波普说得多么轻松，吉布森都感到自己的生命正在悄然逝去。所有的事情如急流般涌进他的脑海，他觉得自己必须在来得及的时候，把事情都说出来。他用没有受伤的那条手臂，抓住波普的湿衬衣，但力气虚弱得如婴儿一般。波普把他的胳膊搭在自己的肩膀上。

“挺住，朋友，你要活下去。”

“波普，我开枪打了他。”

“史密斯吗？”

“不，不是他，是我父亲，杀他的人是我。”

“你确定你不是在说胡话？”

“嗯。我记得他当时坐在餐桌边收听比赛报道，看见是我，他很惊讶。是我杀死了他，不是我母亲，请务必让他们知道，不是我母亲干的！请你一定转告他们！”

波普点头道:“厄斯金跟我说，他一直认为是你干的，他说总有一天你会想起一切来的。”

吉布森点点头，极力忍住泪水。

“我还想起我杀死他的原因，我想起……”

他正要告诉波普一切，被一阵奇怪的响声打断了，那声音在雨中很快变得微弱难闻。一声咳嗽深深震动了他的气管，他伸手拽了一下波普的手，突然喘不过气来。

“洗衣房，”他断断续续、气喘吁吁地说，“看洗衣房里面。”

波普举着灯站起来，用另一只手拉开洗衣房的门闩，吉布森也把头转过去想看个究竟。刚开始他什么都看不见，然而不久他便看见在一个混凝土盥洗盆里有目光在闪烁。

“他还活着。”波普惊奇地低声说，“我去看看。”

那是一个全身脏兮兮的小男孩，咬着脏拇指像球一样蜷缩在那里。波普把手伸向小男孩，他却缩回了桶里。这一动，波普和吉布森都看到了系在小男孩脚踝上的绳子。

“他……他是被吓傻了。”

“嗯，但他还活着。”

“是的，他还活着。”波普低声说，“我曾经放弃希望，我们都放弃了希望，可你依然坚持着，吉布森，对不起。上面的人终究还是把你派来了。”

“不，是我错了，史密斯并不想复仇，他想要的是达茜，他觉得达茜是安妮·弗勒德起死回生的替身。他找了一些男孩子，他一定是想利用小弗莱恩得到达茜的……合作。当时他正等待达茜到来，但达茜没来。波普，史密斯会找到自我的。达茜是一缕勇敢的灵魂，尽管渺小但却勇敢。”

波普摇头：“天呐，她为什么没有告诉其他人？”

吉布森禁不住热泪纵横。

“也许她说了，长官。也许她说了，只是没人注意。”

又有几个人出现在门口，吉布森跌靠在墙上，他的视线开始模糊。这些人一开始没有注意到那个小男孩，但很快格蕾丝捂住了自己的嘴。亨利·甘恩站在那里，面色苍白，顿了顿又向前走去。洗衣房里的男孩再次往里缩，波普举起手来示意大家安静。

“小心点，”他说，“别吓着他。”

汤姆看看小男孩又看看格蕾丝，最后收回了视线。

“你看见他了吗？”他低声说。

“嗯。”格蕾丝答道。

“真的？”

“嗯，汤姆，他就在那儿。”

“为什么他不……”

汤姆向前走出大约六块地板的距离，而这个小男孩一动不动，只是瞪大了眼睛瞧着。

“汤姆，他被看见的事情吓坏了，”波普低声说，“他也许都认不出来你了。”

汤姆轻轻点了点头，把手伸进口袋拿出了什么东西。他把握成拳头的手伸到小男孩面前，然后手指一根一根展开。小男孩的视线从汤姆的手上移到他的脸上，然后又往里缩。汤姆见状把口琴放在嘴边吹奏了几下，再把口琴放在手掌心伸到小男孩面前。

“拿着吧，弗莱恩。”他低声说道，“拿着它，这是你的东西，还记得吗？”

弗莱恩对他眨了眨眼睛。

“弗莱恩。”汤姆重复道，“我是汤姆。”

带着痛苦和疑虑，弗莱恩从他的藏身之处站了出来。他的身体赤裸而苍白，人们几乎能看见他皮肤下的肋骨。他慢慢向前走，直到能够到口琴。汤姆发现他手腕以上手臂内侧还有那天他们失踪时的伤痕，也是在那一天，亨利的煮熟的鸡蛋消失在火中。弗莱恩深呼一口气，用手臂抹了把脸，好像是拭去脸上的泪水。

“该回家了，弗莱恩。”

弗莱恩手臂微颤，随后发出悠长缓慢的呼吸，下巴微微抖动。

“好。”弗莱恩答道。

汤姆走向弗莱恩，双膝跪地，张开双臂拥抱他。汤姆把前额靠在弗莱恩的小胸膛上，双肩垂下，泪水早已泛滥，良久不息。吉布森觉得自己也能感受到这种久别重逢的快乐，沮丧与痛苦在这个男孩的泪水中渐渐隐去。此时的情景令人难以承受，但吉布森没办法不转过头去亲眼见证，在他生命的最后一刻，真的不想错过。